EUROPAVERLAG

Barbara Bronnen

Feldherrnhalle

EUROPAVERLAG

Hinweis: Bitte beachten Sie, daß dieses Buch nach den Regeln der alten Rechtschreibung verfasst wurde.

© 2016 Europa Verlag GmbH & Co. KG, Berlin · München · Zürich · Wien
Umschlaggestaltung: Hauptmann & Kompanie Werbeagentur, Zürich,
unter Verwendung eines Fotos von © ullstein bild – A. & E. Frankl
Autorenfoto: © Isolde Ohlbaum
© Zitat Ilse Aichinger: Iris Radisch, *Die letzten Dinge. Lebensendgespräche.*
2015 Zeitverlag Gerd Bucerius GmbH & Co. KG; 2015 Rowohlt Verlag GmbH,
Reinbek bei Hamburg
Layout und Satz: BuchHaus Robert Gigler, München
Druck und Bindung: Pustet, Regensburg
ISBN 978-3-95890-044-8

www.europa-verlag.com

Gewidmet meiner Großmutter Else von Lossow,
meinem Sohn Florian Bronnen mit Anja Graf,
meiner Schwester Franziska Bronnen mit Pierre-Dominique Ponnelle
und meinen Enkelkindern Tabea, Nils und Moritz

Der Krieg war meine glücklichste Zeit.
Der Krieg war hilfreich für mich.
Was ich da mit angesehen habe, war für mich
das Wichtigste im Leben.
ILSE AICHINGER

Inhalt

Geköpfte Löwen

Ich sitze mit meiner Großmutter am gescheuerten Holztisch der Pfälzer Weinstuben der Münchner Residenz und nippe am Wein. Es ist das Jahr 1961, ich bin dreiundzwanzig Jahre alt und Studentin. Wir sind mit dem Professor hier, einem alten Herrn. Fräulein, noch einen Schoppen, sagt er zur Kellnerin. Den Wein trinkt er nur zu gern, sagt meine Großmutter, als wäre der Professor nicht im Raum. Er blickt mit starrem, angestrengtem Blick auf ein Foto, das meine Großmutter in den Händen hält. Das ist der General Otto von Lossow, sagt meine Großmutter, die eine angeheiratete von Lossow ist, und klopft mit dem Zeigefinger heftig auf das Bild. Wissen Sie noch, wie's geht?

Leutnant – Oberleutnant – Hauptmann – Major – Oberstleutnant – Oberst – Brigadegeneral – Generalmajor – Generalleutnant – General, sagt der Professor.

Sie weist in die Richtung der Feldherrnhalle. Und was ist ein Feldherr?

Großmutter dreht eine Strähne, die aus dem Dutt geschlüpft ist, und stopft sie mit zwei Fingern wieder hinein. Ihr silbergraues Haar ist onduliert, eine Kunst, die ihr alter Friseur noch beherrscht. Ihr zarter Teint ist leicht gepudert, ihre Wangen zeigen einen Hauch Rouge, ihr Lippenrot ist wie immer etwas verwischt. Sie zieht die üppigen Brauen in dem feingeschnittenen Gesicht herrisch zusammen.

Der Professor blickt immer noch angestrengt auf den steifen, grimmigen General Otto von Lossow. Er erhebt sich und gießt ihr Wein nach.

Danke, weist sie ihn mißbilligend ab und stoppt den Weinkrug mit einer so heftigen Bewegung, daß ein wenig Wein auf das Revers ihres grauen Kostüms spritzt, ich habe genug getrunken – also? Sie trommelt mit den Fingern ungeduldig auf die Tischplatte.

Der Professor furcht die Stirn. Sein Glatzkopf überzieht sich mit feinen Schweißperlen. Laut Clausewitz, stottert er, ein an der Spitze des gesamten Krieges ... oder eines Kriegstheaters ... stehender General.

Ich pruste beim Wort »Kriegstheater«.

Meine Enkeltochter lernt das nie, sagt meine Großmutter.

Sie gehorcht ihrem Ordnungssinn und betupft mit einer Serviette vorsichtig das Revers mit der Perlenbrosche, passend zu den kleinen Perlen an ihren feinen Ohrläppchen.

Stimmengewirr um uns, es ist laut. Ich gehe rasch zur Tür und blicke hinaus auf den Odeonsplatz. Da sind mit einem Mal so viele Leute, sage ich, es geht los.

Schon höre ich Blasmusik. Zahlen! ruft meine Großmutter. Auf zum Zapfenstreich!

Wir rennen los. Mein Pferdeschwanz schwingt. Die Tschinellen und Blasinstrumente übertönen das Klacken unserer Absätze auf dem Kopfsteinpflaster, meine Großmutter boxt sich mit gewohnter Heftigkeit durch, wir stehen in der ersten Reihe.

Apropos, meine Großmutter genießt ihre Rolle, was ist ein Zapfenstreich?

Der Professor weiß es nicht.

Das Ende des Ausschanks! Meine Großmutter erhebt triumphierend die Stimme. Aber das hier ist kein Zapfenstreich. Der Bundesgrenzschutz feiert sein zehnjähriges Bestehen.

Das mitlauschende Publikum befeuert sie. Und was befehligt ein Feldherr?

Es dauert, bis der Professor mit der Antwort herausrückt.

Ein Regiment? kommt es zögernd.

Was sonst, sagt sie barsch. Was ist das?

Eine Einheit der Armee?

Sie nickt unwillig, damit begnügt sie sich nicht. Für Systeme hat sie eine besondere Vorliebe. Und wo gibt es ausgefeiltere Systeme als beim Militär?

Wie lautet die Hierarchie?

Sie klopft auf ihr Hebammentäschchen, das voll Tücken steckt.

Armee, Korps, Brigade, Bataillon, Kompanie ...

Ein feiner Blutrausch überzieht ihre Wangen.

Und welche Eigenschaften muß ein Feldherr besitzen, um seine Kriegsziele zu erreichen?

Orientierungssinn. Selbstvertrauen. Disziplin. Gründlichkeit. Erfahrung ... Er blickt sie hilflos an. Todesmut? Pflichtbewußtsein? Skrupellosigkeit bis zum Drill? Härte, auch gegen sich selbst. Er sucht nach Worten. Unnachgiebigkeit bei Befehlsverweigerern. Unempfindlichkeit gegenüber dem Untergang ... Wieder stockt er. Demütige Regierungstreue.

Ganz zufrieden ist sie noch nicht.

Und was ist die Konsequenz aus all dem?

Er zögert.

Na?

Ein Feldherr ist nicht gerade beliebt, stößt er rasch hervor.

Der Professor endet erschöpft.

Da haben wir den Otto von Lossow, wie er leibt und lebt. Sie nickt dem Professor zu.

Die Bläser verstummen, einer schickt einen wimmernden Ausrutscher hinterher. Mir rinnen die Tränen übers Gesicht. Seit wir das Salzkammergut verlassen haben, muß ich bei Blasmusik immer heulen. Ich habe nach der Flucht aus Berlin, wo man mich aus dem Luftschutzkeller samt Decke weggetragen und zum Zug nach Linz gebracht hat, ein schwer erworbenes Stückchen österreichischer Heimat in Goisern verloren, gerade als ich anfing, dort gut zu leben. Die Spiele mit dem Rehkitz, das eine neugewonnene Freundin mit der Flasche aufzog, die Heimatabende, an denen meine Schwester und ich im Dirndl und mit Gretlfrisur zweistimmig jodelten, gab ich widerstrebend her, es hatte Spaß gemacht. Im Sommer konnte ich in Goisern barfuß gehen, im Herbst mit Holzschuhen ohne lästige Schnürbänder. Von Bruder Irenäus hatte ich gelernt, was man tun muß, um in den Himmel zu kommen, in Linz sah das anders aus. Ich begann zu ahnen, daß das Gefühl, zu Hause zu sein, mit Menschen zu tun hatte, die mir wohlgesonnen waren. Überhaupt war das Leben in Goisern viel einfacher und überschaubarer gewesen. Die neue Gegenwart hatte keine Erde, keine Büsche und Wälder, wo ich mich verstecken konnte. Vor den russischen Besatzern in Urfahr bei Linz fürchtete ich mich, vor dem neuen Untermieter, dem neuen Arzt, der neuen Nachbarin. Doch es war unausweichlich, nach Urfahr bei Linz zu ziehen, da mein Vater an der KP-Zeitung *Neue Zeit* einen Redakteurposten erhielt. Heimatverlust durch Arbeitsplatz.

Unauffällig taste ich nach dem Saum meines roten Tellerrocks und wische mir die Tränen ab. Meine Großmutter schüttelt unwirsch den Kopf, stupst heftig mit dem Ellbogen gegen meine Rippen und reicht mir mit einem bösen Schnauben das Spitzentuch, das sie hurtig aus ihrer Jackentasche zieht.

Ich weiß schon, was kommt, wenn wir anschließend im Café Annast, dem früheren Tambosi, sitzen werden: Meine Großmutter wird die Geschichte von Otto von Lossow erzählen, General und Reichswehrbefehlshaber von Bayern, auf obskure Weise in den Hitlerputsch 1923 verwickelt, ein Mann, der eine zerfetzte Psyche in sich trug. Otto von Lossow war der Vetter ihres Mannes Ernst von Lossow, den ich Großvater nannte.

Ernst von Lossow war ein sanfter, kranker, mit intensiver Sinnsuche beschäftigter Mann, an dessen Bett ich gern saß, um mit ihm zu grübeln.

Auf ihren Bücherborden hat meine Großmutter in edles Leder gebundene Aufzeichnungen von Otto von Lossow stehen, mir jedoch ist die Lektüre verweigert. Nicht einmal die trockene Aufzählung seiner Schlachten darf ich aufschlagen. Sie wird mir nichts davon vermachen, sondern kurz vor ihrem Tod alles ins Kriegsarchiv tragen: »Wer weiß, was du damit anstellst. Ich traue dir nicht.« Irgendwie geraten später die Bände dennoch in meine Hände.

Otto von Lossow hat einen ruhmreicheren Weg als sein Cousin Ernst von Lossow eingeschlagen und begann seine Karriere als Portepeefähnrich der Bayerischen Armee, absolvierte die Kriegsakademie.

Durch seine Erziehung, Umgebung und Tradition in scharfem Gegensatz zum »Zivilistenpack« erzogen, tat er sich schwer mit der kleinbürgerlichen Masse, war aber ehrlich bestrebt, sich zu einem inneren Verhältnis zum Plebs durchzuringen, was »dem Volk« nicht entging.

Von Krieg und Militär weiß ich nicht viel. Ich weiß nur, daß mein Vater mir seine weißlackierten Schi – Tarnfarbe bei Schnee – und eine Schreibmaschine mit militärgrüner Schutzhaube schenkte (Tarnfarbe im Grünen?). Daß er im Krieg seine Stimme bei einem Kehlkopfdurchschuß verloren und deshalb nur heiser etwas gegen den Krieg einzuwenden hatte. Und daß wir für die Goiserer als Flüchtlinge galten.

Als Großmutter und der Professor sich verabschieden – ich muß dankbar sein, daß er sich so um mich kümmert, der Hornochse: meine Großmutter einigermaßen beiseite –, stehe ich noch eine Weile da, betrachte die Feldherrnhalle und fühle, daß etwas in mir zu schwingen beginnt.

Die Erzählungen meiner Großmutter nebst ihren nachglühenden »Stadtführungen« binden mich an die Münchner Geschichte – sie ist meine erste Zuarbeiterin aus dieser »geheimnisvollen Werkstatt Gottes«, wie Goethe die Historie nannte. Und häufig verwiesen ihre Geschichten unterschwellig auf ihre nationale Verwurzelung in einem Deutschland, das immer wieder mit Kriegen und Gewalt verbunden war – ihr Leben als Ulanenoberstwitwe war schließlich eng mit dem Militär des deutschen Nationalstaats verknüpft. Sie ließ sich nie von Modischem ablenken und vermittelte auf verschlungenen Wegen Tradition. Ihre bestimmte Art, über ihre Stadt nachzudenken, bewirkte, daß ich im Laufe der Jahre begann, mich heimisch zu fühlen.

Ich kam ihr nicht aus, als ich in den frühen Sechzigerjahren bei ihr häufig die Ferien verbrachte und in den ersten Monaten meines Studiums bei ihr wohnte. Wichtiger als deine Schmöker zu lesen, sagte sie, ist es, die Stadt zu entziffern, und sie schlug mein Buch zu: also raus! Und wir machten uns auf den Weg durch die Stadt, zu Fuß, was sonst, die öffentlichen Verkehrsmittel waren tabu. So erwanderte ich mir an ihrer Hand die Stadt in allen Dimensionen, blickte durch Wände und Mauern hindurch auf ihre mythische Geschichte.

~

Das erste Mal war ich 1946 auf dem zerstörten, in seiner fragilen Eleganz immer noch beeindruckenden Hauptbahnhof angekommen, als München in Trümmern lag – die Feldherrnhalle allerdings war nur wenig beschädigt. Da hatte ich sie erstmals gesehen. Sie war kein Blickfang und machte einen traurigen Eindruck, war grau in grau, staubbedeckt und irgendwie verschlampt. Wie auch nicht. Es gab Dringlicheres zu tun. Man brauchte die Loggia nicht, sie war kein Wohnhaus, das es nach den Bombardierungen wieder bewohnbar zu machen galt. Die drei Bögen mit dem Gesims und den Figuren darüber hatten bräunliche Flecken von eingedrungener Feuchtigkeit, die grauschwarzen Arkaden, die wuchtigen Platten zogen gerade einmal ein paar fliegende Händler und Hunde an. Das Gewölbe wie die rechte Seite der Rückwand waren 1944 bei Fliegerangriffen getroffen worden, Löcher zierten die Mauersteine, Feldherr Wrede hatte beim Bombeneinschlag den Kopf verloren, der rechte Pfeiler war Richtung Theatinerkirche eingeknickt. Der Boden war mit Unrat bedeckt, Taubenkot, einer schrumpeligen Matratze, den rußigen Resten einer Feuerstelle, zerbrochenen Ziegeln und morschem Holz von zerstörten Bauten. Ein Gerüst zierte die rechte Nische. Von den Wänden hingen Spinnennetze herab.

Die Loggia hatte etwas zutiefst Trostloses, und meine Großmutter seufzte über den Verfall und die verlorenen Bilder der Erinnerung, hielt inne mit ihren Ausführungen, als sie mein enttäuschtes Gesicht bemerkte, und sagte: Nun gut, mehr dazu ein andermal.

So stapften wir durch die Stadt, von der Münchner Freiheit bis zum Marienplatz, rutschten über feuchten Stein und stießen uns am Schutt, hatten das Siegestor hinter uns gelassen, den Triumphbogen, der bei voreilig angenommenem Sieg das bayerische Heer empfangen sollte. Sieht aber nicht gerade nach Sieg aus, murmelte meine Großmutter, und wir erschraken, als wir zu Füßen des historisch bedeutsamen Monuments die in das begrünte Halbrund des kleinen Platzes (den man heute wieder dem Verkehr abtrotzen will) herabgefallenen Löwenköpfe entdeckten. Zwei Siegesdenkmale, die der Krieg in Mahnmale verwandelt hatte, die Feldherrnhalle und das Siegestor. Vorbei an den Kopfbauten der zerstörten Universität, deren Pedell Jakob Schmid, ein unauffälliger Mann ohne Ausbildung, Mitglied der SA seit 1933 und seit 1937 Parteimitglied und aktiver Zellenleiter, Sophie und Hans Scholl an die Nazis verraten hatte.

Die Universität hatte den Betrieb bereits aufgenommen, und die Studenten beteiligten sich, Steine und Kübel schleppend, am Wiederaufbau. Meiner Großmutter liefen die Tränen herunter, als wir die Staatsbibliothek ohne ihre Statuen, die marode Theatinerkirche und die zerstörte Residenz passierten. Wenn ich heute den Monopteros besteige, stehe ich auf dem Bauschutt des Festsaals der Residenz – der kleine Hügel wurde daraus errichtet.

Wir gingen vorbei an mit Maschendraht abgesicherten zerbombten Häusern, notdürftig mit Pappe geflickten Fenstern und Kirchenruinen. Der Alte Peter ein grausiges Gerippe. Die Bürgersaalkirche eine Schutthalde. Später, als sie wieder aufgebaut worden war, wurden die sterblichen Überreste von Pater Rupert Mayer von Pullach nach München überführt. Dann war der Besuch bei Pater Rupert Mayer obligat, der gegen die Nazis gekämpft hatte und den die Großmutter gekannt hatte: Ein schöner Mann, sagte sie und faltete die Hände. Sie schätzte männliche Schönheit, wenn sie mit etwas Erhabenem zu tun hatte – das konnte Religion, Kunst, Kochkunst oder Politik sein –, und sie machte mich darauf aufmerksam, daß der Krieg für den ungeheuren Verlust an männlicher Kraft verantwortlich sei. Er geht auf den Kopf, sagte sie und meinte damit Opas Schüttellähmung, die er »vom Feld« mitgebracht habe.

Die Straßen waren leer, leer die Schulen, blutleer die wenigen Menschen, eine tote Stadt. Nur hie und da ein hungriges Gesicht, arme Schlucker, traurig und müde, weit und breit keine Siegermienen. Am Marienplatz Schutträumaktionen, begleitet von der Kapelle Rama dama, Mittelpunkt eines bescheidenen Schwarzmarkts mit Tausch- und Verkaufsaktionen. Frierende mit klappernden Zähnen und Ausgehungerte, Geschwächte, zu dünn Bekleidete warteten an den Trambahnhaltestellen. Im einstigen Schaufenster eines zerstörten Gebäudes hockte auf gestapelten Ziegeln ein Zeitschriftenhändler – die ersten Zeitungen waren bereits erschienen. Ein Mann verkaufte gemalte Karten des zerstörten Alten Peter – es gab keine Fotoapparate.

Der beinamputierte Ziehharmonikaspieler auf der Treppe zur Loggia mit der schleudernden Kopfbewegung, um seinem Spiel Rhythmus zu geben: Der erste Musikant, der mir erscheint. Den ich zu lange musterte, bis mir meine Großmutter das verbot. Das sei unfein, tadelte sie. Das handgeschriebene Schild mit der Bitte um einen Groschen neben ihm. Ein Veteran mit Augenklappe, der auf seine Armprothese klopft und ohne zu geben an ihm vorübergeht. Eine weinende Frau, die meiner Großmutter das Photo ihres gefallenen Sohnes zeigt.

Überhaupt die vielen Männer, denen irgendwo etwas fehlte. Sie sahen aus wie die gestürzten antiken Statuen in der Glyptothek, denen die Nase oder ein Bein, eine Hand abhanden gekommen ist, heimatlose Torsi, zerhackte Menschengesichter. Seelen im Exil.

Und trotz regenüberschwemmter Zimmer, mit Dachpappe verklebter Fenster und eisiger Räume, kaum beheizbar mit dem krachenden, feuchten, frisch geschlagenen Holz, trotz gewaltiger Veränderungen, die Julien Green feststellte – *früher sah man die Geschichte hinter den Dingen. München zum Beispiel war außergewöhnlich, es hatte etwas Überaltertes, etwas Poetisches, es war voller Geschichte. Nach dem Krieg war nichts mehr davon übrig –*, fügten sich die Menschen ins Unvermeidliche und äußerten ihre seelische Zugehörigkeit zu Stadt und Land. Der ungeheuerliche Verlust an Schönheit, den die Stadt erlitt, war die Strafe für die gärende, schwarze Masse der Nazis.

Das wird alles wieder, sagte meine Großmutter, ich glaube an Karl Meitingers großartiges Programm, alles wieder so aufzubauen, wie es war. Es war die Kraft ihrer Erinnerung, ihrer Gefühle, ihrer Idee von München, ihrer Suche nach dem Beständigen, die mir die Empfindung von Heimat vermittelten. Ich fühlte mich durch ihre Erzählungen bald zu Hause und aufgehoben, auch wenn das nicht ganz stimmte und nicht nur der von Bombeneinschlägen versehrte Bahnhofsrest und die Neue Pinakothek, das wunderbare, bis auf die Grundmauern zerstörte Odeon – nach dem Kunsthistoriker Georg Dehio *eine der außergewöhnlichsten klassizistischen Lösungen der Bauaufgabe Konzertsaal* – abgerissen wurden. Eine Renovierung des von Leo von Klenze geschaffenen Odeons mit seiner halbrunden Exedra für das Orchester, den Fresken an der Decke, den übereinandergestellten Säulenreihen, den Rundnischen mit Büsten Beethovens, Mozarts, Händels und anderer – einer der besten Musiksäle Europas – wurde aus Kostengründen nicht erwogen. Man behalf sich mit dem Innenministerium und brachte den heutigen Konzertsaal in der Residenz unter. Das einstige Odeon wurde zum Innenhof des Ministeriums mit einer Glasdecke.

Der Ruf der Musikfreunde und Architekturliebhaber nach Erneuerung des Konzertsaals wurde überhört. Zu rasch machte man sich an den wertvollen Denkmälern zu schaffen, wollte überhastet die Trümmer der grausamen Zeiten vernichten und das falsche Licht der Nachkriegszeit aufglimmen lassen. Das Alte: begraben und vergessen. Die unbestellten Felder der Baulücken zu belassen und abzuwarten wäre eine Schande gewesen, das hätte ja jeder gesehen. Es ging darum, die Spuren der eigenen Sünden so rasch wie möglich zu beseitigen. So behalf man sich mit einer einfachen und schmuck- und reizlosen Architektur, die nicht mehr Machtgelüste ausstrahlte, sie vielmehr beschwichtigte.

Daß für Kinder die Nachkriegszeit auch Freiheiten ungeahnter Art bieten konnte, erfuhr ich von Nachbarskindern, von kleinen Kämpfen gegen die hektische Schuttbeseitigung, wie es Ali Mitgutsch in seinem Buch *Herzanzünder* schildert. München war damals eine von den vielen Kohleöfen verrußte Stadt, in der Trümmerstaub und Ruß jede Ritze füllten und in der einzig ein Blumencorso in der Maxvorstadt mit seinen bunten Blüten in vergessenen Farben das Dunkel durchbrach.

Hungerjahre. Die Kinder waren unterwegs, um irgendetwas zu finden. Jeder Ruinenwinkel, jedes halb eingestürzte Haus wurde gründlich durchsucht, ob sich etwas Verwertbares versteckte. Der junge Ali wurde zum »Altmetall-Spezialisten« und konnte von weitem erkennen, ob es sich um Zinkblech oder verzinktes Blech handelte. Die Jungen rissen Bleirohre aus den Klosetts, zogen aus Schutthalden Ziegelsteine, säuberten und verkauften sie. Im Schutthaufen des Gestapohauses in der Briennerstraße entdeckten sie in den Gefängniszellen blau emaillierte Mutterkreuze mit silbernem Strahlenkranz und dem Hakenkreuz in der Mitte und trugen sie ins Ami-Lager hinter dem Löwenbräukeller. Dafür gab es Schokolade und Kaugummi. In den Überresten der Neuen Pinakothek, innen ausgebrannt, fanden sie Geheimgänge mit Kisten, die Bronzehelme, Fibeln, Arm- und Fußringe enthielten, putzten und verscherbelten sie. Solche Privilegien waren mir als gelegentlichem Besucher nicht vergönnt.

Einst war die Musik notwendig zum Regieren – im Zeichen des zermürbenden Fortschritts regieren die Politiker in Amt und Würden ohne Musik. Es bedarf keiner Emotionen. Nicht nur das: Die zum »Publikum« degradierten Freunde der Musik nebst den Musikern selbst verdienen kein Haus. So hat man auch die stadteigene Kaimhalle niedergerissen, eine Ton- und Konzerthalle in der Nähe des Wittelsbacher Palais, die Geburtsstätte der Münchner Philharmoniker. Dort sollte ursprünglich ein Kulturzentrum mit Konzerthalle entstehen, stattdessen entstand an dieser Stelle das Gestapogefängnis.

Von meiner Großmutter dazu kein Wort.

Der Architekt Martin Dülfer hatte die neubarocke Musikhalle 1895 für Franz Kaim für 835 000 Goldmark erbaut – ein Riesenprojekt mit Restaurationsräumen und einem Kabarett im Erdgeschoß. Auch Thomas Mann besuchte hier Konzerte und richtete wiederholt sein Opernglas schamlos auf Katja Pringsheim, seine spätere Frau. *Merkwürdigerweise ist es fast immer der Kaimsaal, wo ich Sie sehe*, schreibt er. Franz Josef Strauß hatte noch Mitte der siebziger Jahre die Rekonstruktion des Klenze-Baus angekündigt, doch daraus wurde nichts. Heute haben wir wieder eine zähe Diskussion um den Ort der Errichtung einer neuen Konzerthalle, und der Architekt Karl Klühspies kämpft um mehr Mitspracherecht der Bürger in der Stadtplanung.

Das unbezahlbare Grundstück des Odeon in zentraler Position wurde vielmehr an die Bayerische Landesbank verkauft und der Erlös in den Gasteig gesteckt. Auch hier erwies sich jeder Protest als zwecklos.

Unweit davon waren Ludwig II., Richard Wagner und Architekt Friedrich Semper über gewaltige Pläne zu einem nie gebauten Musikhaus für das große Wagner-Festspektakel gebeugt gewesen. Manchmal war Wagners Schwiegersohn Houston Stewart Chamberlain dabei, der Hitlers Rassenwahn vorausdachte. Doch Wagners Schmarotzertum wurde bald durchschaut.

Wild zur positiven Sicht entschlossen, änderte meine Großmutter die Strategie, durchdrang mit ihrem Röntgenblick die kaputten Mauern und baute alles wieder auf, schöner, als es je war und wieder sein würde. Mit Schwung schob sie energisch die düsteren Schatten der Vergangenheit beiseite und bewegte sich durch Trümmerhindernisse hindurch auf goldgelbe Schlösser und paradiesische Gehege zu. Wenn sie erzählte, wurde sie selbst zur Stadt, bewegte sich anders, atmete anders, war in ihrem Element. Und ein wenig fügte sie mich ein und ordnete damit meine Welt.

Mit ihrem derben Charme scheute sie sich nicht, den Leuten auch harte Wahrheiten ins Gesicht zu schleudern. Selbst mit Kardinal Michael von Faulhaber flirtete sie ungeniert, trank Tee mit ihm und bezeichnete ihn als schönen Mann. Vielleicht schätzte sie sein bis auf die Ulcusfalten zu beiden Seiten des Mundes glattes, rosiges Gesicht, unausgeprägt, wie es häufig bei Geistlichen zu sehen ist, vielleicht imponierte ihr das große Kreuz auf der Brust, der dicke Ring mit dem Kreuz.

∾

Mit meiner Großmutter bin ich in die letzten Zuckungen der Genealogie eingetreten, mir blieb mancher Verdacht. Wer war der Großonkel, von wem war er der Sproß, wer waren die wichtigen Herren an Großmutters Stammtisch in den Pfälzer Weinstuben am Odeonsplatz, die geheimnisvollen Damen bei ihrem Kränzchen im Café Annast, dem früheren Tambosi? Ererbte historische Brüche ließ meine Großmutter mit ihrer Instinktphilosophie nicht zu, sie umschiffte geschickt die Klippen, berührte alles mit ihrem Zauberstab und stellte den Urjäger neben den Soldaten, die Urfehde neben den Giftgaskrieg, so klärten sich die Vergehen und verwandelten sich in Verheißung. Nur eins schaffte sie nicht: die Wiederbelebung des in den Jahren 1924 bis 1926 vom Bildhauer Bernhard Bleeker geschaffenen Denkmals des »Toten Soldaten« im zerbombten und deshalb pure Symbolträchtigkeit ausstrahlenden »Armeemuseum« im Hofgarten, ungehemmtes Zeichen verlorener Kriege. Da standen wir dann, am Ende der großmütterlichen Führung, ehe es nach Hause ging, betreten und stumm. Und ein wenig langweilten wir uns.

∼

Zu Beginn der fünfziger Jahre verschwand der Staubdunst, die Wunden schlossen sich und die apokalyptische Trümmerwelt wurde heiler und heller, Großmutters Autorität in Wort und in der Erzählung nahm zu, ihre Bilder wurden farbiger, und mit wachsendem Stolz listete sie bei unseren Stadtwanderungen auf, was München zu bieten hatte. Die abenteuerlustigen Kinder wie Ali Mitgutsch jedoch gingen leer aus, vorbei die große Traumfunktion der Stadt mit ihrem mythischen Schutt, in dem es allerlei zu entdecken gab. Erst 1956 bis 1961 wurde die Feldherrnhalle wieder hergestellt, der Pfeiler gesichert, sie bekam ein neues Gewölbe.

Die Feldherrnhalle wirkt nicht so luftig wie die Florentiner Loggia dei Lanzi, sie hat nicht ihre Leichtigkeit. Feldmarschalldenkmäler und militärische Monumente haben nun mal nichts Schwebendes, und Löwen mit ihren muskulösen Körpern drücken sich tief in die Erde ein. Dagegen kämpft die Halle himmelwärts mit einer gewissen Durchbrochenheit, die durch die verzierten Bögen entsteht, unten lastet sie, oben bekundet sie mit einer Art Geländer mit Spitzenbesatz und Figuren Luftigkeit. Die theatralische Leere, die unter den Bögen entsteht, schreit förmlich nach Menschen, die sich hier versammeln und austauschen, fordert das Schauspiel der Selbstdarstellung. Man redete dort um sein Leben oder starb.

In Kürze war München die bestaufgeräumte Stadt Deutschlands geworden, und Autos mit Holzvergaser fuhren durch die Innenstadt. Amis montierten das Schild »Hauptstadt der Bewegung München« ab und trugen es mit ihrem lässigen Gang davon.

Kein einziges Mal kamen mir damals Bedenken, wie fragwürdig Else von Lossows Sicht der Stadt war. Zwar liebte sie keineswegs die rasch errichteten Neubauten (die heute wieder eingerissen werden), die asphaltierten Plätze (die heute wieder in ihrer Ursprünglichkeit entdeckt, gar freigelegt werden), aber ihre Bau-Sensibilität reichte nicht aus, die Hinfälligkeit dieses rasch Zugepflasterten, Billigbetonierten und mit Schutt Wiederhergestellten zu erkennen, diese behelfsmäßige Nachlässigkeit, diese übereilte Lieblosigkeit und Herzensleere.

~

Manches war unwiederbringlich verloren, nicht mehr gut zu machen. Mitunter äußerte meine Großmutter Bedauern und trauerte dem Alten nach, aber sie hielt sich nie lange damit auf. Unternehmungslustig, wie sie war, nahm sie ihr früheres Leben auf. Sie kannte noch die alten Kaufleute, die ihre Geschäfte neu eröffnet hatten, war bei sämtlichen Nachbarn gern gesehen, wußte, wer in ihrer Umgebung der beste Fleischhauer war, die beste Näherin, wer die besten Semmeln und Brezn buk und wo man die besten Weißwürscht bekam. Wie sie auch informiert war, welcher Mann im Haus gegenüber nie in seinem Bett die Nacht verbrachte, und die Rothaarige im Eckhaus hatte sie im Verdacht, es mit jedem zu treiben – sie hatte sie schließlich mal auf dem Strich am Siegestor gesehen. Sie trug schwer an dem Wissen, daß der Postbote nicht ehrlich war, während sie dem Pfarrer der Ursula-Kirche bei einem Gläschen Sekt vorwarf, beim Hochamt Ministranten im Unterhemd wirken zu lassen, bei denen man das Achselhaar sah. Auch konnte sie keine drei Schritte tun, so klagte sie, schon näherte sich ihr ein Verehrer aus dem zweiten Haus rechts, um ihr die Tasche abzunehmen und sie nach Hause zu begleiten. All diese Gedanken, auch wenn sie spöttisch geäußert wurden, vermittelten mir ihre Zugehörigkeit, ihr Einverständnis mit der Stadt und ihren Menschen, von wenigen Ausnahmen einmal abgesehen.

Sie kannte die entlegensten Winkel und Plätze, es hatte nämlich alles in ihrer Stadt System. Zittergreise mögen sich in Sackgassen verirren, für sie gab es das nicht, sie fand sich in *ihrer Stadt* überall zurecht.

Eine Kenntnis von der Stadt in ihrer Eigentümlichkeit hatte ich deshalb noch lange nicht gewonnen, auch unterlag meine Sicht im Laufe der Jahre gewissen Abwandlungen und Widersprüchlichkeiten. Ich hatte noch auf Schritt und Tritt zu lernen, weitere Informationen zu sammeln und bereits Aufgenommenes neu zu betrachten. Doch der Mittelpunkt meiner Erkundungen ist und bleibt die Feldherrnhalle, sie war das Rätsel; sie zu betreten, bedeutete, es allmählich zu lösen. Sie wurde für mich zur Chiffre für ein altes wie ein neues Zeitalter und fesselte mich in ihrer Widersprüchlichkeit – ein Ort, der immer wieder überschrieben wird.

Die Feldherrnhalle betreibt Geschichte. Zwar, das ist bekannt, lernen wir nichts aus der Geschichte, und die Lösungen für heutige Probleme kann sie uns nicht liefern, aber ihre besondere Rolle als Symbol verführt dazu, in ihr ein gesellschaftliches Phänomen zu sehen – wir können den dunklen Weg der Geschichte der Feldherrnhalle durchdringen, können herausfinden, was sie anderen gibt, können Umbrüche ersehen, das Auf und Ab symbolischer Überzeugungskraft. Gerade jetzt, in den Zeiten der aggressiven rechtsradikalen Bewegungen ist sie zum Reizort der Gegenwart geworden, an dem deutsche Schollenschützer gegen rechtlose Asylanten im Ausnahmezustand protestieren. Die Halle verweist in ihrer Vielseitigkeit der Funktionen auf die Geschichtlichkeit selbst und unsere Verantwortung. Komplex und geheimnisumwittert, verkörpert sie eine Mischung aus Kriegsempathien, Friedenssehnsüchten und Unterweltmythen und legt Spuren, ein Erinnerungsmal. Sie kann immer etwas anderes sein und immer mehr sein als bloß die Feldherrnhalle. Ein Tempel des Nationalen ebenso wie ein Tempel der Nationalitäten. Sie ist Mittelpunkt des touristischen Rituals mit Millionen von Besuchern. Erklimmt man die Stufen, so präsentiert sich keine Natur, sondern ein Teil der Stadt mit der Theatinerkirche, der Residenz, dem Innenministerium, dem Ludwig-Denkmal, dem Tambosi und dem Hofgarten – ein hochherrschaftlicher Ausschnitt vergangener und noch präsenter Stadtkultur. Und an der steinernen, von eleganten klassizistischen Bauten gesäumten Ludwigstraße in Sichtweite die Staatsbibliothek, die Universität und zum Abschluß das Siegestor. Hier schließt sich der Kreis: Der Krieg der Feldherrn mündet im euphorischen Sieg.

Die Feldherrnhalle überwacht das politische Geschehen bis in unsere Zeit: Nach dem schwarzen Pariser Freitag wurde sie, angestrahlt in den Farben Blau-Weiß-Rot, zum Zeugen der Demonstration von Solidarität und freundschaftlicher Verbundenheit mit Frankreich.

Immer noch werde ich von Großmutters Bildungshinweisen, die sie über eine wißbegierige höhere Tochter ausschüttete, überschwemmt, und ich sehe ihr graumeliertes Haar, mit neunzig – »weil es modern ist« – bei Sassoon (in Sichtweite der Feldherrnhalle wie die Ausstellungen sündhaft teurer Automodelle in zwei Läden) zum Bubikopf geschnitten, ihre Rosenwangen und ihr Kußmündchen mit den beiden akzentuierten Venusbögen vor mir, während sie mit ihren überzarten wackligen Beinen auf das Annast zusteuert. Im Geist weile ich in jenen Nachkriegstagen – in denen das Neubauen oft schlimmer als das Zerstören war –, und lebhafte, aber keineswegs zuverlässige Eindrücke dessen, was ich im Laufe der Jahre in der Loggia gesehen habe, überrollen mich. Mal verwandelt sich die im Zeichen des »Historismus« nach dem Vorbild der Florentiner Loggia dei Lanzi erbaute Halle in eine italienische Markthalle (deren pompösen Treppenaufgang allerdings keine Marktfrau mit ihren Waren je erklommen hätte), mal in ein Gefallenendenkmal oder ein grünspaniges Heldengrab. Eine gespenstische Verzerrung macht sie zu einer Morgue mit den Gerüchen des Sektionssaals, einer überirdischen Katakombe, zu einer Spielstätte im Kartätschenhagel. Dann wieder fühle ich die Schrecken einer Richtstätte mit Schafott, mit herabhängenden Eisenketten für die Delinquenten, und das Vertraute erscheint mir als Basar oder Elefantenpavillon eines Maharadschas. Ein Traumort wie der Ort einer intellektuellen Wahrnehmung.

Ein guter Ort, um nachzudenken, und unmerklich verstreicht die Zeit, in der ich den Bildern aus meiner Jugend nachgehe. Erst wenn ich merke, daß ich meine Stellung schon lange nicht mehr geändert habe, verlagere ich meine Position. Voll Achtung nehme ich die Stufen hoch zur Balustrade nur dann, wenn die Frauen im Swarovski-Dirndl, Blumen und Bänder im geflochtenen Haar, samt ihren Gänselieseln und Schäfern, die vom Platzl herkommen, verschwunden sind. Ich gebe meinen ketzerischen Gedanken nicht nach, dieses Heiligtum zu entweihen, und setze mich nicht auf die beiden Löwen wie die jungen Leute, weil ich denke, die sind reserviert für Feldherrn und Feldmarschalle à la Göring oder »La Keitel«, der Spitzname für den Chef des Oberkommandos der Wehrmacht. Göring freilich brauchte das nicht, der hatte seine lebendigen Löwen zu Hause.

～

Wenn ich die Treppen hinaufsteige, bietet sich mir das Schauspiel gerader, ineinandergefügter Marmorplatten, beim Näherkommen jedoch entpuppen sie sich als eine aufgemalte Quaderung. Als Gegensatz zu solcher Sachlichkeit kam später die Bronzeskulptur von Krieg und Frieden hinzu, romantisch ineinander verflochten Mann und Frau, theatralisch, aber keine künstlerische Großtat.

Die kahle Rückwand ging Ludwig I. nicht aus dem Kopf, später, 1931, wurden zwei Bronzetafeln mit den Meriten der Bayerischen Armee 1870/71 und im Ersten Weltkrieg enthüllt. 1933 kam, nach dem niedergeschlagenen Putschversuch Hitlers, eine neue Bronzetafel hinzu – ein Ehrenmal mit den Namen der sechzehn »Blutzeugen« schmückte nun die Rückwand, erkoren zum Weiheort der jährlich stattfindenden monströsen Totenfeiern und Hitlerreden. 1945 wurde die Tafel abmontiert.

∼

Die Welt Münchens ist durchzogen von Gewesenem, alles ist möglich in diesem metaphorischen Raum der Halle, und wenn ich genug vom Schreibtisch habe, spüre ich Vergangenes auf. Bei alldem verfolge ich nicht immer ein Ziel. Ich bin ein zufälliger Besucher, und meine Spaziergänge sind eine erfreuliche Abwechslung zwischen der Arbeit. Mir gefällt, wie sich die Stadt verändert hat – sie hat ihre Provinzialität verloren. Wir striegelten uns lange Zeit ein Deutschland zurecht, das es nicht mehr gab. Auch 1989, als Deutschland sich durch den Fall der Mauer neu hätte gestalten können, hat der westliche Teil versucht, den alten Zustand durch schlaues Übergehen erwägenswerter sozialer Neuerungen der DDR zu erhalten. Man wartete ab, versteckte sich, belehrte stattdessen die Kinder eines untergegangenen Landes in Sachen Kapitalismus mit Hilfe von verschickten Bankern und Steuerbeamten. Die Menschen, die aus dem Osten kamen, schienen zwielichtig. Man floh vor neuen Gedanken in die alte Zeit.

Das geht heute nicht mehr, denn es kommen Menschen, die schlichte Wahrheiten mit sich führen. Angst davor treibt die Verfechter rechtsradikaler Bewegungen an, sie sind unsicher und verwirrt. Doch langsam, Schritt für Schritt, tragen uns die Menschen ohne Koffer, ohne Habe, ohne Gewehre, ohne schrilles Geschrei fort zu einer inneren Einkehr.

Mich interessieren die fremden Gesichter der Vorbeidefilierenden in ihrer Pilgerkleidung, Wallfahrer, die Hunger und Neugier mit sich schleppen, und ich bete, daß sie finden, was sie suchen. Ihr sichtbares Ausgesetztsein weckt mein Mitgefühl und macht mich traurig und wissbegierig zugleich. Ich möchte ihre Welt kennen lernen, aber mir fehlt die Kenntnis ihrer Sprache – insofern kann ich nicht auf sie zugehen und sagen, was mich beschäftigt. Da geht es uns nicht anders als unseren neuen Gästen. Warum lernen wir nicht eine arabische Sprache? Mein kleiner Enkel wollte von mir das arabische Alphabet, ich gab es ihm, und er malte es nach. Inzwischen sind »Bücher für kleine Weltbürger« in Deutsch und Arabisch erschienen, ich schenkte ihm eines. Tatsächlich, unsere Kinder und Kindeskinder sind mehr Weltbürger als ihre Eltern und Großeltern. Ich denke an die Gastfreundschaft südlicher Völker, wie ich sie erfahren habe. Wie jedes neue Leben, jedes neugeborene Kind ihre Freude weckt, wie sie es mit offenen Armen empfangen und sich Beschränkungen auferlegen, um für das kleine Kind nur das Allerbeste aufzubieten. Der Empfang unserer Gäste, die auf gefahrvollen Wegen von weit her zu uns gekommen sind, das ist ein großes Mysterium, bei dem uns der hohe Rang des Gastgebers zufällt. Doch das Wort »Gastfreundschaft« habe ich in diesem Zusammenhang nicht vernommen. Wir sind verarmter als diese Menschen, die alles verloren haben. Die armseligen Schätze unserer Welt gewinnen einen neuen Wert, wenn sie einer empfängt, der gar nichts hat.

~

Ich liebe die neue Vielsprachigkeit, stelle mir Fragen nach dem Zusammenhang von vergangenem und heutigem Flüchtlingsleid und suche meine Wahrnehmung der Geschichte in vielerlei Gestalt. Auch den Gerüchen versuche ich auf den Grund zu gehen, am Viktualienmarkt, im Englischen Garten, am Odeonsplatz. Hier stinkt es: die Kanalisation? Die Toilette gegenüber der U-Bahn-Station? Die reiche

Unterwelt der Kanäle und Gänge, von der kaum jemand etwas weiß? Oder der darunterliegende alte Stadtgraben mit seinem legendären Hautgout?

Die Stadt lastete lange Zeit auf mir, und manches an ihrer Geschichte verschlug mir den Atem. Das war früher ein vages Gefühl der Unwahrheit, das die Stadt ausstrahlte, es wurde zum gärenden Brei, der mich bedrückte, zu einer erstickenden Wolke, die über allem lag. Eine Zumutung, hier zu leben, dachte ich, auf nach Berlin! Erst als man die moralische Verantwortung übernahm und das jüdische Viertel am Jakobsplatz sowie das NS-Dokumentationszentrum errichtete, gab man der Stadt wieder ihr Licht zurück. Schließlich sind es unleugbare Tatsachen, die es zu akzeptieren galt, über Jahrzehnte nachhaltig abgearbeitet mit einer deutschen Erinnerungskultur, und heute beweist die Haltung der Münchner, daß man begriffen hat.

Glockengeläut vom Alten Peter und der Frauenkirche. Ein seltsamer Magnetismus, der mich immer wieder zur Feldherrnhalle führt, zur vom Verkehr gedrosselten Weite des Odeonsplatzes und zur gewissen Intimität des Gewölbes der moscheenhaften Loggia. Ein dramatisch gespanntes Leben hat sie hinter sich, und ich spüre, wie sich meine Sicht verändert und mir eine Unterströmung davon suggeriert, was das bedeutet: Deutschland. Das ist kein Märchen, das ist die Wirklichkeit, ich sehe es in aller Deutlichkeit. Wie auch in letzter Zeit die Undeutlichkeit, mit der bislang Politik gemacht wurde, schwand und mit drei Worten das vormals Chaotische, in dem alles drunter und drüber zu gehen schien, in beherrschter Stille, zuverlässig und übersichtlich, zur Klarheit fand. Nie habe ich ein eindrucksvolleres Bild vom Regieren bekommen. Und das ohne so genanntes Charisma, ohne Macht auszuspielen, in gewohnter Sachlichkeit. Verwundert fühle ich Stolz. Wenn die Vielfalt der Kulturen bei uns eintritt, wir unsere Verstörung bewältigten und dem Fremden mit Toleranz begegneten – gäbe es dann vielleicht einen gemeinsamen

Gewinn: ein neues Menschenbild in einem kosmopolitischen Deutschland?

Gleich werden die vier Polen, die rechts vor der Feldherrnhalle bereits Aufstellung genommen haben, ihre melancholischen Lieder anstimmen. Ich lasse mich von meinen Assoziationen treiben. Nichts hält mich davon ab, eine nationale Prise zu schnupfen. Ich will dem Kitzel meiner Phantasien folgen, einer vagen Erregung, einem Bild, das ich manchmal zu fassen meine.

Ich habe so meine Rituale. In der Sonnenuntergangsstunde empfinde ich besondere Erwartungen, das aufkommende Dunkel der Dämmerung zieht mich an. Es mag noch so spät und die Nacht bereits heraufgezogen sein – stets haftet diesen Besuchen ein Hauch von Heimkehr an, wenn meine Schritte langsamer werden und ich die erleuchtete Theatinerkirche entdecke, die schimmernde Loggia, die aufglühende Residenz.

Oft herrscht bereits Grabesstille, wenn ich eintreffe. Ich finde noch ein liegengebliebenes Handtuch, eine Decke, ein Buch, eine Socke, Dinge, die ich nach Hause trage und in einem Korb verwahre. Ich sehe eine Maus, die rasch in ihrem Schlupfwinkel verschwindet. Eine Krähe erhebt sich protestierend vom Giebel. Eine Katze läuft davon. Oder ein später Besucher hockt noch auf der Treppe, gliedergelähmt und halb erfroren.

Bis auch mir kalt wird, stehe ich im Dunkel da oben, während sich Erinnerungen, Phantasien, Fragen in mir ausbreiten, Gedanken an meinen verstorbenen Gefährten, mit dem ich oft hier war und mir vom Krieg berichten ließ, Polen, Italien, einmal Moskau und zurück, Ägypten, England, *reeducation* in Wilton Park. Kaum höre ich die Uhr der spätbarocken Theatinerkirche schlagen; erst wenn ich den kühler werdenden Wind spüre, steige ich wieder hinab in das Halbhelle der Straßen.

Von der Theatinerstraße her erklingt eine Violine. Ein magischer Ort in einem Land, das verletzt und erfüllt. Er hat viel Energie, und ein guter Teil davon steckt in der Loggia: Sie offenbart es auch mit Musik. Ich habe schon mehrere Konzerte vor der Feldherrnhalle erlebt, klassische und Popkonzerte, das Bayerische Staatsorchester, französische und italienische Orchester. Ich lauschte Opernarien von Thomas Hampson und Rolando Villazón, einem Pianisten an einem weißen Klavier, einem einsamen Cellisten, einem Rumänen mit einer Art Zimbel, einem chromatische Tonleitern liebenden Türken, der durch Phantasielieder wanderte. Eine wunderbare Bühne für eine »Italienische Nacht« oder die »Russische Nacht« des Symphonieorchesters des Bayerischen Rundfunks unter dem lettischen Dirigenten Mariss Jansons; das Orchester saß auf der bunt erleuchteten Loggia, und achttausend Menschen bevölkerten den Odeonsplatz – ein beeindruckender Abend. Der große Musikliebhaber Ludwig I. hätte seine Freude daran gehabt. Manchmal geht es hier zu wie auf einem arabischen Basar: Man zeigt uns alles, was man hat, erfreut uns mit Chören, Klassik, Pop, Klezmer, Gstanzln, Jodlern und Walzerklängen. Auch rundum in den Straßen vor der Residenz, in der Theatinerstraße, vor der Oper, ertönt Musik, geliefert von Könnern, aber auch Dilettanten, und die Klänge steigen zum nachtblauen Himmel auf.

Die Loggia bildet die Persönlichkeit der Stadt – ein organisches Gebilde mit einem vielseitigen inneren Leben, das Musiker, Schauspieler, politische Redner oder Wahlkampagnen, kabarettistische Einlagen oder Chöre, aber auch Stabhochsprünge und Siegesfeiern von Fahrradwetten, Volkstänze, Weinfeiern bis hin zu Geburtstagsfesten für Atatürk zum Ausdruck bringen. Demonstrationen, die am Marienplatz beginnen, enden häufig hier und schließen mit einer Rede. Die Tradition, Generäle mit Ehrenkompanien zu verabschieden, hat sich spärlich erhalten. Als rechte Gruppierungen vor der Feldherrnhalle Wind machten, gab es Zwischenfälle und großes Polizeiaufgebot.

Heute haben wir das wieder, das erfüllt mich mit Erbitterung. Es gibt zu viele Menschen, die sich vom Gleichmaß des Wohlstands der letzten dreißig Jahre einlullen ließen und die mit der plötzlichen Umwälzung unseres Lebens, die durch die Flüchtlingsströme eingetreten ist, mit den Veränderungen der Umwelt und des Denkens nicht zurechtkommen. In einem Jahr ein Schub von solcher Massivität! Und täglich Tausende mehr! Die nächsten Jahre könnten so schwer wie die letzten vierzig Jahre werden.

≈

Ein junger Mann trägt die Neuausgabe von Hitlers *Mein Kampf* unterm Arm. Lange konnte man glauben, diese monströse Persönlichkeit habe sich in Luft aufgelöst, jetzt frohlockt Hitler auf Filmplakaten: »Er ist wieder da«. Man meinte schon, er gehöre auf den Trödelmarkt, keiner wagte es mehr, sich Hitleranhänger zu titulieren, jetzt kommen die Ratten aus dem Untergrund. Haßvoll über ihn zu sprechen, ermahnte mich eine Verlegerin, sei heute passé, da sei längst alles gesagt. Also behandelten wir ihn besser mit Toleranz, fragte ich zurück, sie zuckte die Achseln. Ich halte das für falsch, wir sind längst nicht fertig mit ihm.

Ich fühle Schmerz. Schmerz über die Zeit, die wir verlieren werden, um abermals mit rassistischen und gewaltsamen Auswüchsen fertigzuwerden – ich hoffe, wir haben die Kraft. Schmerz über eine Jugend, die so weit war, die Fragen nach der Herkunft nicht mehr zu stellen, die ihre Eltern noch stellten. Schmerz über die zitternden, bis zur Erschöpfung weinenden Flüchtlingskinder, die mit der Wurzellosigkeit und Unerwünschtheit nicht zu Rande kommen. Und nicht zuletzt irritierte die vom Präsidenten des Zentralrats der Juden geäußerte Befürchtung, mit den Flüchtlingen aus dem Nahen Osten importierten wir Antisemiten. Volkhard Knigge, Historiker und Leiter der Stiftung Gedenkstätten Buchenwald Mittelbau Dora, sieht die

Problematik sensibler und plädiert dafür, die Unterschiede in der Betrachtung ernst zu nehmen: Flüchtlinge seien keine homogene Masse, sie seien selbst von den Fluchterfahrungen gezeichnet und kennten Menschenrechtsverletzungen, von brennenden Unterkünften in Deutschland zu schweigen. Jedoch machen von Spuren der Gewalt durchzogene Länder immer mehr angst. Der IS will die Lebenskraft Europas von innen her aushöhlen. Im Fernsehen sah ich die Reportage einer deutschen, aus dem Iran stammenden Journalistin über eine Demonstration in Erfurt. Vergeblich und sinnlos ihr Diskurs mit den Menschen, in deren Köpfen sich das rechtsradikale Denken so ausgeweitet hatte, daß sie nicht mehr wußten, wovon sie sprachen. Diese schamlose Truthennenaufgebrachtheit, dieser Haßdunst aus ranzigen Hodensäcken. Es sind nicht nur junge Leute, sondern auch ältere, und ich wundere mich, wie sehr die eigene Flüchtlingsexistenz, die eigene Armut, der Hunger und die innere Versehrtheit ins tiefe Meer des Vergessens abgetaucht sind. Und ich staune, wie hoffnungslos hilflos unsere Politiker sind, wie unentschlossen, als habe man Angst vor einem schroffen und endgültigen Zerwürfnis mit den Rechtsradikalen. Die Furcht vor dem Machtverlust bei den nächsten Wahlen beherrscht die zagen Politikerhirne. Man muß sich entscheiden – selbst wenn die Regierung daran scheitern sollte. Andererseits: die Vorkommnisse in der Silvesternacht am Kölner Hauptbahnhof. Schmierige Angriffe auf Frauen in Köln und Hamburg. Die Instrumentalisierung der Frau in Kriegssituationen hat Tradition (Judith, die dank ihrer Schönheit ins Feindesland eindringt und Holofernes köpft, Helena und der Trojanische Krieg). Es ist, als müßten diese Entwurzelten mit ihrer eigenen inneren Entwurzelung bezahlen, mit einer mysteriösen sexuellen und geistigen Verarmung. Und eine übervorsichtige Polizei, die Selbstzensur übt, um nicht sagen zu müssen, daß unter den tausend Übergriffigen auch Flüchtlinge waren – ich war eine Zeitlang unschlüssig, ob sich eine neue Sensibilität eingestellt hatte oder ob es eine »Anweisung von oben«, wie behauptet wurde, war. Hütet man sich vor vorschnellem Urteil, oder hat man die wahren Umstände verbogen? Die Gerichtsurteile sind spärlich ausgefallen: Zu wenige der Angreifer wurden identifiziert. Oder gab es bei den Anzeigen Trittbrettfahrerinnen? Existiert, wie behauptet, eine neue Meinungsdiktatur? Für mich nicht.

~

Ich fühle mich schutzlos. Ich will dich beschützen, hatte mein Gefährte gesagt und den Arm um mich gelegt. Händchenhalten war ihm zu wenig, er wollte mich fühlen, eng an ihn gepresst. Er gab mir Geborgenheit, nach der ich mich sehne. Meine neue Einsamkeit macht mich wacher, aber ausgesetzter, ich fühle mich bedroht. Die tragischen Narrenschiffe, gefüllt mit hundertsechzig Nichtschwimmern, die sich im Kreise drehen, kriege ich nicht aus dem Kopf. Ich brauche in dieser Wirrnis einen Orientierungspunkt, brauche Halt. Mich erschöpft das Zeitunglesen, ich kneife über den täglichen Alarmbotschaften die Augen zusammen und halte den Atem an, ehe ich mich zwinge, wieder auszuatmen, und schon habe ich auf der Stirn eine Falte mehr. Eine langjährige Freundin, mit der ich politischen Schlagabtausch pflegte, hat sich ausgeklinkt: »Ich komme nicht mehr mit.«

Mein Kampf unter den Ellbogen geklemmt, setzt sich der junge Mann an den Tisch vor den Pfälzer Weinstuben und blättert geruhsam in dem Band, ohne zu bemerken, wie aus den Seiten die Kugeln springen. Wage dich bloß nicht in meine Nähe, denke ich, ich atme auf, als er gähnend das Buch zuschlägt und geht.

~

Die Feldherrnhalle ist zur guten Stube der Stadt geworden, nahe der Lebenswelt der Bevölkerung: Man schaut am Nachmittag oder am

Abend mal vorbei. Gespräche und erregte Diskussionen davor spielen eine geheiligte Rolle im Leben der Menschen. Es gibt Tage, an denen es ganz still ist, und Tage, da könnte man stundenlang zuhören, so spannend ist es, vor allem, wenn vielsprachig gestritten wird, was eine veränderte Beziehung zu meiner Stadt schafft. Sie wird lebendiger und ist offen für seltsame Ungeschliffenheiten und absurde Wortfindungen. Doch die wenigsten der Deutschen sind gleichgültig Veränderungen gegenüber, und daß es so bleibt, wie es war, halten die Eingeborenen immer noch für ein von Gott gegebenes Recht. Damit kommen sie heute nicht mehr weit. Sucht man es zu beschneiden, so folgen sie einer eigenen Logik, verfallen in fürchterliche Wutausbrüche und verwenden Worte, die Fremde nicht kennen.

Eine hohe Tugend der Bayern sei diese unverblümte Art, nicht nur bei Marktfrauen, sondern auch aus dem Munde von Ministern. Es sei ein großes Glück für Deutschland, daß die Bayern in ihrem Freistaat freie Menschen sind. Das sagte ein Landtagsabgeordneter damals zu meiner Großmutter, denn Deutschland benötige Menschen, die ihm Ehre machten, und ein größeres Glück für Deutschland wäre es, wenn es mehr Bayern und weniger »Reichsdeutsche« gäbe. Was der Mann nicht erwähnte, ist, daß es unter den Bayern eine Menge von Rechten und Mufflern gibt, die achselzuckend jede Frage mit den Worten abtun: Woher soll denn i des wissen.

Das großkopfert Drohende an den Bayern. Nicht sie drohen. Etwas in ihnen droht.

Für den italienischen Dichter Guido Ceronetti, bekannt durch seine Aphorismen, *sind die Europäer ein verrückt gewordenes Volk*, für ihn ist *die europäische Einheit im Wahnsinn entstanden; vor dem Verrücktwerden wären es noch intelligent voneinander unterschiedene Völker gewesen*, beklagt er.

Der Gedanke Ceronettis beschäftigt mich. Hat meine Empfindung des Bedrohlichen auch mit der EU zu tun? Dieser Kältehauch des marktorientierten, lobbyhaften Denkens, das mir so fern ist. Ich hatte immer ein ungutes Gefühl von Leichtfertigkeit, wenn von Wertegemeinschaft gesprochen wurde, dies erweist sich jetzt in der Flüchtlingsproblematik als keineswegs trügerisch.

Auf der Treppe lungern zwei matte junge Männer, die sich offenbar nichts zu sagen haben und die nichts zu interessieren scheint. Ob sie etwas für ihr Land empfinden, ob sie Ideen entwickeln? Könnte es sein, daß die neuen Gegebenheiten wieder politische Phantasien wecken?

Die beiden Jungen stehen auf, eine Bierdose kullert die Treppe hinunter. Räumt das bitte weg hier, sage ich mit Blick auf die verschmutzte Treppe. Und nehmt bitte auch die leeren Dosen und Zigarettenschachteln mit zum Papierkorb.

Sie antworten mit der üblichen Kopfbewegung, mit der sie sich auch untereinander verständigten. Gehorsam sammeln sie ihren Abfall ein, werfen ihn in den Papierkorb. Danke, sage ich und suche einen Anknüpfungspunkt. Ihr habt in letzter Zeit sicher einiges mitbekommen, frage ich, was denkt ihr darüber? Der eine, ein Junge mit kurzgeschnittenem Lockenkopf, macht dicht, der andere, dunkelhaarig mit kurzgeschnittenem Haar, blickt mich aufmerksam an. Flüchtlinge und so, meinst du das?

Genau, antworte ich.

Ich versteh den Wirbel nicht, sagt er. Er wirkt völlig überrascht, ist auf eine solche Situation nicht vorbereitet.

Die Miene des Blonden bleibt unbewegt, er zuckt die Achseln. Hat nichts mit mir zu tun. Er wirkt empfindungslos in seiner Abwehr.

Ich versteh den Wirbel nicht, wiederholt sich der Dunkelhaarige. Sind doch Menschen wie wir. Ist doch egal, woher einer kommt.

Ist egal? frage ich.

Hat mich schon bei meiner Mutter immer genervt, diese Frage, wenn ich einen Freund mitgebracht habe: Wo ist der her?

Da stehst du drüber, sage ich.

Genau.

Im Grund hast du recht, sage ich. Aber für die Flüchtlinge ist es nicht egal. Sie haben alles verlassen, ihre Heimat, ihre Wohnung, ihre Freunde, ihre Landschaft, die Gerüche und Geräusche, ihre Gewohnheiten und Rituale. Und es sind sehr viele.

Gut so, sagt er.

Warum?

Da kann sie niemand übersehen.

Der Gedanke überrascht mich.

Wie kommst du darauf?

Ich denke eben global.

Aber auf dem Globus ist gerade der Teufel los und die Deutschen versuchen, mit den vielen Flüchtlingen zurechtzukommen.

Endlich ist hier mal was los, da kommen andere Kaliber als unsere Schlaffis. Die wissen, was sie wollen. Haben ein Ziel.

Das kann eskalieren, denn viele signalisieren mit Gewalt den Fremden, daß sie unerwünscht sind. Sprengsätze und Feuerbrände sind die Folge.

Könnt ihr nicht auf ein anderes Thema übergehen? Der blonde Junge macht ein angeödetes Gesicht. Das Gesicht der Geschichtslosigkeit. Er blickt mich nicht an und zerrt an seinem Kameraden. Der Dunkelhaarige versucht, nett und höflich zu sein.

Ciao, sagt er, war interessant.

Ich blicke ihnen kurz nach.

∼

Die Loggia ist stark aufgeladen, eine Folge der täglichen Zirkulation von Menschenmengen, dem hektischen Treiben von Kauffreudigen aus der ganzen Welt, die an ihr vorbei zur Maximilianstraße gehen und mit zahlreichen Tüten behangen zurückkehren. Die Münchner Geschäfte verdienen gut an den gepflegten Musliminnen – der Handel ist deshalb gegen ein Kopftuchverbot (»Sonst gehen sie nach Wien«). Auch in den orthopädischen Abteilungen der Krankenhäuser wimmelt es von Scheichen, die neben ihrem Tropf Gattinnen und Kinder hinter sich herziehen. In manche Rehakliniken oder Krankenhäuser haben sich reiche Kuwaiter und andere Araber den Platz für ihresgleichen durch finanzielle Beteiligungen gesichert, nicht zuletzt für ihre rasenden Söhne, die mit 250 PS durch die Kuwaiter Einkaufsviertel sausen. Sie kommen als Krüppel und werden in den Anstalten von gut verdienenden Chefärzten repariert. Und doch gerät die Feldherrnhalle nicht wie andere berühmte Stätten der Welt zum Disneyland. Je länger ich darüber nachdenke, was die Loggia davor schützt, desto deutlicher wird mir, es liegt an den Verweisen auf Kriege, auf Unrecht und Leid, das den Menschen widerfahren ist, vielleicht auch am daraus folgenden Gespräch.

Ein politischer Freiluft-Salon. Ich war Zeuge von komplexen Disputen in den Achtundsechzigerjahren, die seltener geworden sind, wie von verheerenden Niederlagen der Vernunft, als der Antisemitismus allmählich an Boden zu gewinnen suchte und sich die ersten moralischen Rückfälle in Sachen Asylanten formulierten. Ein Sturz aus einer gewissen ethisch-geistigen Höhe deutete sich an. Heute sind die krausen Köpfe aufgeplatzt und setzen Vorurteile frei.

Im Mittelpunkt dieses Schauspiels steht die deutsche Seele, ein zwiespältiges Ding, zerbrechlich und gewaltsam zugleich. Sie macht angst. Auch ihre Abwesenheit.

Genüßlich beobachte ich das Treiben der Menschen, die sich dort einfinden: zarte junge Kindermütter mit Kleinkindern, die modernen Pilgerinnen auf ihren Reisefluchten mit zwischen den Knien hängendem olivgrünem Schritt, Berserker in Kriegstarnung, von oben bis unten Tätowierte, die deshalb möglichst viel Fleisch darbieten müssen, aber auch adrette Kostümfrauen, die vom Friseur kommen, Herren im Trachtenjanker oder Armani-Anzug, Gerüche verströmende

Schaschlikmänner, zunehmend männliche Paare, voll Ablehnung gegenüber den verrohenden Hetero-Handy-Beziehungen, edel geformte mönchische Ballettgesichter und Dirndlfrauen mit Pfannkuchenwangen, schwarzumhüllte Salafistengattinnen, die wie fußlose und mundlose Geschöpfe, wie dunkle Steine über den Boden gleiten, solide Handwerker im Jeanslook, Anwälte und Richter in dunklen Anzügen, lässige Studenten und Heroinen mit Straßsteinchen am Nabel und ausgestellten Brüsten.

Ich verfüge inzwischen über einen geschärften Blick, kann Engländer von Amerikanern, Ruander von Äthiopiern, Ungarn von Tschechen und Marokkaner von Italienern, Chinesen von Koreanern unterscheiden. Deutsche erkenne ich auf Anhieb auch von hinten. Beamte und Angestellte mit Aktentaschen eilen vorbei. Schau, denke ich, wie der Deutsche geht! Mit gesenktem Kopf, voll Furcht, mir den Hintern zuzuwenden, ein wenig gebückt, mit schlaffem Gesäß. Als liefe er vor seinem Körper davon. Und man weiß nicht, ob er überhaupt etwas von seiner Umgebung bemerkt.

Neuerdings stelle ich fest, daß meine Beobachtungsgabe in ein unheimliches Stadium getreten ist. Mein Blick scheint Deutsche in Rechte und Liberale zu unterteilen. Bestimmte Menschen nehmen für mich den Charakter des Bedrohlichen an, und mich streift ein Kältehauch, der mich unruhig macht. Widersprüchliche Reize, die Schwierigkeiten aufwerfen, weil sich die Moral unserer Gesellschaft nicht mehr im Gleichgewicht befindet. Darüber müßte gesprochen werden, und das geschieht nur verhalten – wir haben Angst vor Grundsatzkonflikten und einem permanenten Wertekonflikt: Insofern stecken wir in einer Krise, was die Rechten geschickt benutzen.

Ich enträtsele Gesichter, entschlüssele Gesten und Haltung und versuche, Psychen zu sezieren, nähere mich in Zweifelsfragen unauffällig dem unsicheren Kandidaten, wenn er in Begleitung seines Handys ist, um seine Sprache und Herkunft zu erfahren. Das war früher für einen Schreibenden eine geistige Herausforderung und eine wohltuende Aktivierung seiner Phantasie, auszumachen, wer jenes unbekannte Wesen war, wozu es der Herbeirufung sämtlicher Indizien bedurfte, während es einem heute via *telefonino* allzuleicht gemacht wird und jeder ohne Umstände seine körperlichen Wehwehchen und die erotischen und sonstigen Vorlieben wie auf einem Teller präsentiert und sie einem ohne den geringsten Verpuppungstrieb entgegenschleudert.

Rilke im Tornister

Ach, wenn die jungen Leute nur Zorn kennten! hatte mein Gefährte nach Diskussionen mit Jugendlichen gerufen, so müßten sie ihn hegen gegen jene, die sich um die Erziehung ihrer Köpfe zu kümmern hätten und es versäumten! Herausgekommen seien Menschen ohne Erzählvermögen, die Verhalten nicht erfassen, gar vergleichen können in seiner Vielschichtigkeit, sie hätten keine Perspektive, keine Haltung, weil sie sich selbst nicht kennten, nicht verstünden. Sie lebten in einer schwachen, undeutlichen Zeit. Eine Haltung zu lernen hätte doch ein wesentlicher Bestandteil ihrer Bildung sein müssen.

Dann hatte er über die Fähigkeit zur Empathie ausgeholt und wie sie durch Lesen gebildet würde. Sie lesen zu wenig, die jungen Menschen, hatte er gesagt. Kennen keine Parteinahme. Ich erinnerte mich an ein langes Gespräch, in dem er erörtert hatte, nur in der Parteinahme erlerne man Empathie, weil man sich für den anderen entschieden habe.

Wie viele junge Männer sah ich auf meinen nächtlichen Erkundungen an der Feldherrnhalle, die mit Bierdosen kickten und seine Diagnosen nur allzugut verkörperten.

Verlust Verlust Verlust, empfinde ich. Wird es Menschen wie ihn in Zukunft noch geben, die Zusammenhänge erfassen, die noch wissen, was Krieg bedeutet, frage ich mich, was hätten künftige Generationen jungen Menschen zu erzählen? Die westdeutschen Biographien sind schmal geworden. Auch ein Großteil der ehemaligen DDR-Bürger lebt, ohne sich die Zustände deutlich zu machen, verschwommen vor sich hin. Den klaren Umriß, den sie noch mitbrachten, haben sie verloren. Erst die Zuwandernden, die nackt und verzweifelt mit der Hoffnung auf eine Zukunft hier landen, werden ihren Kindern aus einem von Barbaren zerstörten Leben erzählen können, und wenn sie Glück haben, von einem Neuanfang. Mein Gefährte gehörte zu den ersten, die sich gegen die Wiederbewaffnung der BRD und in den Achtzigerjahren gegen Raketenwaffen aufgelehnt hatten. Bald suchte er den Kontakt zum *Darmstädter Signal*, und der Friedensforschung galt schon früh sein Interesse. Und noch im Alter führte er mir vor, wie man seine kulturelle Identität in ihrer Widersprüchlichkeit bewahrt – ein schwieriger, von Hoffnungen begleiteter Prozeß, der sein Leben lang währte. Durch ihn erfuhr ich, mit welcher Würde und moralischen Erfahrung man Empfindungen wie Reue und Scham begegnen kann.

Ich begleitete ihn auf seinen Vortragsreisen und fragte ihn, warum er gern zu Schülern spreche, er antwortete: um seine Zeugenschaft zu belegen. Zugegebene Zeugenschaft setze eine gewisse Betroffenheit und Anteilnahme voraus – das reiche aus, in anderen etwas zu berühren und in Bewegung zu versetzen. Ich möchte keiner sein, sagte er, der wegschiebt und verdrängt, ich will meine Fehler sichtbar machen.

Seine Zeitzeugenschaft habe etwas mit Sühne zu tun.

Mit Rilke im Tornister sei er mit einer gewissen nationalen Begeisterung in den Krieg gezogen. Das Vergehen, im Krieg auf der falschen Seite gestanden zu haben, sei ihm immer noch ein Problem. Im Reeducation-Camp der Engländer habe er es revidiert. Nun wolle er junge Leute darauf aufmerksam machen, keine Prägungen unbesehen zu übernehmen. Es gäbe bei einer erdrückenden Übermacht von Eltern und Schulen immer noch geforderte Beipflichtung zu überkommenen Vorurteilen, die sich gegen die Humanität richteten und

die man entlarven müsse. Er wolle, daß die jungen Menschen weiter-
dächten. Er ahne seine Vergeblichkeit, aber er gebe nicht auf. Er sei
stets der Meinung gewesen, daß man auch Dinge tun müsse, die vielleicht vergeblich seien.

Ich nahm im Klassenzimmer in der letzten Reihe Platz und lauschte. Er sagte den Schülern, was man als Kriegsheld nicht sagt. Sprach
unangenehme und ihm abträgliche Wahrheiten aus. Von seiner Angst,
jederzeit erschossen zu werden. Von seiner Verwundung und seinen
Schmerzen. Von seinem moralischen Irrweg. Wie es dazu gekommen
sei und wie er ihn sich habe austreiben lassen. Wie er bis heute damit
noch nicht fertig geworden sei.

Er verteidige seine Geschichte, auch wenn ihm bewußt sei, daß sie
keine Lösung für heute parat habe. Gäbe es dieses Bewußtsein nicht,
fühle er sich verarmt und ohne Sinn. Geschichte sei ein Mittel, der
Gegenwart Sinn zu geben.

Er sei ein trauriger Zeitzeuge, aber ein genauer, sagte er, als wir
später darüber sprachen. Er stoße immer wieder auf die Tendenz, daß
als Zeitzeugen Opfer auftreten, Menschen, die in Auschwitz oder
Dachau gewesen seien. Menschen, die anklagten, zu Recht, aber die
Helden blieben. Sie sprächen von der Schuld anderer, und das deutlich und zur Auskunft bereit, in ein Koordinatensystem von Zeitbezü-
gen gebettet. So blieben Helden Helden, Opfer Opfer.

Er sei kein Zeitzeuge des Opferseins. Er sei weder Held noch Opfer, noch Vorbildfigur. Seine Glaubwürdigkeit bestehe in seiner Angst,
seiner Anpassung, seinem mangelnden Mut. Er sei ein Durchschnittsmensch, der sich verändert habe.

Das war es, was er den Schülern erzählte.

Seine tragische Größe beim letzten Mal, als er vor den Schülern
seine Rede abbrechen mußte. Entschuldigen Sie, sagte er, ich habe den
Faden verloren.

Er verließ den Raum erhobenen Hauptes, und doch schien in keinem der Jungen ein Gefühl von Unwürde aufzukommen. Sie lachten

nicht, zuckten nicht mit den Achseln, sondern räumten schweigend ihre Sachen in die Taschen und Mappen ein.

Er wußte, das war das letzte Mal.

So binden mich nun auch die letzten Gespräche über den Krieg mit meinem Gefährten an die Feldherrnhalle, und ich vernahm zum ersten Mal, wie dankbar er war, nicht gefallen zu sein – nicht, weil er noch lebte, sondern weil er dann nicht erfahren hätte, für welche Lüge das geschehen wäre. Was war er doch für ein armer, dummer Junge gewesen! Er wäre gestorben als einer, der sich selbst nicht verstanden hätte. Da sei er nun doch der Wahrheit näher.

Ich verlasse die Feldherrnhalle, begleitet von Muezzin-Rufen, die der Wind vom Marienplatz herweht. Schattendämonen, gestorben und wiedergeboren, Auswandererkoffer und Worte wie Reeducation und Peschmerga tragen mich in den Schlaf.

$$\approx$$

Helden bleiben Helden, Heldendenkmäler bleiben Heldendenkmäler, das bleibt wohl die stereotype Sicht der Geschichte. In den Weiten der Welt, inmitten der Lawinen, der Kälte und Stürme kreisen Menschen, die Lampen, Kerzen und Zigaretten anzünden und ihre Füße am Kamin wärmen. Sie suchen alle dasselbe: Wärme und Schutz vor der Einsamkeit. Die Vielfalt der Begegnungen, ob in der Realität oder in der Erinnerung, gibt mir eine Vorstellung von der Geschichte der Menschheit, der ewigen Wanderschaft bis zum Ende des Melodrams Mensch. Ich schätze den neuen Abwechslungsreichtum, den wir einer sich ständig verändernden Welt verdanken. Hier die Kraft, die Gewalt und Brutalität, dort die Zartheit und Empfindlichkeit der Schwachen, Verstoßenen und Verfluchten. Hier die Geretteten, Glücklichen, dort die Gefühlsarmen, Ungeschlachten, die im Dunkel leben mit ihren Folterzangen, Messern, Gewehren und Keulen. Hier die Heiligen, dort die entheiligte Welt der modernen Manson-Familien, die im Wohnwagen reisen, das Öfchen und das Campinggeschirr dabei, und tun, was die modernen Staaten nicht schaffen: Sie schwingen über den Häuptern der Entführten das Opferschwert. Apropos: Was ist mit Assad? Ist dieser Kleingesichtige mit dem Bonsai-Kopf tatsächlich Gefangener im eigenen Land? Wem soll man glauben? Was ist wirklich mit der Ukraine, was ist mit Putin los? Wir leben in einem Frieden, der ein einziger Krieg ist. Der nichts ausläßt. Die Menschen fliehen von einem Zimmer ins andere, und überall steht einer mit einem Messer und schneidet ihnen die Kehle auf.

Zwischen dem Heute und dem Gestern sind viele Brücken abgebrochen, immer mehr leben ohne Gebote und Regeln, und ich wundere mich über die vielfältigen Freiheiten, die wir verloren haben.

Lebe ich wirklich im selben Land wie früher?

Welcher Mut muß die jungen Paare beherrschen, wieder und wieder Kinder zu zeugen und dieser Welt preiszugeben, diesen ganzen Zinnober mit Kindergarten, Schule, Lehre, Universität zu durchlaufen – allein über eine Million Erasmusbabys, die uns Studenten bescherten. Auch das ist mir zugefallen: der Generationenblick, und jede neue Generation eine Nation, die sich selbst um ihre Werte kümmern muß.

Auf dem Boden finde ich eine alte Zeitung, deren Schlagzeile ihrer Bezeichnung alle Ehre macht, und ich frage mich, wie mein Gefährte in der Zeit seiner mentalen Erkrankung die Tageszeitung mit ihren täglichen Blutbädern und dem kollektivem Irrsinn lesen konnte, ohne sofort einen Schock zu erleiden, der sein abwesendes Gehirn schlagartig wieder in Gang setzte.

Obwohl ihn die Worte mieden, hing er täglich gebeugt über Gedrucktem. Seine Augen liefen hin und her in schweigender Konzentration, als würde sein Geist von den Ideen durchdrungen. Wie es mich auch verblüffte, daß er nach wie vor auf seiner täglichen Zeitung bestand – er hielt an seinen Ritualen fest. Er verbrachte viel Zeit damit, die Augen über die Zeilen gleiten zu lassen, als könne er ihrem

Fluß nachsetzen, und folgte ihnen wie ein Erstklässler mit dem Zeigefinger.

Der Tag der Zeitungen. Auch: ihrer Vernichtung.

Während er noch schlief, schlich ich in sein Zimmer und betrachtete sein Bett. Es war umzingelt von Stößen von Zeitungen. Auf dem Boden, auf dem Schreibtisch, dem Nachttisch, den Büchern verbreiteten sie ihre verstörenden Überschriften. Manche zierten Kaffeeflecken, andere Fettflecken, einige waren verschrumpelt wie alte Haut.

Ich sammelte die Stapel geräuschlos ein und bekam es nicht aus dem Kopf, daß das zweimal in der Woche zu meinen Aufgaben zählte, die Zeitungen, die ich täglich brachte, heimlich zu entsorgen. Jeden Morgen verlangte er nach seinen zwei Tageszeitungen, und einmal pro Woche wünschte er *Die Zeit* und den *Spiegel*. Dann hörte ich ihn stundenlang rascheln, Seite für Seite, und am Ende das Ganze wieder von vorn. Die Abstände zwischen dem Umblättern der Seiten waren viel zu kurz, und ich ahnte, daß er die Artikel nicht mehr las, sondern nur ihre Überschriften überflog. Er wollte mich nicht täuschen. Er wollte immer noch wissen, was in der Welt vorging, und wenn er glättete und die Seiten wieder in die Reihe brachte, ordnete er die Welt. Aber er vertrug die argen Ausdünstungen der Zeitungen nicht mehr. Er saß dann eine Weile im Stuhl, den Kopf auf die Rechte gestützt, und machte sich in aller Ruhe seine Gedanken, erwog sie aus würdevoller Distanz. Doch wie weit weg er war, konnte ich nicht ermessen. Denn als ich einmal fragte, ob er die empörende Nachricht von den amerikanischen Soldaten, die sich in Afghanistan mit Leichenteilen ermordeter Afghanen hatten fotografieren lassen, gelesen habe, sagte er nur knapp Ja. Und weil er spürte, daß mit dieser Frage irgendein Engagement von ihm gefordert wurde, brachte er erneut seine Rede vor, es sei unglaublich, daß man nun nach dem Krieg alte Nazis wieder in die Ämter gesetzt habe, und erwähnte Globke.

Ich stellte keine weiteren Fragen.

Wenn ich ihm täglich dennoch die Zeitungen brachte – es war

mein unverrückbarer Glaube, daß von den Informationen irgendetwas in ihm hängenbleibe, worüber er reflektierte und was ihn mit
der Welt verbinde.

Etwas mußte sich in seinem Kopf bewegen!

Er hatte seine Existenz der deutschen Politik zu verdanken. Er war
ein Teil von ihr in seiner Magazinsendung und in seinen Artikeln. So
verwandelten sich in meinen Augen die Zeitungen in Zeichen seines
Überlebenswillens und erinnerten an einen Menschen, der wußte,
was Krieg war, und der einst prallvoll von Unternehmensgeist und
Veränderungswünschen gewesen war, der noch in hohem Alter Schülern deutsche Geschichte nahegebracht hatte, Ciceros Reden vorlas,
Verse aus der *Ilias* des Homer zitierte, um zu zeigen, was aus Zorn
werden konnte, oder von Rodion Raskolnikoff sprach, um zu erklären, wie ein Schuldbewußtsein entsteht.

Orlando di Lasso

Aus der Theatinerkirche erklingt der Chor einer Messe von Orlando di Lasso, und ein Schauer überzieht mich. Der volle Klang von der Empore schafft sich Raum in der Feldherrnhalle, die den Klang ausstößt, aufs neue freiläßt und ihm Bewegung gibt. Die klaren Töne sind wie Osterglocken, die auf den Odeonsplatz fallen, die Musik ist eine Osterglockenwiese, die golden erstrahlt.

Das Standbild für den Komponisten, von Ludwig I. vor dem Odeon errichtet, mußte 1860 einem Reiterstandbild weichen, es wurde auf den Promenadeplatz versetzt und teilt heute die Publikumsgunst mit Michael Jackson, dessen Fans den Sockel bekleben und uns die Augen öffnen für die Vielseitigkeit der Stadt: Musik ist keine Versammlung überlebender Klassik allein.

Orlando di Lasso wurde einst auf dem Friedhof des Franziskanerklosters vor dem heutigen Nationaltheater begraben, heute befindet sich sein Gedenkstein an der äußeren Kirchenwand. Doch fand man auch Insignien bei dem Ausbau der Tiefgarage vor der Oper.

Ich gehe zur Kirche und öffne vorsichtig die Tür. Sie ist bis auf zwei alte Frauen leer, nur der Chor in der Empore mit den zwei Orgeln ist zu sehen.

Kein so genanntes Publikum. Heiliges Hören.

So zieht es mich immer wieder zur Loggia, um den reichen Schatz von Großmutters Erzählungen zu heben. An einem schönen Sommerabend sitze ich an einem der Tische vor den Pfälzer Weinstuben, im Rücken die warme Sonnenwand der Residenz, esse eine würzige Gulaschsuppe, trinke meinen Schoppen, lausche den Gesprächen am Tisch nebenan und höre aus dem Schnauzermund eines älteren Herrn mit großem Schädel, unbehaart bis auf einen tiefliegenden, im Nacken gerade geschnittenen Haarkranz, daß der Krieg wieder einmal überfällig ist. Das erinnert mich an den stehenden Spruch meiner Großmutter:»Unzweifelhaft, daß auf den Zweiten Weltkrieg der Dritte folgt, so ist es seit Hannibal.«

Nachdenklich betrachte ich die Loggia und überlege, wohin sie mich in Gedanken noch führt.

Ich nehme einen Löffel voll Suppe.

Wieder scheint die Feldherrnhalle Mitteilungen und Rätsel auszuspucken.

Der Zustand zwischen den Nationen ist Krieg.

Dafür müssen die Denkmäler herhalten und willig bluten. Militärdrill, Kanonendonner, Kasernenhofatmosphäre, Kadavergehorsam ... Denkmäler mögen aus Stahl oder Bronze sein, der Mensch fühlt, wie das Heroische mit seiner kalten Grausamkeit auf ihn übergeht, und wähnt sich erhöht.

Der Krieg war immer dort, wo es Denkmäler gibt.

Die untergehende Sonne spiegelt sich im Weinglas und färbt es golden wie die Türme der Theatinerkirche mit ihren seltsamen schwarzen Knubbeln.

Zwei Frauen nehmen am Nebentisch Platz, die eine kenne ich, es ist eine österreichische»Prinzessin«, wenn es solche noch gäbe, mit einer Freundin. Sie bestellen ihr Essen, es kommt rasch, das lange Haar der Prinzessin fällt ins Glas, sie sitzt davor und sagt: Ich bete immer beim Essen. Die Freundin schluckt, dann sagt sie tapfer: Ich bete mit dir, und beide sprechen das Kindergebet: Komm, Herr Jesus, sei unser Gast und segne, was Du uns bescheret hast. Rundum Schweigen, sehr aufmerksame Blicke, kein Spott, ernsthafte Gesichter. Aber ich brauche mich nur umzuschauen, um zu begreifen, wie wenig *up to date* das ist.

Ein Mann mit Trachtenhut rührt gedankenverloren seine Suppe. Ich denke an meinen Gefährten, der lange schwieg, als ich ein Kästner-Gedicht deklamierte, Kästner hatte die Halle oft besucht, sagte ich und blickte auf: Mein Gefährte salzte hingebungsvoll seine Brille.

Ich höre eine Frau flüstern: Ich bete eigentlich auch. Aber drinnen. Dann laß es uns künftig auch draußen tun, sagt ihr Mann.

Ein Engländer erklimmt die Treppe. Daß er Engländer ist, sehe ich nicht nur an den merkwürdigen Haken, die auf seiner dickgepolsterten lindgrünen Weste in Schulterhöhe angebracht sind. Vier silberne Haken, an denen zwei mit einer Schnur verbundene Handschuhe, ein Knirps, ein Feldstecher und ein ausziehbarer Spazierstock angebracht sind.

Ihn umgibt ein Flair von Forschertum und männlicher Angriffslust. Der Mann trägt dicke Brillengläser, schmaucht eine Pfeife, die im linken Mundwinkel hängt. Er klatscht in die Hände und horcht. Ich höre einen feinen Hall, ein Echo. In der Rechten hat er ein silbernes Hämmerchen, mit dem er nach und nach alles abklopft: die Löwen, die Feldherrn, die Marmorplatten, die Statue, die Stufen. Er hält sein Ohr an die Stelle und lauscht. Er scheint etwas zu hören, das er mit Schnauben quittiert. Zufrieden pfeifend, zieht der Klangforscher ab, ehe ich ihn fragen kann, was er gehört hat.

Ich klopfe leise auf den marmorierten Stein. War da ein geflüstertes Wort? Ich klopfe eindringlicher. Die Feldherrnhalle versteht es, hörbar zu schweigen. Oder auf stumme Weise zu sprechen? Jahrhunderte vergehen, flüstere ich, und die Leute stehen davor und werden von Stadtführern darauf hingewiesen, warum es die Feldherrnhalle gibt und was sie mit ihr anzufangen haben. Dennoch machen die meisten mit diesem Wissen nichts, sie schauen sich die Dinge flüchtig an und nehmen keine Verbindung zu ihnen auf.

Ich höre einen dunklen, summenden Klang, fühle Wärme und ein leises Beben, eine gewisse Energie, lausche, denke nach.

Das reicht mir nicht. Ein seufzender Klagelaut: Warum nicht Steine zum Sprechen bringen? Rede! Ich erzähle der Halle, was ich an ihr nicht mag und was ich von ihr wissen will. Ihre Geschichte.

Die meisten Mahnmale und Denkmäler, sage ich, sind bei den Menschen ziemlich unbeliebt. Überhaupt: Man sollte Denkmäler nicht für Siege, sondern für Niederlagen errichten, was sagen Sie dazu?

Schweigen, verdutztes Schweigen. Ich spreche in die speckige Schwärze hinein, horche auf Atemzüge. Schließlich ein feines, stärker werdendes Vibrieren, etwas wie eine Öffnung im Marmor, ein dunkles Loch erscheint, eine vom schlürfenden Schritt aufgerüttelter Vergangenheit erweckte archaische Stimme erschallt im Wind, ein mächtiger Bass intoniert:

Wer stört mir den Schlaf? Was will er? Was will er?

Der Schreck nimmt mir den Atem. Ich bin in einer so seltsamen Verfassung, daß mich nichts mehr verwundert, ich flüstere, eingeschüchtert von dieser befehlsgewohnten Stimme, ich will Ihre Geschichte, Ihre Geschichte.

Ein spöttisches Schnauben ist die Antwort, ich provoziere: Was soll einer schon mit dem Riesenweib von Bavaria anfangen, wenn ihn ihr Innenleben nicht interessiert, außer sie anzupinkeln beim Oktoberfest? Wer geht schon in die Ruhmeshalle? Die Masse läuft kopflos vorbei.

Masse. Was ist das? Da wälzt sich was. Das Volk. Da schäumt was, die Stimme wird aggressiv, wie aus diamantharten Schwertblättern zusammengesetzt.

Ich zucke vor ihrer Stimmgewalt zusammen. Die Stimme klingt

unnachgiebig, undurchdringlich, hart, dämonisch, voll archaischer Selbstbehauptung, wie wir es von Heldendenkmälern, die Herrschergräbern gleichen, erwarten.

Da brüllt was nach Führung!

Ein pathetischer Aufschrei der Stimme, wie aus dem Stein herausgehauen.

Jetzt fällt mir ihr brüchiger Tonus auf, die Stimme hat etwas Androgynes, und in meinem Kopf erscheint eine Nackte Michelangelos, mit muskulösen Armen und hervorspringenden Brüsten.

Sturmwind erhebt sich, ein heller Blitz erleuchtet eine Art Bauchhöhle im Marmorstein, und vergeht schnell. Ein lautes Gähnen erschallt.

Ein andermal, ein andermal, sagt sie, und schlaftrunken verhallt die Stimme.

Ich fühle die Herausforderung. Ich werde kommen und gehen, sehen und hören, getrieben von einem inneren Plan.

Der Selbstherrscher

Erwachet! Erwachet! flüstere ich anderntags, an den altertümlichen Sprechgesang der Feldherrnhalle anknüpfend, hauche es in den marmorierten Stein, befingere im Stakkato die Stelle, um den Ort aufzuspüren, hinter dem sich die Stimme versteckt, erweitere die Geste zu schwingender Bewegung, bis sich der Stein zitternd öffnet, als habe er auf mich gewartet.

Ihr seid spät, sagt die Stimme.

Ich habe im Tambosi die Zeitung gelesen, sage ich entschuldigend, das Rathaus ist es leid, daß die Feldherrnhalle zum Schauplatz montäglicher Demonstrationen geworden ist, und die Geschäfte rundum beschweren sich über finanzielle Einbußen, die ewigen Muezzin-Rufe vom Stand der Rechtsradikalen erschöpfen selbst den Bürgermeister … die Fremden fliehen die Kunstschätze rundum …

die es dank der Umsicht Ludwig I., der ein besessener Kunstsammler und Getriebener war, überimmt die Stimme den Part, zu sehen gibt, sie flüstert, heiser vor Leidenschaft. Die Kunst überdauert und transzendiert alles.

Die Stimme entfaltet akustischen Zauber und kommt ins Schwärmen.

Ludwig reiste, studierte, lernte. Betrachtete das Kolosseum bei orangerotem Sonnenuntergang, liebkoste am Markusplatz bei Vollmond den Goldrand des dünnstieligen Kelchs, gefüllt mit rotem Wein, betrachtete Schlösser in Italien vor einem lavendelfarbenen Meer, besah die Tuilerien in Begleitung des Botschafters und ließ sich in Paris inspirieren: das Odeon. Im Konfettiregen des römischen Karnevals lehnte er, mit der Rechten seine langjährige Geliebte, die bildschöne Marchesa Marianna Florenzi an sich ziehend, an einer der Säulen am Pantheon in Rom, nahm geistig die Maße ab und beschloß, einen ähnlichen Schatz in München zu installieren: das Nationaltheater, von Max I. Joseph vollendet. Er sank anbetend in die Knie vor dem Palazzo Pitti: die Residenz (mit dem modernsten Pizzaofen der Welt), umarmte verzückt die französische Mätresse, die ihn in Athen begleitete, *c'est merveilleux!* rufend, und zog sein Notizheft hervor, um eine Skizze der Akropolis nach Hause zu bringen: die Propyläen. Er verharrte wie festgewachsen vor den in warmen Gold- und Brauntönen gehaltenen Mosaiken der Cappella Palatina in Palermo, die kleinen Hau-ab–Knuffe der von Kopf bis Fuß in schwarze Spitze gekleideten sizilianischen Sängerin mißachtend: die Allerheiligen-Hofkirche bei der Residenz, und genoß in vollen Zügen den Anblick der Loggia dei Lanzi beim Morgenkaffee mit der Seelengefährtin Marianna, die ihm siebenundvierzig Jahre lang die Treue hält und der er fast dreitausend Briefe geschrieben hat: die Feldherrnhalle.

Triumphierend hält die archaische Stimme mit ihrer Geisterbeschwörung inne, holt tief Atem und fährt fort, wobei sich ihr Resonanzraum vor Stolz zu verdoppeln scheint:

Angesichts der nicht üblen Kunstkonkurrenz ließ er sich nicht lumpen, betrieb seine Kunstpolitik europaweit und erntete nachhaltig Ruhm. Das Regieren ist ihm zu öde ohne seine Frauen- und Kunstromanzen – viel Geld floß aus der Staatskasse für seine oft spontanen Reisen:

Ruhe kann mein Wesen nicht ertragen,
In der Ruhe sumpfet das Meer ...

Die Stimme inszeniert sich voll theatralischer Wehmut. Ich sehe es vor mir, wie Ludwig I. mit äußerster Hingabe und doch einer gewissen Lässigkeit mit dem Spazierstock auf das venezianische Abbild einer Schönen weist, das alsbald, vom Diener in Watte gepackt, in der königlichen Kutsche den Weg nach Deutschland findet.

In den kurzen Pause, die die Stimme macht, spüre ich Schwingungen im Marmor, eine feine Wärme, und ich fühle die Atemzüge, als verfolge ich damit den Weg zu ihrer sich öffnenden Identität.

Das Leben in Italien, fährt die Stimme aus der Schwärze fort, bedeutet dem König *das irdische Paradies,* dort wird er zum Mann, schöpft aus der Geschichte und entwickelt zündende Ideen. So wimmelt es in den Kirchen und in der von Ludwig erbauten Neuen und Alten Pinakothek nicht anders als in Rom und Florenz von lasziven Madonnen und sexy Cherub-Knaben aus dem Rokoko, die um ihre goldschimmernden Brustspitzen flattern wie honigsuchende Bienen.

Ludwig weiß, was Kultur ist, und versteht ihre Äußerungen zu deuten. Für ihn ist sie lebendig.

Zu all dem, ergänze ich in Gedanken – ich habe eine gute Nase –, auch das kostenlos an der Feldherrnhalle geliefert, Gerüche, nach Moschus, Chanel No. 5, Shalimar, Bratwurst oder Kölnisch Wasser, nach Achselhöhlen, Waschpulver, muffigen Mänteln, Wein- und Bierkehlen, Haschischseelen und teervergifteten Mundhöhlen. Und häufig sitze ich an Sommerabenden an einem der Tische vor der Pfälzer Weinstube und betrachte gemächlich alles aus der Distanz.

Die Kehle der Halle schlürft die kühle Luft ein und zieht sich wieder zurück in ihr kaltes Zwischenreich, in das sie mich ab und zu hineinnimmt:

Ciao. A domani, sagt sie kurz angebunden. Sie läßt keine emotionale Bindung zu und umgibt sich wieder mit der Mauer des Schweigens. Es geht mir nach, daß ich gar nicht daran dachte, daß sie italienischer Herkunft ist. Sie räuspert sich und verhaucht sphärisch mit einem weiteren *Ciao.*

Italianissima ist die Stadt auf dem Odeonsplatz, wenn der Himmel tiefblau über der sonnengelben Theatinerkirche hängt und die beiden Löwen an der Feldherrnhalle, deren einer kirchwärts, der andere residenzwärts blickt, der eine mit offenem, der andere, mit geschlossenem Maul, im letzten Strahl aufleuchten. Diese beiden Löwen einander gegenüberzustellen, der eine Gott anbrüllend, der andere die weltliche Sicht wählend, scheint mir vertrackt. Ich will ewig leben, sagt der Asketische, Unsterblichkeitslüsterne, ich will auf Erden üppig leben, der andere, und er grüßt die vier Löwen vor der Residenz, mit Spuren von Schweiß und Schmutz der vielen Menschenhände überzogen, die sie täglich im Vorbeigehen berühren. Das armselige Ich dazwischen, unschlüssig zwischen Vitalität und Rationalität. Die Löwen, Zeugnisse eines kulturellen Relikts, später dazugekommen, haben Pracht und Niedertracht gesehen, Größe und heimtückische Gewalt, und nichts wird ihre Stirnfalten glätten.

Das Italienische durchdringt die gesamte Halle, es ist Sand und Sound, der alles zusammenhält: den Klang Orlando di Lassos, der in den Mauern widerhallt, vereint mit dem Vielklang exotischer Instrumente wie Hang, Gubal, Halo, Waterphone, singende Säge, Gongs und Pendelsaiten – ein erstaunlicher Sound voll Wärme und Tiefe. Italienisch der abmessende Blick von einer Kostümfrau zur andern, gleitend von Kopf bis Fuß, die balgenden Kinder unter den Löwenpranken.

Das Gespenst
des Nationalismus

Es ist diese merkwürdige Nähe und Ferne zugleich, diese Spannung, welche die Feldherrnhalle für mich zu einem Ort mit einer besonderen Aura macht. Geheimnisvoll, nie ganz zu erfassen. Denn man kennt die Stadt nicht wirklich, wenn man nicht ihre Geschichte kennt und sich in ihrer Gegenwart bewegt.

Die Loggia ist nun einmal nicht erstarrte Geschichte, sie lebt, durchzogen von Spuren des Heute wie des Gewesenen, und wer diese zu lesen versteht, sieht drei Gesichter: ein gestandenes heutiges, ein düster-romantisches, ein nationales »Tausendjähriges Reich«, das sich als letzte Instanz begreift, ein kriegerisches, auf Heldentum ausgerichtetes und ein verschwiegenes, das nicht jeder entschlüsseln kann und das auch von übriggebliebenen Hoffnungen spricht. Rückzugsort und Besinnungsort im Alltag vieler Menschen, die über Krieg und Frieden nachdenken, die Ruhe oder einen Halt suchen, einen Standort, einen politischen Traum, eine Ideologie. Andere freuen sich einfach, weil sie nach langen Stadtwanderungen einen Sitzplatz gefunden haben. Sie hocken auf der Treppe, voll Vertrauen und sorgloser Liebe zu unserem Staat: Sie haben sich nie nach ihrem Deutschsein, gar ihrem Nationalgefühl befragt. Doch kommen immer mehr, die sich vor dem Gespenst verneigen, das Europa das Fürchten lehrt: dem Gespenst des Nationalismus.

Menschen anderer Länder und Kontinente finden Ereignisse in ihrer Vergangenheit, die sie mit dem Denkmal verbinden. Manche, die es aus der Ferne erblicken, sehen darin ein Kriegs-Triptychon. Nicht zuletzt ist der Ort auch die Domäne von Mißtrauischen, die Einwände haben gegen etablierte Gedenkrituale und die Pathosformeln der Mahnmale.

Rückzugsort auch für mich und meine Phantasien. Osten und Westen, der eine und der andere Glaube, scheinen hier versammelt und verbunden, die Idee Europas erfüllt. Es gibt diese Momente, in denen die nationalen Diskurse sich zusammenfinden. Doch kurz und vergänglich sind die Augenblicke der Versöhnung in der Geschichte. Während in der Theatinerkirche Menschen ins Gebet versinken, eifern hier erbitterte Gegner und führen Krieg. Kaum in Vernunft gefügt, ist das Band vom Fanatismus schon wieder zerrissen.

≈

Ich lehne an der marmorierten Wand. Die Schwingung berührt mich aufs neue, eine Bewegung, die von den starren Steinplatten herrührt. Es ist wie eine leichte Rückenmassage. Die magische Stimme räuspert sich und hebt noch heiser an:

Welches Geschlecht tagt in der Erde Tiefe? Seit Urzeiten liegt der Mann im Kampf mit der Bedrohung durch die weibliche Herrschaft.

Eine Art schlammiger Finger kommt aus dem Loch im Stein und weist auf das Bronzedenkmal, welches das Drama Krieg und Frieden darstellt. Es erinnert an den Sieg über Frankreich 1871 und kam erst 1892 hinzu, von Prinzregent Luitpold in Auftrag gegeben und von Ferdinand von Miller gegossen.

Ich gehe auf das Denkmal in der Mitte der Arkaden zu, sehe das vom trüben Glanz der Patina überzogene Kunstwerk an.

Warum, frage ich, hat von Miller den Grundkonflikt zwischen Krieg und Frieden als Mann und Frau dargestellt?

Der überlebensgroße Krieger mit der Fahne, den Blick in Fernen gerichtet, der den zierlichen kleinen Frieden in Gestalt einer Frau in den Armen hält, einen gutmütig dreinblickenden Löwen zu seinen Füßen, gibt mit seiner nicht zu bändigenden Gewalt dem kriegerischen Angriff sein unerbittliches Gesicht. Wie hilflos klein Frau Frieden mit leicht gesenktem Blick, wie kraftvoll und mächtig die himmelwärts blickende männliche Gestalt!

Ha! stößt die Loggia keuchend aus, bald wird er am Boden liegen, niedergestreckt vom weiblich zarten Frieden, der Riese mit geblähtem Brustkorb und angestrengtem Gesicht, der, ehe er einen Krieg beginnt, gern vom Frieden spricht ...

Wenn ich das Wort »Krieg« denke, erhebt sich sofort mein muskuläres Verteidigungssystem in den Kiefergelenken.

Die Stimme klingt spöttisch, mein Finger scheint einzuschlafen.

Frauen geben hehre Nähe – ohne sie ist das Leben ohne Schwung, zitiert sie den König. Aber Krieg? Ich glaube, daß der Krieg eine Schöpfung des frigiden Mannes ist. Wäre die Welt friedlich, bräuchten wir solche Denkmäler nicht. Doch wo ist das Denkmal für die Mütter, die ihre Söhne, für die Frauen, die ihre Männer verloren?

Als ich die Skulptur zum ersten Mal wahrnahm, hat sie mich nicht interessiert. Mir hat die Kunstfindigkeit mißfallen, mit der ein Grundkonflikt auf das Metaphorische reduziert wird, es kam mir unernst vor. Heute sehe ich das anders, entdecke die psychologische Richtigkeit. Ich bin mit mir übereingekommen, daß der Grundkonflikt tatsächlich zwischen Mann und Frau liegt. Ich denke an Passionen und erbitterte Machtkämpfe in Palästen, denke an verstoßene Frauen, an verwundete Männer im Feld, die Mamma! schreien, denke an Mütter, die fluchend und weinend ihre Söhne begraben.

Zum Glück gibt es im Leben keine Symbole, nur Dinge, die wir dazu machen. Eine Spielhalle der Exekution oder ein Nationalparadies? Wie auch immer: Niemanden, der sich dort aufhält, läßt die Loggia kalt, niemanden schirmt die Gegenwart vor der Vergangenheit ab.

Der immerwährende
Überwinder

Daß jeder Betrachter der Feldherrnhalle von dem Gedanken an seine Ohnmacht tangiert wird, so meine Großmutter, ist im Sinne des Erbauers Friedrich von Gärtner, der sich wiederholt gegen seinen Auftraggeber wehren mußte, den ungewöhnlich leidenschaftlich das Entstehen der Loggia verfolgenden König Ludwig I. Er war der eigentliche Bauleiter, meint sie, der sogar die Lage der Bauhütte bestimmte, der eine rote Rückwand, wie bei der Residenzpost, wollte, gar mit Fresken versehen, was die Loggia in Gärtners Augen *mehr zu einer Unterhaltungs-Halle herabziehen würde, wo sich gleichsam ... das Publikum dort bei einer Tasse Caffé lustieren könne ...*

Man einigte sich auf aufgemalte Quader, jene Quader, hinter denen die magische Stimme steckt. Ludwig I., vom Pfarrer Joseph Anton Sambuga im Sinne eines monarchischen Gottesgnadentums erzogen, wollte im überhitzten Jahr der Revolution 1848 – der Grundstein wurde am 18. Juni 1841 gelegt, als sich die Schlacht bei Waterloo wieder einmal jährte – eine Loggia nicht nur als Ausdruck seines nationalen Geistes. Ihm ging es um ein didaktisches Denkmal nicht allein, sondern auch um ein Denkmal für seine Sinne. Der von übersteigertem Sendungsbewußtsein Erfüllte, der ab vier Uhr früh über den Staatsgeschäften brütete (was das Volk vom Max-Joseph-Platz aus sehen konnte), wünschte ein wenig Glanz als Beigabe zu seinem angeborenen

Esprit, ein bißchen Farbe und Feuer, ein wenig Grandezza, wie sie ihm Lola Montez geliefert hat, eine Hochstaplerin und europaweit bekannte Hure, in Irland 1820 geboren, die in den einhalb Jahren vor der Revolution 1848 die Wittelsbacher Dynastie ins Chaos stürzt. Ist sie nichts als eine Bettlerin, welche die Drangsal ihres Künstlerlebens als Tänzerin mit einer ertragreichen Königsliebschaft beenden will? Ein lichtbringender Engel oder eine abgefeimte Speichelleckerin? Auch das haben die Männer gern, meint meine Großmutter, und sie zeigt mir ein Kärtchen, auf das der Opa geschrieben hat: »Ich komme, meine süße Lola« – was für eine freche Anspielung! Sie hat sich das verbeten. (Wir werden nie erfahren, wieviel komprimierter Eros in der Skulptur seinen Ausdruck fand.) Ludwig jedenfalls sagt das Bild zu, das er sich von der Hingebungsvollen macht, er liebt ihr Halblächeln zwischen Geltungstrieb, SM und Unterwerfung: *Deine Ahnen, Lolitta,* schreibt er, *müssen sicherlich maurisch gewesen sein, die Eroberer von Spanien. Deine Schönheit, Deine große, unvergleichliche Schönheit Deiner Augen, Nase und Gesichtszüge drückt es aus.*

Zwei Jahre zuvor hat Ludwig I. die Feldherrnstatuen von Johann Graf von Tilly und Karl Philipp Fürst von Wrede enthüllt, nun bietet sich ihm der Busen von Lola Montez dar, die ihm angeblich Liebesgefühle entgegenbringt. Meine Großmutter schätzt *Mia querida, muy y muy querida Lolitta,* so Ludwig, genausowenig wie die Münchner von anno dazumal: *Dieses Hurenstück hat sich doch erdreistet, gleich bei der ersten Audienz vor dem altersdussligen Ludwig ihren Busen zu entblößen, um dessen Echtheit zu demonstrieren, ja, nicht nur das: Bedien dich! Greif zu!, heißt das. No, was wird er tun ...* Angeblich war ihr Korsett anschließend gar zerrissen ... Das wiederum mündet in der prächtigen Empörung meiner Großmutter über die Nutten der sechziger und siebziger Jahre am Siegestor.

Im Gegensatz zu mancher Liaison, die wie Ludwigs Ehe etwas Steriles haben kann, fügt Lola als Schmiermittel Morbidität hinzu, bewegt vom Peitschenschlag.

So ist die Münchner Loggia Ludwigs natürlich größer geraten als das Florentiner Original und steckt voll Trotz und Widerstand gegen jene, die Gott und die Monarchen abschaffen wollen: Was für eine Schmach dem Land droht, weiß der König noch nicht. Denn 1871 unter Ludwig II. wird Bayern unter Zusicherung von ein paar schäbigen Vergütungen ins Deutsche Reich aufgenommen werden, das stolze Bayern, das noch eine eigene Gesandtschaft hatte, eine souveräne Post und eine eigenständige Bahn – kein Wunder, daß da Leute wie Gustav von Kahr im Viereck sprangen!

Zuvor aber setzt Ludwig I. seinen Kulturimperialismus in Gang und macht sich zwischen seinen zahlreichen Liebesgeschäften genüßlich daran, aus der größten Baustelle Europas in zwei Jahrzehnten München zur prächtigsten Residenzstadt der Welt zu machen. Das Ganze hatte Kurfürst Karl Theodor trefflich vorbereitet, indem er die Stadt entfestete, die Festungsgräben zuschütten, die Mauern und das Schwabinger Tor einreißen ließ und so eine offene Stadt möglich machte, an deren Rändern neue Wohnhäuser entstehen konnten.

Die Stimme scheint meine Gedanken lesen zu können und führt sie fort:

Und Leo von Klenze, Ludwigs Architekt, der die repräsentative Geometrie liebt, setzt unverfroren mitten auf die einst grünen, streckenweise verschlammten Wiesen der Isarauen nach römischem Vorbild die königlich ausladende Ludwigstraße, gesäumt von Palästen, dem Odeon, der Staatsbibliothek – *Kaschemme, Resultatverließ, Satzbordell, Maremme, Fieberparadies, Wortbrevier,* so Gottfried Benn. Im Norden bildet den Schlußakzent das Portal des Siegestors: München als offenstehender Palazzo.

Ludwig liebt das Offene, sage ich.

Inzwischen ist die Stimme für mich zu einer unverrückbaren Realität geworden, und ich führe mit ihr lockere Gespräche. Ihr scheint es ähnlich zu gehen, und es ist zum ersten Mal, daß die Stimme lacht, es klingt ein wenig verlegen. Willst du die Feldherrnhalle verstehen, so hebe ihre Schleier, wigalaweija ... Er liebt Frauen und Hallen und baut die Walhalla, die Ruhmeshalle, die Befreiungshalle, die Abtei St. Bonifaz, die Synagoge in der Westenriederstraße, deren Einweihung Ludwig beiwohnte (sein Vater Max Joseph I. hatte vier Säulen aus Tegernseer Marmor dazu gestiftet), die Glyptothek und die heutige Antikensammlung, die er allesamt mit einem Treppenaufgang und einem Säulenportikus garniert.

Ich sehe ein fröhliches, luftiges München mit Säulenreihen, offenen Hallen, nachts von Laternenlicht erleuchtet, hellen Zinnen und Steinbildern, wechselnd mit der dunklen Masse geschwärzter Kuppeln und den Dächern der Rats- und Bürgerhäuser, wie es Gottfried Keller in *Der grüne Heinrich* beschreibt – nicht ohne Seitenhiebe auf ein *liederliches, sittenloses Nest voll Fanatismus, Grobheiten, Kälbertreiber, Radiweiber*. Wie Keller gerät meine Großmutter ins Schwärmen, wenn sie vom akustischen Hintergrund der einstigen Königsstadt erzählt, mit ihrer weithin schallenden Musik aus Wirtshäusern und Kirchen, dem Geläut, dem Orgelspiel, den Pauken und Trompeten der Militärkapellen; eine duftende Stadt voll Weihrauchnebel, der aus dem ausschweifend verzierten Wirrwarr der geöffneten Kirchentüren dringt, voll zahlloser von Ex-und-hopp-Drinks taumelnder Corpsstudentenscharen mit silberbestickten Mützen, dazu in rote, grüne und tiefblaue Ulanka gehüllten Ulanen auf ihren gestriegelten Pferden, blankschultrige, die Röcke lüpfende Kurtisanen. Inbegriff einer Stadt, in der sich wohlleben läßt. Der königliche Volks- und Staatswirtschaftler erreicht es, daß nach hundertfünfzig Jahren der bayrische Staatshaushalt endlich wieder ins Gleichgewicht kommt, und der sonetterprobte Herrscher erspart seinen Untertanen nie das »t«:

Während einige teutsch, deutsch Andere schreiben; es zeiget / Dies Uneinigkeit schon, welche so lang uns beherrscht, intoniert die Baß-Stimme im Wagner-Ton.

Da wären wir wieder, sage ich, ganz im Sinne der neuen Nationalen.

Doch all dies nützt Ludwig wenig, als seine geliebte Lola Montez etwas mehr Einfluß gewinnt und er sie ganz gegen seine Gepflogenheiten am Staatsrat vorbei, mit Hilfe des neuen Ministeriums, zur Gräfin von Landsfeld erhebt.

Von Blüte zu Blüte springen

Ludwigs Gattin stört die neue Geliebte nicht? Ich presse den Mund an das schwarze Loch und fresse Staub, der unter der mit Plastik verhängten, in Renovierarbeiten verstrickten Theatinerkirche hervorkriecht. Zunächst nicht. *Un peu d'ombre et d'odeur* gehört nun mal zu Ludwigs Präferenzen, wispert die Stimme an mein Ohr. Für die im kleinen Jagdschloß nahe der kleinen thüringischen Stadt Hildburghausen geborene Therese ist Lola Montez zunächst nichts als eine mit einem gewissen professionellen Vergnügen die abgedroschene Rolle der Königsmätresse spielende Komödiantin, die ganz gut tanzen kann. Seit ihrer pompösen königlichen Hochzeit 1810 in der Hofkapelle der Residenz, die von Glockengeläut, Kanonendonner, Chören und Trompetenklängen von der Galerie des Peterturms, dazu Lichterschmuck, Pferderennen der Nationalgarde-Kavallerie und jeder Menge offizieller Feierlichkeiten begleitet wird, ist Therese Zahnschmerzen gewohnt: Die vernünftige Protestantin ist bald mit der Aufzucht und Erziehung ihrer neun Kinder vollauf beschäftigt. Auch ist ihr bereits im ersten Jahr ihrer Ehe klar geworden, daß Ludwig eigene Wege geht. Er verhält sich nicht anders als ein heutiger, krampfhaft um seine Selbständigkeit ringender spätlinker Ehemann, der die Frau vom Ball zwar nach Hause bringt, aber allein in die gemeinsame Wohnung zurückkehrt, und formuliert es ungeniert so:

Ich tat es, die Stimme zitiert Ludwig, *um meine Freiheit zu zeigen, und damit meine Frau nicht glaube, ich müsse, weil sie es getan, weg- bleiben … Ich als Bräutigam habe der Braut geschrieben, meine ge- wohnte Lebensweise würde ich beibehalten. So tue ich jetzt schon so viel als möglich. Bei Nacht schlafe ich in meinem Zimmer, nur zu Besuch zu meiner Frau kommend … Man muß sich gleich anfangs auf den Ton setzen, wie man ihn in der Folge will. So schicke ich mich in den Ehestand.*

Zudem kennt Therese längst ihren Ludwig, der seit jeher *von Blü- te zu Blüte*, wie sie schreibt, *springt*.

Dem Urteil meiner Großmutter, Therese sei ein armes, betrogenes Hascherl gewesen, schließe ich mich nicht an. Ich will nicht zu streng mit der diplomatischen Königin sein, die am Schicksal Kaspar Hau- sers großen Anteil nimmt. Wem pulst schon so viel erotisiertes Blut in den Adern wie dem ausschweifenden Gatten? Mit bewundernswerter Geschicklichkeit schützt sie gesundheitliche Probleme vor, um ihn nicht nach Griechenland und zu seinen zahlreichen nicht nur kunst- beflissenen, sondern auch amourösen Italienvisiten begleiten zu müssen.

Sie ist eine politisch denkende und in die Staatsgeschäfte einge- weihte Frau, die ihren abwesenden Mann, der über seinen Amouren die Staatsgeschäfte vergißt, über das politische Geschehen informiert, ihren Briefen Zeitungsartikel beilegt und den in Neapel Weilenden sogar auf die drohende Revolution aufmerksam macht.

Kundig und bestens vorbereitet, absolviert sie die notwendigen Reisen mit ihrem Gemahl durch das Königreich. In der Nacht ihrer Silberhochzeit jedoch, in erhabenen Gedichten ihres Gatten geprie- sen, ist die Königin unziemlich allein – ihr Gatte verflüchtigt sich nach der mit vierzig Familienmitgliedern besetzten Familientafel in die neubezogene Residenz. Das neue Schlafgemach, es bringt mich in Verlegenheit, das niederzuschreiben, bietet nur ein Einzelbett.

Schatten und Geruch, die homöopathische Dosis, derer Ludwig

bedarf, mischt sich der sprechende steinerne Mund ein, in *schmerzlicher Stimmung* schreibt Therese ihren fünfhundertsechzigsten Brief an den sich auf der Rückreise von Griechenland in Ancona befindlichen Gatten.

Beiseite, die Stimme beherrscht dieses flüsternde Schweigen. Hat er die freudepumpende Marchesa Marianna Florenzi, vielleicht die klügste seiner Geliebten, mit seiner Anwesenheit beglückt?

Der Marmor leuchtet tiefrot auf, als ich darüberwische, ein rotgoldenes Feuer für ein indiskretes königliches Zitat, das er emphatisch deklamiert. Worte aus Thereses Brief:

Nie hatte ich das geringste Mißtrauen über Deine alljährlichen oder alle zwei Jahre in Italien stattfindenden Aufenthalte Dir kund gegeben, ich freute mich vielmehr dieser Aufheiterung für Dich, mein Ludwig, erkannte, daß sie bei beinahe erdrückender Last von Arbeiten, Dir höchst notwendig war, schreibt sie. Zum ersten Mal formuliert sie hier ihre bittere Enttäuschung über das Verhalten des Königs. Der Brief endet mit dem Versprechen, sich dennoch in seine Beschlüsse ohne Murren zu fügen.

1850, anläßlich des neu installierten Oktoberfestes, wird die Festwiese in Theresienwiese benannt, die Bavaria, Sinnbild des Bayerischen Landes, wird enthüllt und das nicht mehr regierende Königspaar vom Volk umjubelt. Vier Jahre später stirbt die Königin während einer Choleraepidemie.

Abwehr gegen die Sinnlichkeit

Von all der Verwirrung, die sie verursacht, unbelastet, genießt die seit 1846 in München lebende Lola Montez ihre mühelos erreichte Position, empfängt Verehrer und Studenten und begreift die Gefahr nicht, in der sie schwebt. *Mein über alles geliebter Luis*: Ich sehe sie, wie sie sich in ihrem Zimmer im Palazzo entkleidet, ganz langsam neben dem hohen Bett, sie löst das Mieder, den goldbestickten Gürtel, und am Fenstersims entwindet sie die Schläfen vom Schwarzhaar. Über dem Bogen ihrer Stirn leuchten die Sterne auf, ihr Lächeln erlischt nach und nach, und erst die Liebe, dann der Schlaf schimmern rosig auf ihren Wangen.

Das katholische München, Stätte von Zucht und Ordnung, ist empört, Königin Therese erfährt davon durch anonyme Briefe, die Affäre eskaliert, gewinnt politische Bedeutung. Lola Montez erhält Todesdrohungen. Der Fürstbischof von Breslau richtet flehende Briefe an den König, der möge an seine edlen Söhne, reinen Töchter und deren königliche Mutter denken. Ludwig kommt ihm dialektisch: *Bekanntschaften habe ich immer gehabt. Sie sind ein Bedürfniß für meine lebhafte Phantasie und ein Mittel der Abwehr gegen die Sinnlichkeit. Sie entsprechen meinem poetischen Gemüth.* Was für ein monstöser Einfall – die unzüchtige Geliebte als »Abwehr gegen die Sinnlichkeit«! Und er behauptet, seit fünf Monaten weder seiner Frau noch einer anderen beigewohnt zu haben: *Mätressenwirtschaft mag ich nicht und werde solche nie gestatten. Selbstherrscher bin ich innerhalb der Verfassung.* Mit Lola brechen kann er nicht, schreibt er, er würde sich dann selbst nicht achten.

Ich will nicht ausschweifend erzählen, was sowieso alle bereits wissen. Es kommt beinahe zu einem Volksaufstand, und noch immer fühlt meine Großmutter das Blut in ihren Adern wallen. Man schmäht, verachtet, meidet Lola Montez, betrachtet mit Neid das elegante Palais, das Ludwig für sie in der »Barrerstraße« (sic bei Wenng) baut und mit einer gläsernen Treppe versehen läßt.

Der entflammte Ludwig, vorgealtert, gebeugt, schwerhörig, stotternd, *mit einer scharf gezeichneten Gesichtsbildung, die noch Spuren früherer Schönheit an sich trägt,* so der englische Journalist Francis, bemüht sich um Höflichkeit und will lange Zeit nicht wahrhaben, daß er seine letzten Funken versprüht. Den Unmut seines Volkes negiert er lange Zeit. Dabei senden die Gesichter der schäumenden, weil unzufriedenen Bayern unübersehbare Signale des Hungers nach Leidenschaft aus – sie finden sie in der zerstörerischen Gewalt.

~

Ludwig muß fürchten, das Vertrauen seines Volkes zu verlieren, doch findet er aus dem Labyrinth zu spät heraus. Außerdem, wer ist schon Lola, ist sie etwa Marilyn Monroe, Greta Garbo, Marlene Dietrich?

Wenn er sie des Landes verweist: Lohnt es sich da noch, König zu sein? Er gesteht seinem Freund Freiherr von der Tann: *Ich kann mich mit dem Vesuv vergleichen, der für erloschen galt, bis er plötzlich ausbrach. Ich glaubte, ich könnte nicht mehr der Liebe Leidenschaft fühlen, hielt mein Herz für ausgebrannt. Aber nicht ein Mann von vierzig Jahren, wie ein Jüngling von zwanzig, ja comme un amoureux des quinze* faßte mich Leidenschaft wie nie zuvor.

Alter Tschawerer sagt meine Großmutter, der glaubt, er habe noch

eine Fülle erotischer Energien – dabei ist es seine entzündete Prostata.
Schau!

Ich blicke empor, und das Wunder der Theatinerkirche erstrahlt unvermittelt rötlich-gold in der untergehenden Sonne, der Himmel fast violett.

Lola, unregierbar, unangreifbar, federleicht mit ihren weiten Röcken, ihren seidenbestrumpften Beinen, die sich um seinen Rücken schlingen: Für den König ist Sex der Kontakt von Fleisch und Blut mit dem Jenseits – er warf sich ohne Skrupel in die Arme eines verruchten Engels. Hat er denn jemals Lola Montez realistisch gesehen? Nur ein wenig und für kurze Zeit, als er angesichts ihrer Forderungen ahnungsvoll erwog, ob sie ihn nicht doch ziemlich schröpfte: Schließlich hat sie ihn so viel wie die Feldherrnhalle gekostet.

Sie wollte ihn ganz, mit aller Kraft, das macht ihre Liebesbeziehung seltsam nackt, und seine Liebesbriefe offenbaren in äußerster Direktheit ein unwiderstehliches Begehren. Da war Leben. War es nicht besser, daß der alternde König kein schönes Dirndldummchen zur Freundin wählte, sondern diese absolut unbayrische, von einem dramatisch überraschungsreichen Leben gezeichnete entfesselte Schöne mit ihren runden Schultern, den gedrechselten, spitzenüberzogenen Armen, dem leichten, schwebenden Schritt und dem gelenkigen Körper – die Lasterhafte, auf hypochondrische Weise Intelligente in ihrer Mischung von Stolz und Verschlagenheit? Eine Frau, die sich später in Grass Valley in Kalifornien mit ihren Schönheitsrezepturen, die als Buch sechzigtausendmal verkauft werden, mit einer Sammlung historischer Lovestorys und mit Vorträgen ein eigenes Leben erfindet. Warum wird sie in München als brennende Gefahr gesehen, geächtet und verfolgt? Da spüre ich die ruhelose und eifersüchtige Atmosphäre eines Ortes, an dem man mit gespitzten Ohren lebt und Fremdes vertreibt.

Ein poetisches Gemüth

Von des Hofes Zwang umgeben
Schon ein Toter in dem Leben
Wie ein Götterbild von Stein
Thronen in des Schlosses Mauern
Soll der König, soll vertrauern
Immer abgesondert sein ...

Die Stimme scheint aus einem alten Phonographen zu kommen und Ludwigs traurige Gedanken zu reinkarnieren, als wäre sie Ludwigs *Talking Doll*. Worte nicht ohne Originalität: Hinter dem Wort *vertrauern* versteckt sich sein unfreies Leben.

Ein teures Geschenk, die Verleihung der bayrischen Staatsbürgerschaft an seine Geliebte (die er gerade einmal achtzehn Monate lieben darf) – als wollte er damit die Unzufriedenheit seiner Leute mit der nationalen Politik bestätigen. Meine Großmutter klagt: Bayrische Staatsbürgerschaft gibt's ja leider nicht mehr. Der König schmilzt dahin über Lolas Dank. Er betrachtet gerührt den vor ihm geneigten Hals seiner Geliebten. Den Triumph in Lolas Augen und die Tränen seiner Gattin sieht er nicht. Das Volk steht auf, Ludwig kontert 1847 mit Personenschutz. Doch:

Pfui Teufl Königshaus! Mit unsrer Treu is aus, reimt ein »Gebirgler«.
Sogleich habe ich das Porträt von Lola Montez vor mir, wie sie
Hofmaler Joseph Karl Stieler für die Schönheitsgalerie in Schloß
Nymphenburg (deren Vorbilder sich diese Vergünstigung offenbar im
Bett erarbeiteten) festhielt, das in Wellen herabfließende, schwere
dunkle Haar, die ebenmäßigen Brauen, den resolut geschwungenen
Mund, die zu spitze Nase, das gierige Kinn. Ihre Eigenwilligkeit und
Durchsetzungskraft. Ehrgeizige Vorbotin eines neuen Zeitalters für
Frauen, die das weibliche Ideal geschickt bediente. Lola will nichts als
Paradieren, das ruft die Erbitterung des Volkes hervor. Sie wird zum
Sündenbock. Die prüden Münchner geraten in Glut, und wenn sie
sonntags zur Messe gehen, bekreuzigen sie sich mit Wut, als wollten
sie sich die Brust einschlagen. Was ihre Verschwendungssucht betrifft,
muß man unbarmherzig dem König auf die Finger hauen und ihn
kontrollieren. Eine Mätresse für den König: geschenkt! Aber eine ver-
puppte Pompadour? Ins kochende Pech mit ihr! Ohnedies ist ihr Einfluß geringer, als sie es gern hätte.

Die Wirtstochter Karolina Pfanner richtet einen warnenden und
besorgten Brief an den König, da sie befürchtet, *Eurer Majestät werde
unrecht berichtet, weil so viele Unwahrheiten aus Rache und Neid über
die Frau Gräfin Landsfeld verbreitet sind.* Und sie beschreibt ausführlich die schmähliche Verfolgung der Unglücklichen, die keiner der
feigen Königsgetreuen bei sich aufnehmen wollte, und ihre abenteu-
erliche Flucht aus München. Lola übernachtet erschöpft auf zwei
Stühlen in der Blutenburg, wird auf königlichen Befehl – Ludwig hat
kaum Zeit, Atem zu schöpfen – von zwei Polizisten in den Zug nach
Augsburg gesetzt und richtet einen Brief an den König:

*... für immer geliebter Louis, diese Zeilen sind aus der Eisenbahn
von Augsburg. Ich bin sehr, sehr unglücklich. Mein Herz ist gebrochen.
Ich habe nichts zum Anziehen mit mir, nichts, nichts. Ich bin gezwungen, einen Nachtrock zu tragen. Die Demokratie hat einen großen Sieg
errungen, aber hoffentlich nicht für immer.*

Nichts zum Anziehen, diese äffische Person! Sie will ihn mit allen Mitteln unter Druck setzen. Hinter dem Schwarzhaar, denke ich jetzt, steckt doch ein albernes Blondchen!

Ich setze mich in den Hofgarten.

Ein klarer Sommertag, ich habe zwei Bücher in der Tasche. Atemlos lese ich weiter in José Saramagos *Das steinerne Floß*, ein äußerst aktuelles Buch, in dem der portugiesische Schriftsteller das Abdriften der Iberischen Halbinsel von Europa beschreibt: Die Pyrenäen brechen entlang der Küste zu Frankreich auseinander, und die Halbinsel treibt in den Atlantik hinaus – als ahnte er vor Jahren den Wunschtraum Kataloniens – Andalusiens? – voraus. Er hält den Prozeß und seine Auswirkungen auf die Menschen fest: ... *neuesten Messungen zufolge hat sich die Abdriftgeschwindigkeit der Halbinsel auf etwa siebenhundertfünfzig Meter pro Stunde eingepegelt, mehr oder weniger achtzehn Kilometer pro Tag, das scheint nicht viel, aber wenn wir krämerhaft rechnen, bedeutet es, daß wir uns in jeder Minute zwölfeinhalb Meter von Europa entfernen* ... Zur Beruhigung blättere ich im Band mit den Briefen Ludwigs, ein erschließbarer, sich im Wind umblätternder Ludwig in einem Brief vom 3. April 1848 an Lola Montez.

Ich liebe dich, so wie ich mich selbst liebe ... *Meine Reise wird mich an Ansehen der Welt verlieren lassen, aber niemand kann mich aufhalten.*

Es lohnt sich, die Variationsbreite der Stimme zu vernehmen, die plötzlich Ludwigs Römische Elegien deklamiert, auf dem Höhepunkt seines Gefühlslebens geschrieben, königliche Betrachtungen über Roms einstige Macht und Größe, den Niedergang und seinen Verrat an der Vergangenheit, den er mit »Teutschland« verbindet:

Was die Geschichte uns lehrt, niemals wird es benützt.
Sie sind nun verblasst, die herrlichen Siege der Teutschen.
Jedem Eroberer dient längst das alternde Rom.

Es gehorcht Teutschland, sich selbst zernichtend dem Corsen;
Und die Zwietracht allein hat es besiegt und besiegt's.

Der heftige Wind hat die Stimme verweht.

Er ist König. König der Widersprüche – der unsoldatischste aller Könige, dessen alleinige Schlachten Liebesschlachten sind. Die Liebe ist sein grandioser Protest. Aber sie ist auch verhängnisvoll und verleitet dazu, den Staat zu bestehlen.

Dumme und gemeine, lasterhafte Hybris – und daneben die reine, geistige Liebe –, bei Lola Montez offenbart sich sein nekrophiler Hunger danach, sich zu erniedrigen, aufzulösen. Andererseits pflegt er eine Liebe voll Scheu und Achtung, die wachsen läßt. Aufgrund von Vertrauen geliebt zu werden, wie es ihm die wohlverheiratete, bildschöne und kluge Marchesa Marianna sein Leben lang gab, ist für Ludwig eine der seltensten Gaben und kommt noch vor der erotischen Begierde.

Marianna zart und weiß

Es ist aber auch ein Zauberwesen, das Ludwig da zugefallen ist, da kann Lola Montez nicht mithalten, deren Vulgarität und mentale Gewöhnlichkeit von ihrer Anmut kaschiert werden. Mariannas Schönheit liegt auch in ihrer Intelligenz, ihrer Kraft der Idealisierung, ihrer Belesenheit und Zärtlichkeit und nicht zuletzt in ihrem Verstehen. Bei Lola geht alles auf und ab, Sehnsüchte wie Leidenschaft und Frustration – bei Marianna findet er anschmiegsame Ruhe und reife Zärtlichkeit. Nicht zuletzt hat sie einen Gatten, der niemals aufwacht, wenn seine Frau sich mitten in der Nacht zu ihrem Geliebten aufmacht, der nie ein Wort findet, wenn das Bett an seiner Seite am Morgen leer ist, der gar den teuren Gast Ludwig I. mit einer Büste von Bertel Thorvaldsen in seinem Palazzo Florenzi in der Via Baglioni in Perugia ehrt.

Mariannas Porträt in Saal 5 der Neuen Pinakothek, 1824 von Heinrich Hess in Rom im Auftrag Ludwigs gemalt, zeigt sie uns zart und weiß, ganz hübsch, aber von biedermeierlicher Ausdruckslosigkeit. Daß sie eine Studierte, eine Dottoressa, eine Intellektuelle war, verkündet das Bild nicht. Vielmehr demonstrieren der süßliche Mund, der demütig geneigte Hals, der Blumenzweig (das Wappen der Florenzi), die Schmalzlocke in der Stirn eher provinzielle, ein wenig kokette Weiblichkeit. Eine junge schöne Frau mit schwarzen Locken setzt sich mit ihrer Freundin auf die Bank neben mir. Deine Haltung macht mir Eindruck, sagt die Freundin, du hast eine ziemliche Entschlußkraft und Durchsetzungsfähigkeit.

Braucht man heutzutage, sagt die Schöne und zieht den Spitzenshawl enger um sich, plus äußerster Wachsamkeit. Und wenn ich etwas beschließe, läuft es auch so ab. Ich kann vor jedem mein Leben offenlegen, kann sagen: Hier bin ich, intakt, breit angelegt, jung und voller Kraft. Ich treibe Sport. Ich rauche nicht mal mehr, ist das nicht sagenhaft? Die Frau lacht heftig, wirft den Kopf in den Nacken und gibt mit Hilfe der E-Zigarette heftigen Nebel von sich. Ich bin sicher, das kommt an.

Ach ja?

Mir liegt es auf der Zunge zu sagen, daß ich das für ein ziemlich tollkühnes Denkgebäude halte, errichtet aus reinem Wunschdenken.

Habe ich damals, als ich studierte, jemals an Geldverdienen und Karriere gedacht? An das Alter und eine mögliche Zahlungsunfähigkeit? Gar an den Markt? (Das Wort war mir damals in diesem Sinn unbekannt, galt allein für den ländlichen Markt mit Gemüsen und Eiern.) An Lebenssicherung und Altersversorgung? Jung und erfolgreich? Kein Gedanke. Wir wollten intensiv leben, uns ausleben, Freunde treffen und ein wenig arbeiten, um zu überleben, kannten keine Ängste und fanden das Leben hochinteressant. Wir schrieben Gedichte mit der Hand ab und lernten sie auswendig. Wir lasen viel, oft ohne zu verstehen. Und waren dennoch völlig gefesselt. Wir kannten keine Angst vor der Kultur. Wir schrieben hochachtungsvolle Briefe an Dichter und Professoren und stellten Fragen.

Es ist traumhell, eine Region von Licht und leisem Wind, und ich sehe die einstige Wiese vor mir, von hohem Gras und wilden Zyklamen, Buschwindröschen, Sumpfdotterblumen und Primeln überwuchert, erstaunlich, wie anders es hier war, ehe man den Odeonsplatz errichtete: Sumpfland der Isarauen, flach und fruchtbar, hohes Gras, im Herbst vom Hofheubinder zu Heumandln geformt; die kleinen

Wellen der Isar hetzen über die Kieselsteine, gestapelte Baumstämme am Flußufer, die von Thalkirchen, dem größten Floßhafen Europas, hier abgeladen werden. Sie schlagen aneinander, die Kronen der Birken schütteln sich, es ist wie das Rauschen seidener Unterröcke. Auf den Weiden das Vieh und Tauben im Gras, oben segeln die Dohlen und Schwalben, nah am Wasser schlummert Carl Liebhaber, der Tagelöhner, und zwei Wanderer, der Tuchscherer Krause und der Hofzinngießer Groll, kommen von der Isar her, angelockt von der Gaststätte Bauerngirgl, wo schon die Seidenwäscherin Anna Rossmann auf sie wartet.

Ich stehe auf, verlasse die beiden Schönen mit den hochhackigen Schuhen und gehe zur Loggia zurück, dem Ort, um den ich nicht herumkomme. Keine Zierde im Leben Ludwigs ist die rasche Ausbürgerung der Lola Montez bereits im März 1848, drei Tage, nachdem eine erboste Menge fast das Schloß Fürstenried, wo man Lola vermutete, erstürmt hatte. Sie wird zur Fahndung ausgeschrieben, und der Anschlag des Magistrats lautet:»Wir von Gottes Gnaden König von Bayern finden Uns zu der Erklärung bewogen, daß die Gräfin von Landsfeld das bayrische Indignat zu besitzen aufgehört hat.« Ferner die Anweisung »auf besagte Gräfin zu fahnden, sie überall, wo man sie finden mag, zu Haft zu bringen und auf die nächste Festung zu verschaffen, um sie sofort der richterlichen Untersuchung zu überweisen«.

Des Volkes wegen muß er loswerden, was ihn tötet, andererseits am Leben erhält. Nimm dem König die Liebe, was bleibt? Ein repräsentativer Kastrierter mit endenden Träumen, der sich in seine gnostische Liebe zu Marianna flüchtet, und der Rest der Geschichte dreht sich nicht mehr um Lola, ihre Liebhaber, ihre Ehen und ihre Gönner – für Ludwig tritt das Ungeheuer mit seinen dampfenden Unterröcken in den Schatten zurück.

Aus der Unterwelt

Die Feldherrnhalle, das nationale Denkmal, das aus dem Sumpf kommt und das ein Symbol europaweiter Verständigung werden könnte, wenn man sie läßt. Wie von selbst setzt es Ludwig an provozierend zentraler Stelle zwischen der Theatinerkirche und seiner Residenz. Ahnt er früher als mancher andere, daß die absolute Monarchie sich dem Ende nähert, und will er dem Neuen, das im Anmarsch ist, einen Stoß versetzen, der es rückwärts zwingt? Will er deshalb ein neues Bezugsverhältnis für Treue zum Vaterland schaffen, eine Verpflichtung zur Nation?

So markiert und verkörpert die Feldherrnhalle den Übergang vom Vaterland zur Nation, der sich als politische Folge der Französischen Revolution vollzieht. In den Menschen, die die Loggia betrachten, mag er langsamer vor sich gehen – in Bayern hat dieser Übergang nur teilweise stattgefunden. Hier wie in Österreich feiern immer noch Zugehörigkeitsgefühle zu Boden und Tradition Urständ, und die Monarchie ist manchen Menschen bis heute eine Herzensangelegenheit geblieben. Daß eines Tages Eid, Gehorsam, Treue in Verruf geraten könnten, diese Vorstellung lag zunächst fern. An Verrat hat man nicht gedacht.

≈

Die Feldherrnhalle gerät zum Schauplatz nationaler Passion. Ein großartiges Schauspiel findet vor der prachtvoll von zahlreichen Kerzen erleuchteten Loggia statt, ein majestätischer Triumphzug unter dem Motto »Hoch unserem deutsch gesinnten König«. Hufgeklapper, Räderrattern, Peitschenschwingen und Posaunen. Nun hat noch einmal unter ausgezeichneten Königsbedingungen Ludwigs große Stunde geschlagen: Wohlgeschmückt und umringt von seinen Würdenträgern, ist er höchster Zeuge und Bürge der Eintracht seines Volkes. Eine sichtbare Bewegung geht durch die Menge. Sie hatten ihn bei der Hochzeit mit Therese gesehen, bei Festlichkeiten, beim Hof-Mändl, dem privilegierten Seidenhändler, um seine Sonderanfertigung eines seidenen Canotiers abzuholen, beim königlichen Hoftaschner Joseph Katz einen Handkoffer für seine Reisen zu erstehen, man sieht ihn beim Regieren in seinem Arbeitszimmer über dem Max-Joseph-Platz, in der Kutsche, beim Flanieren durch die Innenstadt, sieht, wie er von der Loggia herabsteigt, umgeben von den prächtigen Uniformen der Generäle, huldigt ihm zu Pferde im Trachtenjanker auf dem Weg zur Jagd oder im Reiterwams im Englischen Garten, und jeder hat jedesmal die Kraft der Geschichte gespürt.

Gesänge schwingen sich hoch in die Wölbungen der Loggia. Doch während hier noch fromme Stimmen sich vermählen, eifern nur wenige Meter entfernt bereits die Demokraten.

~

Ernsthaft und gediegen wirken die nach dem Vorbild der Florentiner Loggia dei Lanzi entstandenen Arkaden, vierhundertsechzig Jahre nach dem für die Schweizer Garde errichteten Florentiner Kunstwerk errichtet. Die Rückwand, die grau-beige Bemalung der Quader, ist keinesfalls verspielt, sie zeigt nur plastischen, keinen malerischen Schmuck, was die Aura politisch erhöht.

Ich blicke mich um, niemand zu sehen. Ich schreite die Halle ab und mache dann kehrt. Gehe zu den Löwen, zur Skulptur. Kein Geräusch, keine Schritte. Ich bin allein. Zeit, die Loggia in Ruhe mir zu eigen zu machen – sie ist so etwas wie mein geheimes Hinterland. Ich male mir aus, wie geschäftig es zuging, als sie erbaut wurde, und wie Ludwig und Friedrich von Gärtner über den Zeitplan berieten, über die Trophäen auf dem Dach und die Wappenfelder, wie lästig Ludwig werden konnte, weil er über jedes Detail informiert werden wollte, und wie er Gärtner gründlich auf die Nerven ging. Bedauerlich, daß wir die Gedanken Ludwigs zur Feldherrnhalle nicht kennen, in seinen Tagebüchern festgehalten, zweihunderdreiunddreißig Bände, die noch nicht ausgewertet sind. Wir kennen nicht seine privaten Aufzeichnungen, die Auflistungen von Kunstwerken, seine Darstellungen berühmter Personen der Geschichte.

Die wenigsten wissen den Handwerksstolz, der die Loggia geformt hat, zu schätzen. Wie eine Kathedrale hat man sie voll »Künstelust« geschaffen – aus ihr spricht ein anderes Verhältnis zur Zeit, und eine gewisse Freizügigkeit, trotz militärischer Inhalte. Im Unterschied zu Hitler, der die Halle zum Nationalheiligtum hochstilisierte.

Den Ruch des Marsches auf die Feldherrnhalle wird sie nicht loswerden, denke ich, unproblematisch wird das Verhältnis zur Loggia nie sein.

Ich fühle das Buch in meiner Tasche, das die Gedichte Ludwigs enthält, düstere und hochfahrende, traurige und überspannte, und manche Zeilen sind einfach schön. Ich fingere über den Stein, als sei er ein Klavier, und die Stimme dringt zu mir über Zeiten und Epochen hinweg, über weite Strecken und Räume:

Liebe nur kann ich nicht missen, laß' von Träumen / ich nicht ab, ...
/ feurig muß das Leben mir schäumen!

Ruhetage, die genießet, auch der Ärmste, / hab ich nicht, fünfzig Jahre tiefsten Schmerzens ... / ach, mich täuschte nur ein Wahn ...

Ein seltsam melancholischer Geist durchdringt seine Sprache, und ich versuche, mir ihre Eigentümlichkeit zu erklären, denke an italienische Deklamatoren. Sie scheint nicht den Regeln und Klauseln der Grammatik zu gehorchen, sie ist Ausdruck seines ruhelosen, liebes- und freiheitssüchtigen Wesens. Die Stimme der Halle, die meine Gedanken begleitet, stößt die Worte atemlos aus, als Ersatz für eine schwingende Brücke, und ich sehe Ludwig in der spanischen Schenke in Rom, ein Glas Wein in der Hand, ein Gedicht vortragend. Die versunkene Welt, von ihm beschworen, steht vor mir auf, und ich meine, sie ist in Gestalt dieser jungen schönen Frau wiedergeboren, die vom Hofgarten herkommend an der Loggia vorbeigeht, mit ihren hochhackigen Schuhen, hoch zur Halle strömt ihr Moschusduft. Ich blicke ihr nach, doch keiner der Männer rundum scheint sie zu registrieren. Das ist vorbei. Nach Frauen drehen sich die Männer nicht mehr um, die Handwerker schicken ihnen keine Pfiffe nach. Die Vorstellung ist zu Ende. Schönheit löst kein bis ins Innerste Betroffensein mehr aus, der Cherub grinst. Bellezza existiert nur noch in den Abbildern, nicht mehr in der Realität. Und als hätte ich es mit diesem Gedanken herbeibeschworen, sehe ich ein junges Paar, nachlässig vor der Loggia flanierend, beide haben ihr Handy gezückt und blicken es gesenkten Hauptes an. Schau! sagt der Mann, o! wie schön! sagt sie. Er hat die Loggia aufgenommen, die sie noch mit keinem Blick streifte.

Ludwig lernt Italienisch, für ihn »die Sprache der Liebe«, sicher auch, um sich mit seinen vielen römischen Geliebten, vor allem aber mit der Marchesa Marianna auszutauschen. Er lernt Spanisch, um Calderón im Original zu lesen, und Schillers *Don Carlos* hat er gar kundig ins Spanische übersetzt.

Volle sechsundzwanzig Jahre ist er auf Reisen, das heißt, sechsundzwanzig Jahre nimmt er Urlaub vom Regieren.

Davon weilt er allein über sechs Jahre in Italien, ergänzt die Stimme voll Widerwillen. Sollte sie eifersüchtig sein?

Natürlich war ich das, sagt die Stimme gequält, denn während sich

Ludwig in die Lüfte erhob, gefüllte Weingläser und Frauen schwenkte, blieb ich an die Erde gekettet. Die Erbitterung der Loggia über ihr Los bringt Stein und Luft zum Schwingen.

Ein treffendes Bild Ludwig Catels, auch dies in der Neuen Pinakothek München, Saal 7, zeigt ihn, neben Philipp Veit, Doktor Ringseis (beide heirateten Italienerinnen) und Leo von Klenze, ausgelassen das Weinglas hebend, an einem seiner Lieblingsorte in Rom, der Spanischen Weinschänke, wo er findet, wonach es ihn drängt: unbeschwerte Lebensfreude. Die Stimme verengt sich, ist gepresst:

Oft verläßt er München Hals über Kopf, um in Marianninas Familienbesitz La Colombella bei Perugia die Liebe zu pflegen und sich vor dem Staatsgeschäft zu drücken.

In architektonischem Glanze türmten sich meine Träume, die Stimme schluchzt, ich durchschritt mit Zähren die Loggia dei Lanzi, befriedigte mich bei der Vorstellung des seufzenden Giacomo Casanova, ehe er in den Bleikammern verschwand.

Was Lust war, wurde Schmerz. Auf all der Licht- und Wasserpracht Venedigs lastete das Antlitz des Königs mit seiner Marianna. Sie wurde zur bewaffneten Amazone, die den Pfeil auf sein Herz richtete. Siebenundvierzig Jahre lang hält Marianna, deren Gatte die Beziehung toleriert, dem König die Treue, fast dreitausend Liebesbriefe hat er der zarten, feingliedrigen, schwarzäugigen, literarisch und philosophisch gebildeten Marchesa, die in Perugia als eine der ersten Frauen Italiens studierte, geschrieben. Sie war die einzige Studentin in Perugia, studierte Chemie, Physik, Medizin und Naturwissenschaften, übersetzte Leibniz, Kant, Schelling und Spinoza ins Italienische, publizierte eigene Werke über Aristoteles und 1850 *Alcuni riflessioni sopra il socialismo e il comunismo*, worauf sie sogar auf dem Index landete. Sie kennt die deutsche Philosophie gut, studiert die kantische und hegelsche Philosophie und hat sogar den sokratischen Dialog *Bruno, oder über das göttliche und natürliche Prinzip der Dinge*, ein kompliziertes, nachidealistisches Werk von Friedrich Wilhelm Joseph Schelling ins Italienische übersetzt. Schelling, Mitglied der Bayerischen Akademie der Künste, ist 1806 in den bayerischen Staatsdienst getreten und wirkt als Lehrer Maximilians II., er unterrichtet Philosophie an der Universität.

Eine paradoxe Schöngeisterei, die Stimme verächtlich, mystisches Hinausdrängen der Einzelseele aus ihrer normalen Hülle in eine forcierte Ästhetenrolle.

Marianna sprach mehrere Sprachen, darunter Deutsch, unterstützte die italienische Nationalbewegung und wurde als einzige Frau in die Königliche Akademie der Moral- und Politikwissenschaften in Neapel aufgenommen.

Eine würdige Partnerin für den wissensdurstigen Ludwig, der sie mit vierunddreißig Jahren kennenlernte, im Konfettiregen des römischen Karnevals des Jahres 1821. Ludwigs Wagen geriet ins Gedränge, auch die Kutsche Mariannas mußte zum Halten gebracht werden, und Ludwig, beeindruckt von der Schönheit der jungen Frau, wirft alle Kränze, Blumen und Süßigkeiten aus seinem Wagen hinüber. Ein Kranz kommt zurück.

Ich kann nicht anders, kommt die Stimme, ich muß zitieren, und sie intoniert hochdramatisch, wobei sie in unterschiedlichen Tonhöhen energiereiche Variationen erschafft:

Hoholde Schöne, darf ich hoffen? / Darf ich Liebender es wagen, / Tief von Amors Pfeil getroffen, / Wie ich liebe dir zu sagen?

Marianna aus dem Haus Baccinetti in Ravenna stammend, wurde mit sechzehn Jahren mit dem zweiundvierzigjährigen Marchese Ettore Florenzi in Perugia verheiratet, der seine finanziellen Schwierigkeiten geschickt verbarg. Bis 1851 lebte Marianna in der schönen umbrischen Stadt, wo es recht provinziell zuging, was der jungen Schönheit, die ein Institut in Faenza besucht hatte, wo neben italienischer Literatur, Geschichte, Französisch auch Musik, Gesang, freies Zeichnen, Landschaftsmalerei sowie Philosophie, Wissenschaften, Chemie und Physik gelehrt wurden.

Eine gute Grundlage für Gespräche mit Ludwig und seinen Freunden. Später überließ sie ihren Palazzo dem Sohn Ludovico, der nicht umsonst den Namen Ludwigs zu tragen schien, was Anlaß für Klatsch nicht nur in Perugia, sondern auch in München gab.

Dieses vielbewegliche Individuum

Es herrscht in dieser Gründerzeit ein Riesenbauboom, auch in Wien, wo die Ringstraße errichtet wird, nicht zuletzt ein umfangreiches Arbeitsbeschaffungsprogramm für Steinbrecher, Steinmetze, Maurer, Fuhrleute und Schreiner, denn Ludwig läßt innerhalb weniger Jahre nach den Hofgartenarkaden, der Staatsbibliothek und der Ludwigskirche den Grundstein zur Alten Pinakothek, der Allerheiligen-Hofkirche und zum Königsbau der Residenz legen, um nur die wichtigsten Vorhaben zu nennen. Ein harmonisches Zusammenspiel königlicher Regungen. Was für Gewölbe, was für Säulen, was für Köpfe, was für Gesten! Und die Gewänder der Skulpturen, diese verborgenen Muskulaturen, die Helme und Kürasse, die Pferdeschweife. Der ganze Ludwig steckt darin, mit seiner Fähigkeit, wahrzunehmen und alles auf das Maß des Menschen zurückzuschrauben: die Ludwigstraße, nicht zu breit wie die Champs-Élysées, sondern so bemessen, daß man die auf der anderen Straßenseite Flanierenden noch wahrnehmen kann. Die Bauten im Unterschied zu ihren Vorbildern in einer noch menschlichen Dimension. Die Ludwigskirche kein Mailänder Dom, die Ludwigsbrücke keine Brooklyn-Bridge, die Residenz kein Palazzo Pitti. Kein katholischer Sinn für das Unmäßige wie in Italien, sondern Dächer statt Kuppeln, Türen statt Tore. Eine maßvolle, nicht maßlose Größe, ein vollkommenes Bühnenbild für Frauengestalten, wie sie Ludwig liebt.

Und alles hat in seiner Welt seinen Platz, von den Gesetzen des Königs zugewiesen, die Stimme ist voll Bewunderung, der König gibt dem Leben die Richtung und schafft eine Einheit des Seins: für jede Person, jedes Haus, jeden Beruf, jeden Baum, das zeigt schon der *Topografische Atlas* Münchens von Gustav Wenng. Alles ist vom König gelenkt, die Kuppeln und Bogen, die Bäume, die Häuser, die Bibliotheken und die Gedanken – für alles schafft Ludwig eine kleine Heimat.

Revolutionen hingegen sind seine Sache nicht, halte ich dagegen. Ludwig I. hat nicht nur wegen seiner Geliebten, sondern aufgrund der republikanischen Bestrebungen in seinem Land abgedankt – nach unruhigen Tagen der Revolution. Die Stimmung war aufgeregt, das liberale Bürgertum verlor die Führung, die »Proletarier der Au« beschlossen eine Erstürmung des Zeughauses.

Mit Morgensternen, Spießen, Hellebarden, Flambergen, manchmal auch Mistgabeln und Schaufeln bewaffnet, die Loggia lacht böse, so zogen sie los und zerschlugen, was sich ihnen in den Weg stellte. Beinahe wär's auch mir an die Grundfesten gegangen … die Stimme ist empört.

Ludwig, der Hochsensible, der sein Königtum heilig hält, mußte wählen: Liebschaft oder Regentschaft. Die Gabe, Himmlisches mit Irdischem zu vermengen, hat ihn verlassen: Das Irdische ist überreizt. Er weiß, daß er sich der strengen Herrschaft moralischer Gesetze nicht unterwarf, er hat sich in Widersprüche verheddert, ist dabei, zu verlieren. Für kurze Zeit gelingt es ihm, die Lage noch zu entspannen, dann bitten Minister um ihre Entlassung. Ludwig tritt nach verzweifeltem Ministerwechsel und neuer Ministersuche zurück. Lola Montez wird verboten, jemals wieder Bayern zu betreten – der wieder gefragte Hoftänzer Carl Hofmann macht einen Luftsprung.

Erschütternd für das Volk, erschütternd für meine Großmutter, die immer noch die Tradition des Königshauses hochhält. Jetzt könnte Ludwig ein freier Mann sein, könnte mit Künstlern verkehren, wie er es gern tut, sich an seinen eigenen Schöpfungen freuen, an den schönen Visitenkarten und Hüten, könnte sich ungeniert von seinen feurigen Leidenschaften durchwogen lassen und tolle Weibernächte feiern – doch seine kreative Unruhe findet keinen Frieden, es bleibt in den zwanzig Jahren, die er noch zu leben hat, eine Scheinfreiheit, in einem Reich, das einen erfolglosen Kampf gegen die Auflösung der Nation führt, der ganz Europa verdüstert.

Der Chronist Victor Klemperer zollte dem militärischen Gepräge Münchens eine gewisse Bewunderung:

Das Gewehr, Lauf nach unten, hängt lose kokett am Riemen; um den Hals, bis zum Gürtel herab, hängen baumelnd feldgraue Schals, in denen Patronenrahmen stecken, im Gürtel trägt man drei, vier langgestielte Handgranaten, um den Arm breite rote Binden. Es sieht mehr wildwestlich als münchnerisch aus – und doch auch wieder münchnerisch: Texas nach Gulbranssons Entwürfen. Der später als Professor für Romanistik in Dresden arbeitende Klemperer, bislang als Autor von *LTI – Notizbuch eines Philologen* bekannt, ein Buch über die Sprache des Dritten Reiches und berühmt für sein Tagebuch über das Leben in Deutschland zwischen dem Ersten Weltkrieg und der deutschen Teilung, schreibt in den neuentdeckten Reportagen als »AB« – Anti-Bayer – locker und amüsant, noch wenig berührt von seinem Schicksal als Jude.

Das Leben Ludwigs I. wird dunkler, dabei könnte er im Rückblick stolz auf so vieles sein, das er erreicht hat. Seine Passion für prächtige Bauten und für Liebesabenteuer ist jedoch nicht ganz verblichen: Marianna bleibt ihm erhalten. Aber vieles wird bloße Kulisse, die Palmen und Arkaden, es verblassen die Mätressen, Puderfinger auf dem Samt seiner Träume zurücklassend, der Aufbau des bayerischen Staats: zerfallen. Eines Tages muß er alles in Ordnung bringen, aufschreiben, was geschah.

Hat er nicht viele seiner Pläne verwirklicht, Großes erreicht? Oder war es ein Schattenspiel, daß er 1827 Goethe getroffen hatte, den lichtvollen Bruder im vulkanischen Gefühl, Goethe, der zu ihm nicht kommen und seine Gedichte gutheißen wollte. Hat er ihn nicht heimlich in Weimar besucht, eilte er ihm nicht auf der Treppe entgegen und stürzte sich in seine Arme mit den Worten: *Ich bin der König von Bayern und eigens um Ihres Geburtstags willen hierhergekommen?*

Spornte diese Begegnung nicht ein letztes Mal seine Neugier an, und wagte er nicht die Frage, ob denn das, was Goethe in den *Römischen Elegien* geschrieben habe, der Wahrheit entspreche? Hat der geschickte Diplomat ihn tatsächlich mit ausweichenden Floskeln abgespeist? Gab es denn diesen Austausch von gewissem Interesse, als Ludwig bedauerte, Schiller nicht eine Villa in Rom zur Verfügung gestellt zu haben: Dann hätte Schiller dort manches Werk glücklich vollenden können? Hat das Goethe wirklich abschlägig beschieden, mit dem lakonischen Satz, Italien hätte Schiller nie zugesagt, *ihn eher erdrückt als gehoben, weil sein Wesen nicht realistisch genug gewesen ist?*

Ist es wahr, daß Goethe nach dieser Begegnung zum Kanzler Müller äußerte: Es sei ihm unschätzbar, den König gesehen zu haben, *denn nun erst kann ich mir dieses merkwürdige, vielbewegliche Individuum auf dem Throne allmählich erklären und konstruieren. In derselben Zeit zu leben und diese Individualität, die mit aller Energie ihres Willens so mächtig auf die Zeitgestaltung einwirkt, nicht durchschaut zu haben, würde unersetzlicher Verlust gewesen sein?*

Das Leben schreddern

Die Gedanken Goethes verschränken sich mit den meinen, und ich erinnere mich, daß ich fast Gleiches empfand, als mein Geliebter starb. Ich empfinde aufs neue, so schwer es war, den Geliebten zu lassen, um wieviel schwerer es aber gewesen wäre, ihn nicht gekannt zu haben. Ich frage mich heute, woher mein Gefährte wußte, daß es so weit war, den Abschied weiterzutreiben. Ich begegne ihm beim Abschiednehmen und bewundere den Zauber der Weitsicht, als er an einem Tag der Klarheit damit begann. Er errichtete Bücherstöße auf dem Boden und legte Zettel mit den Namen seiner Freunde darauf.

Ich muß abgeben, sagte er, mich befreien.

Wir machten Päckchen, die ich in den Keller trug. Ich würde sie nach und nach mit dem Rad zur Post bringen.

Er klebte Etiketten auf die Rückseite seiner Bilder und Drucke, die Freunde erhalten sollten, und saß lange über dem dicken Ordner »*Dead and gone*«, ein Buch, *Die letzten Dinge*, lag auf seinem Schreibtisch. Er ordnete die für seinen Tod notwendigen Urkunden, die Ausweise, den Entwurf der Sterbekarte, den letzten Steuerbescheid. Tage der Verluste, in denen er sich von den Zeugnissen seines Lebens trennte.

Er schredderte, nachdem er noch einmal Blatt für Blatt in die Hand genommen hatte, die zwei Ordner »Bewährungshelfer«, das sollte nicht in fremde Hände kommen. Er blieb allein mit seinem Wissen um ihre Vergehen, für die er jahrelang gesorgt hatte, denn er hat nie Privates von seinen Schützlingen erzählt. Für meinen Geliebten wäre etwas anderes ein elementarer Bruch und moralisch inakzeptabel gewesen.

Ich würde mich schämen, das zurückzulassen, sagte er, schämen für die mir Anbefohlenen, die heute ein anderes Leben führen. Er schredderte auch das letzte Blatt und sagte, als ich mehr über seine Tätigkeit als Bewährungshelfer wissen wollte: Man muß Dinge tun, die vergeblich sind, wenn man sie für richtig hält. So habe ich es immer gehalten, also auch bei der Bewährungshilfe. Ich zweifelte an der Justiz. Dann müssen Sie auf die andere Seite gehen, sagte der Richter. Das habe ich getan. Mit manchen meiner Zöglinge hatte ich noch eine Weile Kontakt. Dann hörte ich nichts mehr. Einer starb.

Ich denke an seinen letzten Schützling, von dem er in den Wochen vor seinem Tod weder Brief noch Anruf empfangen hat. Die wiederholten dringlichen Fragen des Geliebten habe ich stets mit einer Lüge beantwortet. Alexander habe angerufen und werde sich bald melden. Alexander sei verreist.

Er holte aus dem Schrank eine Unmenge liebevoll mit goldenen Schnüren umwickelter Briefbündel hervor. Rückwärts datierten wir sein Leben: Liebesbriefe, Freundesbriefe, berufliche Korrespondenz. Ein Teil sollte an die noch lebenden Absender zurückgehen und wurde in beschriftete große Kuverts gesteckt, ein anderer Teil, darunter auch seine Impf- und Schulzeugnisse sowie Referenzen, kam in den Papierzerkleinerer. Die zweiundzwanzig Tagebücher aus dem Krieg und der Nachkriegszeit sollten nach seinem Tod ins Zeitgeschichte-Archiv. Die Geschenke, die er erhalten hatte, wurden mit Etiketten versehen: jedes Geschenk zurück an den Schenker.

Er warf sein Leben ab, Stück für Stück.

Die nächsten Tage ordneten wir seinen Vorlaß, datierten sein Leben anhand der Dokumente. Seine Vorträge und Artikel, seine Akten »Friedensforschung«, seine historischen Fotosammlungen zum Krieg. Auf die letzte Seite seines Notizheftes schrieb er eine Botschaft für seine Freunde. Für später, sagte er auf meine Frage, und schloß das Heft. Seine Feldpostbriefe und seine Familienkorrespondenz gab er mir, ich würde das Material später an das Archiv weiterleiten.

Der Geliebte vermachte mir seinen Tod. Überall in seiner Wohnung lauerte der Tod, wohlgeordnet oder zerkleinert, so war es auch in den kommenden Tagen, an denen ihn nur eine Frage beherrschte: Was muß ich noch aus dem Weg räumen? Meist schlägt er sich auf die Seite der Asche.

Er löste sich von der Welt. Das machte ihn frei. Brachte ihm für eine Weile sein Ich zurück. Für Tage befand er sich wieder in der Kontinuität seiner Geschichte. Sein Geist war ruhig.

Doch für mich, den einen von zwei Menschen, die sich lieben, liegt eine der größten Schwierigkeiten beim Sterben im Zurückbleibenmüssen. Wer geht zuerst. Bei uns war die Frage aus Gründen seines vorgerückten Alters vielleicht leichter zu beantworten. Hätte aber auch anders ausgehen können.

Nur einmal habe ich gesehen, wie sich zwei Menschen diese schmerzliche Trennung ersparten. Ein toskanischer Bauer, klein und vertrocknet wie eine alte Olive, er hielt seine alte Frau umfangen, ein winziger, federleichter Körper. Zwei steinalte Menschen, ich wollte sie besuchen und habe sie im Schlaf überrascht, losgelöst, nicht mehr verankert in dieser Welt. Und als ich eine Woche später kam, lagen sie immer noch so da, aneinandergepresst, tot.

Die Liste, die er für mich gemacht hatte. Auf der geschrieben stand, welches Erinnerungsstück ich an seine Freunde geben sollte.

Der versiegelte Brief, den er mir gab. Für später, sagte er, wenn du spürst, daß dein Leben zu Ende geht. Dann will ich bei dir sein.

Der Text für sein Sterbebild. Auf der Rückseite sollten die Worte stehen:

Ich danke Euch. Es war schön.

Die kleine Tafel mit den Worten Martin Niemöllers, die auf seinem Schreibtisch stand, steht jetzt auf meinem:

Als die Nazis die Kommunisten holten,
habe ich geschwiegen;
ich war ja kein Kommunist.
Als sie die Sozialdemokraten einsperrten,
habe ich geschwiegen;
ich war ja kein Sozialdemokrat.
Als sie die Katholiken holten,
habe ich nicht protestiert;
ich war ja kein Katholik.
Als sie mich holten, gab es keinen mehr,
der protestieren konnte.

Sich selbst verloren

Vielem mag und kann Ludwig nicht mehr folgen, auch was die Politik angeht, ist es ihm zu konfus. Sinnend sitzt der alte König im rollenden Wagen, unmutig über die vielen Fragen. Werden diese tumultnarrischen Bayern ihn nicht rasch vergessen? Das Groteske des sich rasch verändernden Landes tut sich vor ihm auf. Der staatliche Eisenbahnbau, der Rhein-Donau-Kanal, den er förderte, die erste industrielle Revolution – zu unbeseelt und geschwind ist ihm diese Welt. Er steht ihr skeptisch gegenüber, fragt, ob die Arbeit an einer Maschine nicht härter sei als die gewohnte und den Menschen verändere, und wie die Fabrikgründungen sich auf das Handwerk auswirken. Warum nennen das seine einst Getreuen konservative Bedenken?

Unbewegt blickt er hinaus, ruft dem Kutscher zu, die Fahrt schneller aufzunehmen, zieht sein Heft hervor und macht sich hastig mit dem Bleistift Notizen. Der verschlossene, vereinsamte, verhärtete Mann vermag sein starres Wesen nur noch vor dem Papier zu öffnen. Die spröde Lippe hat sich kaum mehr aufgetan, und in dieser verdunkelten Stunde fühlt der König, daß etwas Wunderbares in seinem Leben zu Ende ist. Er hat viel Zärtlichkeiten von Frauen empfangen, aber in Zukunft wird er weniger bekommen. War die Umarmung seiner Söhne denn eine zärtliche? Der Verlassene fühlt mit Schmerz, daß sich alle, Söhne wie Brüder, gegen ihn wenden. Deutlich erkennbar die Kritik des Landtags an seiner Finanzpolitik. Seine Bauten bezahlte er zwar aus eigener Tasche – doch sonst sparte er an allen Ecken und Enden. Es gäbe, heißt es nun, unter seiner Regierung zu wenig Beamte, zu wenig Lehrer und Schulen, einen zu geringen Straßenbau für das um die Hälfte vergrößerte München. Seine Politik, die zunächst liberal gewesen sei, mache einem gewissen Argwohn Platz. *Mir ist das All, ich bin mir selbst verloren, Der ich noch erst den Göttern Liebling war,* denkt er.

Er fühlt, daß seine Augen feucht werden. Vielleicht haben die Abgeordneten recht. Die Verfassung sah er als »Löwenhöhle«, aus der keine Spuren herausführen. Hatte er sich nicht bereits nach der Pariser Julirevolution 1830 in einen Konservativen verwandelt?

Bald wird sein zweiter Sohn, der sechzehnjährige Otto, von den Griechen zum König auserkoren, mit einem Schutzcorps von dreitausend Mann, mit Offizieren und Beamten nach Nauplia reisen, um in den kommenden Jahren das Land um den Mittelpunkt Athen aufzubauen. Der Abschied schmerzt, auch wenn die letzten Wochen ärgerlich und verdrießlich waren, sogar Ausbrüche offener Aggression waren zu verzeichnen. Nicht einmal beim Gedanken an das einst so stärkende bayrische Nationalbewußtsein, bislang vom deutschen nicht weit entfernt, läßt sich verweilen, es ist doch eigentümlich, denkt er, wie es plötzlich schwankt.

Bestürzend, diese heftigen Auseinandersetzungen um die nationale Frage – will man tatsächlich ein einheitliches Deutschland schaffen? *Habe immer gesagt, wirklich König sein oder die Krone niederlegen, und so habe ich es nun getan.* Ludwig fühlt, daß er seinem Rang nicht mehr entspricht.

Es muß grauenhaft gewesen sein, wie mir mein Schwiegervater erzählte, sagt Else von Lossow, jegliches Zugehörigkeitsgefühl verflüchtigte sich. Das Bürgertum verachtete die Handwerker und Arbeiter, es randalierten die radikalen Demokraten, die Stadt wurde verwüstet, die revolutionären Bürger zogen sich schließlich zurück. Die

Politisierung der Bevölkerung erreichte einen absoluten Höhepunkt, Gegner und Befürworter einer neuen Verfassung, die andere nicht anerkennen wollten, gerieten in Streit, von Revolution war bald nicht mehr die Rede.

Auf den Ausbruch der Revolution vom 7. November 1918 reagierte Erzbischof von Faulhaber »mit ungläubigem Staunen«: *Wie war es nur möglich, daß ein Volk, dessen Königstreue sprichwörtlich war, auf den Ruf eines landfremden galizischen Schriftstellers hin über Nacht und ohne einen Tropfen Heldenblut zu vergießen, in das republikanische Lager abschwenkte und seinen König in die Verbannung ziehen ließ?* Aus welchen Gründen kommt es bei Faulhaber zu dieser unleugbar rassistischen Aussage, den Deutschen Eisner, in Berlin geborenen Juden, der die Republik ausgerufen hat, als »landfremden galizischen Schriftsteller« zu bezeichnen?

Am 8. Dezember 1918 registrierte er knapp:

Die Lage ist sehr ernst. Hunger, Verbitterung, Nationalismus. Häresie. Antisemitismus. Antikatholizismus.

Kurzum, Faulhaber ist verbittert:

Die Revolution war Meineid und Hochverrat und bleibt in der Geschichte erblich belastet und mit dem Kainsmal gezeichnet.

Die Fertigstellung seiner Bauten hat Ludwig I. noch erlebt: die Propyläen, die Vollendung des Siegestores und der Feldherrnhalle – seine Geschenke an die von ihm begründete Kunststadt München.

Der König – für meine Großmutter Inbegriff der Macht, was sich auch in seiner Küche zeigte. Zwar waren seine Vorspeisen etwas zurückhaltender als die für Ludwig II. von Hofkoch Hierneis garnierten Schauplatten mit den raffiniertesten Horsd'œuvres und Desserts. Meine Großmutter hat etwas Hoheitsvolles, aber sie kann gut mit »Personal«, mit Bauern, Arbeitern und Handwerkern umgehen – sie weiß, was sie ihrem Namen schuldig ist, und ist bekannt dafür, wie liebevoll und vortrefflich sie ihre Gäste bewirtet. Unter dem Niveau eines Königsmahls sind ihre Gerichte selten, auch wenn sie sparsam mit den Zutaten umgeht, die Salatblätter und die Blumenkohlstrünke und Spargelschalen auskocht und Joghurtbecher für Kindergärten aufhebt. Sie sagt nicht alles, was sie weiß, und manches ist subjektiv gefärbt, doch wenn sie von Hofköchen zu erzählen anfängt, ist sie nicht zu bremsen. Da kennt sie sich aus, mit Abschmeckern, Garköchen, Hartschierern und Vorkostern. Die Lieblingsfigur der großartigen Köchin und Freundin bester Viktualien aber ist der Charcutier Johann Nepomuk Kröner, zu dessen Grab auf dem Alten Nördlichen Friedhof sie einmal die Woche Blumen trägt, zeitweise der wichtigste Mann in der Königsküche, mit seinem Bruder und Sohn eine wahre Dynastie, allesamt Meister des köstlichsten Schweinsbratens der Welt, die Rouladen, Pasteten, Terrinen und die wunderbarsten Saucen für den König zuzubereiten wußten.

Ebenso unterhaltsam weiß sie von Kämmerern, Stadtarchitekten, Seidenhändlern, Hutmachern, Hofgärtnern und Landschaftsgestaltern zu erzählen, vom Schäfer im Englischen Garten, von Kutschern und Gespanndienern.

An meine Großmutter erinnern mich pralle und lebensfrohe Gerüche: Schweinsbratenduft, Zimt, Bratäpfel, Blaukraut mit Schmalz, deftig wie ihre Erzählungen, die mein Gedenken dauerhaft machen.

Aus Schulterklappen werden Nadelkissen

Das Anliegen der Französischen Revolution, Unterschiede zu beseitigen, wurde kaum verwirklicht – immer noch geht es um Arm und Reich, in letzter Zeit um Deutsche und Einwanderer, um Flüchtlinge. Die Abdankung im März 1848 fiel Ludwig, dem bedeutendsten Monarchen Europas, wie ihn Golo Mann nennt, nicht leicht. Von seinem Sturz erbebt das Land. Die sogenannte Märzrevolution von 1848 und die Flucht des französischen Bürgerkönigs Louis-Philippe, Ludwigs persönliches Schicksal und die Regierungskrise: Am Ende einer außergewöhnlichen Epoche fällt alles zusammen.

Als Lola Montez es wagt, ihn als Bauernmädchen verkleidet zur Flucht in die Schweiz zu überreden, bescheidet er dies abschlägig, sicher nicht ohne Schmerz.

Noch einmal, so die Großmutter, hat er sich mit letzter Kraft in sein Los geschickt und nachgegeben. Er hat, wie gewünscht, Pressefreiheit proklamiert, Abschaffung der Zensur, öffentliche Schwurgerichte, Pensionen für Staatsdiener etc. Doch die Huldigungen vor der Residenz lehnt er ab. Vielleicht befürchtet er die verlegenen Blicke der Polizisten und Soldaten, die beschämten Mienen der Beamten, vielleicht greift eine alte Frau nach ihrem Taschentuch.

Erniedrigt, sagt er knapp zu seiner Gattin und wendet sich ab.

Sein ruhmreiches Regieren ist zu Ende. Er weiß, es beginnt ein anderes Deutschland, ein anderes Bayern, ein anderes Europa, eine andere Welt. Die Unmenschlichkeit der Zukunft sieht er nicht einmal in seinen düstersten Träumen.

Auch Faulhaber sah sehr wohl bei seinen Besuchen im November 1918 im Königshaus, wie rapide das Ansehen des Monarchen bereits in den Augen der Dienerschaft geschwunden war. Zweimal bestieg er die Kanzel und warnte: *Wenn ein Erdbeben kommt, wird es nicht bloß die Residenz des Königs, sondern auch die Wohnungen der Bürger erschüttern.* Es kommt zum Eintritt ins Deutsche Reich. Zwei Wochen nach der Abdankung ist Ludwig mit sich wieder im Reinen. *Großartig*, sagt meine Großmutter, *ein echter König.* Und sein Volk läßt er wissen: *Regieren konnte ich nicht mehr, und einen Unterschreiber abgeben wollte ich nicht. Nicht Sklave zu werden, wurde ich Freiherr.* Tat er es unter Zwang? Nein, sagt die Großmutter, keineswegs, denn die Münchner waren es zufrieden, ohne Blutvergießen erreicht zu haben, was sie wollten. Und er, sagt sie, blieb sich treu, bis zuletzt.

Ein Stück meiner Seele, die Geschichten der Großmutter, die noch Kaisertochter Viktoria Luise gesehen hat und gar für sie gehalten wurde. Als ich in der Kutsche mit Opa durch die Theatinerstraße fuhr, jubelte das Volk und warf mir Blumen zu. Die Großmutter, die jede Menge von Devotionalien aus alten Zeiten bewahrt hat, und jedes Ding in ihrer Wohnung, ob Reitpeitsche oder Bierzipfel, hat seine Geschichte. Die mir alte Fotos zeigt, auf denen ist der Kaiser zu sehen mit der Zigarr' in der Gosch, was er als einziger durfte, und da steht neben ihm der Opa, und sie reden, was Männer so reden, halt über ihre Schlachten. Und ich weiß noch genau, wie wir als Kind jedes Jahr an Kaisers Geburtstag an einem Glas Sekt nippen durften: Hoch lebe der Kaiser! Sie erzählt mir Anekdotisches ebenso wie Schreckliches aus ihrer Krankenschwesterzeit im Ersten Weltkrieg – dennoch: Als Frau mußte ich die Chance nutzen, die der Krieg mir bot. Das entspricht der Gläubigen, die sicherheitshalber in beide Kirchen geht, in die katholische wie die evangelische, denn man erfährt ja nie, wo der richtige Gott sitzt.

~

Nach dem Deutsch-Französischen Krieg von 1870/71 zogen die heimkehrenden Truppen mit den erbeuteten französischen Waffen und Kanonen an der Feldherrnhalle vorbei. Diese glanzvolle Aktion wird 1914 wiederholt, als Ludwig III. die begeisterten Truppen samt Ernst von Lossow in seiner schönen Ulanka in die Hölle des Ersten Weltkriegs schickt. Das samtene Tuch des Waffenrocks, das Großvaters Schüttellähmung erzittern ließ, mit der er aus dem Ersten Weltkrieg zurückkehrte, wird in den sechziger Jahren von Großmutter gewendet, die Schulterklappen werden zu Nadelkissen verarbeitet, das karmesinrote Plastron, das sie »Lätzchen« nennt, gibt Futterstoff für einen Muff, und von dieser wunderbar wärmenden Ulanka, einer besonderen Jacke, die der Großvater im Feld getragen und die Großmutter mit eigener Hand umgearbeitet hatte, von echten Silberknöpfen beschützt, quasi geadelt und von den anderen getrennt, ziehe ich, ärmliche Werkstudentin, in die Bildungsschlacht der Universität.

Heldengedenktage

Es ist kein Zufall, daß schließlich die Nationalsozialisten die spezielle Bühne der Loggia für ihre Zwecke nutzen. Antidemokratische und antisemitische Gruppierungen wie die Thule-Gesellschaft entstehen. Der Orden der Illuminaten, Freimaurer und andere Geheimbünde küren die Feldherrnhalle zum Treffpunkt. Die Wehrmacht nennt einen Großverband des Heeres »Panzer-Division Feldherrnhalle 1«. Sie rückt mit der »SA-Standarte Feldherrnhalle« aus und schmückt ihre Offiziere mit den Runen Feldherrnhalle. Totenkopfverbände marschieren an der Feldherrnhalle auf. Anzunehmen, daß heute die »Identitäre Bewegung«, deren verbaler Höhepunkt sich mit der morschen Formel »Heimat – Freiheit – Tradition« repräsentiert, oder die rechtsradikale Anti-Islam-Bewegung, die wie die Neonazis, die im Herbst 2015 dort aufmarschierten, nun auch diesen belasteten Ort zur tragenden Stätte erklärt. Auch die neue völkische Bewegung der AfD liebäugelt mit der Halle. Die Stadt München scheiterte mit ihrem Versuch, den Aufmarsch der Rechtsradikalen vor der Feldherrnhalle am 26. Oktober 2015 zu unterbinden – das Verwaltungsgericht stoppte den Vorstoß. Die Verwaltungsrichter beziehen offenbar Posten, wo es ihnen paßt, haben die Rechtstendenz nicht verfolgt, oder, schlimmer noch, sie handeln aus

Unwissenheit, verkennen die Kraft symbolischer Orte und schaffen für die Rechten Ventile. So müssen wir uns erneut mit den elenden Geistern der Vergangenheit schlagen, die aus ihren Löchern kriechen, das erbittert, und nichts geht voran. Inzwischen haben sich die Bayern mit dem kleinen Waffenschein gerüstet – die Nachfrage ist enorm gestiegen.

Politische Gruppierungen, nichts als Hintergrundschraffuren. Zusammenballungen sagen heute nichts mehr, morgen sind sie auseinandergefallen. Oder haben sich zu einem anderen Bällchen umgruppiert. »Nationalismus ist eine Geisteskrankheit«, sagt Klaus Harpprecht im Gespräch.

Meine Großmutter schüttelt mißbilligend den Kopf, wenn sie an die Aufmärsche denkt und das goldene NSDAP-Abzeichen, das im Sockel einer bronzenen Ehrentafel für die sechzehn Erschossenen angebracht wurde, von Hitler »zur ewigen Erinnerung an die Schmachregierung von Kahr« veranlaßt. 1945 wurde die Tafel von Münchner Bürgern entfernt. So was wie Hitler, sagt sie, wäre bei uns nicht mal auf dem Kutschbock gesessen.

Zeitströmungen schwappen über mir zusammen, winzige Rinnsale rieseln auf ein Zentrum hin. Ermüdet kauere ich mich zusammen, öffne mein Buch, versuche, wach zu bleiben. Es riecht nach Teufeln und bösen Geistern.

Nie mehr wird es euch gelingen, als Brutstätte des Bösen mich zu bezwingen: So haucht im Ludwig-Stil die Stimme aus den Tiefen der Feldherrnhalle. Auf einmal wach, stehe ich auf, als wollte ich sie begrüßen, wie ich immer aufstehe, wenn jemand mit mir spricht.

1947 gedachte man dort der Opfer des Faschismus. Später redeten hier Vertreter der KPD, Wilhelm Pieck, Friedrich Ebert, Walter Ulbricht, Heinrich Lübke, auch Theodor Heuss, Charles de Gaulle – meine Großmutter, die in ihrer Kindheit bei Tisch französisch sprechen mußte, hat jedes seiner Worte verstanden – und viele andere, antifaschistische und KPD-Gruppierungen präsentierten sich.

Ich weiche diesen Zeitströmungen aus und halte mich an meine Großmutter, die immer gesagt hatte, Fragen der Zeit erledige die Zeit, die, sobald sich ein Zipfel von Handgreiflichem zeigt, diesen ergreift.

Kriegskind

Ich wundere mich, mit welcher Unbedenklichkeit man den Krieg innerhalb von drei Tagen beschlossen hat. Immer noch »Kriegskind«, spüre ich bei dem Gedanken ein Beben, ein inneres Vibrieren, ein Wanken erinnerter Bilder, eine Bedrohung. »Wann san'S geborn?« der Qualtinger. Keine Frage, eher ein Aufschrei. Kriegskind und Nachkriegskind. Kriegsflüchtling. Die Unübersetzbarkeit von Erfahrung, wie der Veroneser Philosoph Giorgio Agamben es nannte. Die jüngere Generation, der ein möglicher Krieg kaum Kopfzerbrechen bereitet. Nur mein Gefährte verfügte über die Autorität, um im Wort seine Erfahrung zu garantieren, sie war sein Fundament.

Nachdenklich betrachte ich die Loggia und überlege, wohin sie mich in Gedanken noch führen wird.

Ein Grüppchen Touristen mit einem Führer, der eine glänzende Sonne an einem Stock aufgespießt voranträgt, streift die Löwen. Erschöpft lassen sich manche auf der Treppe nieder. Es gibt in der Stadt kaum Plätze, an denen man sich niederlassen kann, und wenn ein paar Sitzgelegenheiten da sind, sind sie so niedrig, daß ein alter Mensch mit Knieproblemen sich nur unter Schwierigkeiten setzen kann. Die Antipenner-Architektur beherrscht die Stadt.

Rund um die Loggia existieren kaum normale Bewohner, nur

Boutiquen, Ärzte, edle Autosalons und Cafés, das älteste, Rottenhöfer, ist bereits verschwunden. Von einer Freundin erhielt ich früher den Tip, ins Nebenhaus hochzusteigen und einen Blick in die Bäckerei zu werfen, wo die wunderbaren Plätzchen und Marzipankugeln gedreht wurden – es roch wunderbar. Jetzt hole ich mir den erlesenen Schokokoladen- und Mohnkuchen, ohne Mehl gebacken, den auf der Zunge zergehenden Topfenstrudel bei der von Österreichern geführten Konditorei Arzmiller im Hof hinter der Theatinerkirche. Der alteingesessene Franziskaner, bei dem man auch Spinat mit Spiegelei bekommt, wäre beinahe den Immobilienhaien zum Opfer gefallen.

Die Hutmacherin von Ina Böckler, auch sie vom parterren Hutladen in den ersten Stock vertrieben, winkt mir, wenn ich die Passage durchquere, von oben zu. Ich besuche sie manchmal, weil ich ihr Handwerk liebe. Ein paar Häuser weiter herrscht der adelige Schönheitschirurg über die sanft geglätteten Gesichter der Münchner Hautevolee, die immer aussieht, als hätte sie gerade Urlaub gemacht. Ein feiner Mensch, dem nie in den Sinn käme, zu zurren, wo eine kleine Raffung, gar Unterspritzung genügt.

Und in der kleinen betriebsamen Parfümerie bedient in Stoßzeiten ein junger Araber, damit das Geschäft nicht an sprachlicher Unkenntnis leidet: Der Laden ist proppenvoll mit anspruchsvollen Frauen aus den Golfstaaten, während, nur ein paar Meter von der Feldherrnhalle entfernt, nahe der Skulptur Ludwig I. auf dem Pferd, in der Logistikzentrale Bayerns, dem »Koordinierungsstab Asyl und Sicherheit« des Innenministeriums, Polizisten auf Monitore starren und Züge und Busse mit Flüchtlingen durch Deutschland steuern.

München, Stadt der Kontraste. Auf der einen Seite die Damen mit ihren Luxustaschen, die auf sündhaft teure Automobile starren, auf der anderen Seite ferngesteuerte Busse mit Heimatlosen im letzten Hemd. Und über allem thront der besorgte Möchtegern-Regent Markus Söder, der die Bayern das Gruseln lehrt.

Typisch für mich, denke ich, hier allein herumzustehen, nur um nicht bei den anderen zu sein. Das war schon in meiner Kindheit so, als ich mir am nahen Waldesrand Laubhütten baute und darin verschwand, um mir Gespenster herbeizubeschwören. Niemand sonst, den ich kenne, kann so lang allein verharren wie ich und sich Gedanken machen, Träumen nachhängen, Phantasien, kann schauen, spinnen, sich treiben lassen …

Ich brauche keine Unterhaltung, und langweilig war mir noch nie. Mein Blick mag alles, ist auf Befremdliches, auf Abweichendes, Komisches und wirre Fährten gerichtet.

Nahe meinen Ikonen trinke ich das zweite Glas Wein. Ich fühle die Herausforderung. Ich habe meinen Namen, der *die Fremde* bedeutet, immer geschätzt, habe mich oft fremd, am Rande stehend (bei gesellschaftlichen Anlässen), eigenartig, sogar ausgestoßen gefühlt. Damit meine ich nicht, daß ich etwas Besonderes wäre. Heimatlosen, Außenstehenden, Fremdlingen und Entwurzelten hingegen fühlte ich mich stets nahe, und Wilhelm Müllers Worte aus Schuberts *Winterreise*: »Fremd bin ich eingezogen, / Fremd zieh ich wieder aus«, galten für manche Beziehung.

Die Fremden fordern ja nicht, las ich bei Tahar Ben Jelloun, *Papa, was ist ein Fremder?*, *daß wir sie lieben, sondern daß wir ihre menschliche Würde achten. Jemanden achten bedeutet, sein Anderssein anzuerkennen und darauf Rücksicht zu nehmen. Das heißt auch: zuhören lernen. Der Fremde fordert weder Liebe noch Freundschaft, sondern Achtung.*

Ich mag das bunte Gewirr der Menschen, die sich bei der Feldherrnhalle treffen, mag das Multi-Kulti der Sprachen. Ich fühle mit den Menschen im Exil, die trotz dieses neuen weltweiten Schicksals ihr Eigenes nicht verloren haben. Hier ist der Vorbereitungsort für meine Arbeit. An der Feldherrnhalle gibt es genügend Gestalten, die sich hier herumtreiben, die sammeln und suchen, mir wesensverwandt – es gibt sie heute wie in der Vergangenheit.

Da steht sie. Die zarte, mädchenhafte Erscheinung der Ricarda Huch. Sehr ruhig. Die Stimme leise bebend, beweglich, gedämpft wie ein Kirchenlied. Eine schlanke, vornehme Gestalt mit einem aussagestarken Gesicht. Eulenaugen. Spitzenbluse. Langer schwarzen Rock, kleines schräges Hütchen, umhüllt von weichendem Dämmerlicht.

Ricarda,
der einzige Mann

Es ist noch die Zeit, wo das urbürtige Deutsch- und Münchnertum in den Gaststätten, Weinlokalen, Cafés und Biergärten sein Leben aussitzt, welches dazu da wäre, aufzuwachen und aufzumerken, was rundum abgeht. So bleiben den meisten die dramatischen Hintergründe des politischen Lebens unverständlich und rätselhaft, weil sich kaum jemand die Mühe macht, sie zu durchleuchten und das Weltgeschehen zu beeinflussen. Dabei haben gerade die Nazis die deutsche Nationalkultur in eine absurde »arische Rassenkultur« verwandelt

Die Zeit geht dahin, wer weiß, wie oft inzwischen die Isar über die Ufer getreten und wieder in ihr Bett zurückgekehrt ist, wie oft ich schon dort war, an diesem vertrauten Ort, wie oft auch sie, Ricarda Huch.

∾

Treibt sie zur Feldherrnhalle die Nostalgie, um ihre geliebten Löwen zu sehen, die sie an ihren Geburtsort Braunschweig, die Löwenstadt, erinnern, oder sind es die ehrwürdigen, selbstsicheren Feldherrn mit ihrem männlich-übellaunigen Gehabe, das Unterwerfung fordert, weil sie gerade an ihrer dreibändigen Geschichte des Dreißigjährigen Kriegs schreibt? Oder gar der scharfsinnige Karl Valentin mit den lebhaften Augen, den sie bereits zweimal traf, einmal in der Galerie Thannhauser zusammen mit Marcel Duchamp, in einen wilden Fuchsmantel gehüllt, wo sie über Fahrrad-Räder und mit »R. Mutt« signierte Urinale diskutierten? Darüber denkt die achtundvierzigjährige Schriftstellerin und Historikerin Ricarda Huch nach, berühmt für ihre historischen Romane, ihre dreibändige Deutsche Geschichte, ihre deutschen Städtebilder, für die sie die deutschen Städte bereiste, ehe sie die Bomben zerstörten, die 1912 ins geliebte, aber doch mit Skepsis betrachtete München gekommen ist und die der Loggia auf ihrem täglichen Spaziergang durch den Hofgarten jeden Morgen einen kurzen Besuch abstattet. 1918 wird sie abermals für neun Jahre nach München zurückkehren. Sie wohnt nicht weit von hier in der Briennerstraße 8 über dem Café Luitpold im 1888 erbauten Luitpoldblock, wo sie nach der Trennung von ihrem geliebten Schwager mit ihrem Mann, dem Zahnarzt Ermanno Ceconi, lebt.

Es sind die Löwen, kommt die mythische Stimme aus ihrem verborgenen Grab. Sie erinnern sie an den Beginn ihrer kindlichen Liebe zu Richard Huch, dem Vetter und Mann ihrer schönen Schwester Lilly.

Die sensible Ricarda hat nicht die geringsten Skrupel, ihre Schwester zu betrügen, hält es vielmehr für ihr schicksalbestimmtes Anrecht.

Um die Heirat der beiden kreist ihre narzisstische Kränkung ihr Leben lang. Für sie ist dieser Ort der toten Helden auch der Ort ihres Familienromans.

Sie schreibt in München über dem Café auf einer ans Fensterbrett geschraubten Holzplatte ihre Gedichte und historischen Romane, um das spärliche Licht auszunutzen, versetzt sich in hitzige Revolutionen und in das Italien der Unruhen und Aufstände.

Eine Schönheit, die Stimme der Feldherrnhalle im Tremolo, wie sie nur der Geist heranbildet, eine der potentesten Frauen der Literatur. Anspruchslos, bescheiden, aber vermessen in der Liebe, vom Strom der Begierde umflossen, eine verschlagene Sexräuberin, was sie mit König Ludwig verbindet.

Was für ein Sprachgenuß, der Stimme der Loggia zu lauschen, deren altertümliche Wendungen mich vom alltäglichen Deutsch entfernen.

Ja, sage ich, angezogen von ihrem Gesicht, beschäftigte mich die Frage: Wie bekommt man ein solches Gesicht? Das war der Ausgangspunkt für meine Recherche. Und als ich auf der Suche nach dem jungen Widerstandskämpfer Walter Klingenbeck unter der Rubrik Widerstand auch Akten zu Ricarda Huch fand, faßte ich den Entschluß, über sie zu schreiben.

Viele der Bücher Ricarda Huchs sind in München entstanden, auch das mitreißende Buch über *Michael Bakunin und die Anarchie*, mein Lieblingsbuch neben dem Kultband über die Romantik.

Ricarda Huch nimmt die Treppen zur Feldherrnhalle auf der Suche nach Distanz, sie braucht das für ihre ernsthafte historische Dichtung die Ruhe, in der sie sich ausführlich und gemessen bei ihren Figuren aufhalten kann. Im Vorbeigehen streicht sie einem der Löwen über die steinerne Mähne.

Sie läßt die Besucher und die Abbilder der Feldherrnhalle im Kopf Revue passieren. Keiner der Menschen, die sich dort versammeln, ob männlich oder weiblich oder Kind, ist ohne Hut, und sie lüpft ein wenig den Schleier über ihrem schrägsitzenden Hütchen. Sie denkt nach, woran es wohl liegt, daß die Menschen immer seltener Hüte tragen. Sind ihre Gesichter zu ausdruckslos und zu leer, um diese Hervorhebung zu ertragen?

Ich belebe ihren historischen Geist, triumphiert die Stimme der Feldherrnhalle, sie fühlt sich in meinem Schutz geborgen. Das bringt sie der Vergangenheit wie der Gegenwart näher. Sie schätzt meine *sepolcralità*, die Grabesstimmung meiner Geschichte. Sie berührt das Drama der Menschheit mit seinem Grauen der Kriege, den Lobpreisungen des Heldentums, der Reue über Kriegsopfer und der Trauer über die Toten.

Sie ist gern Deutsche, sage ich, und die Feldherrnhalle stärkt ihr Nationalgefühl.

Dazu wurde ich schließlich geschaffen, sagt die Loggia.

Der Stein scheint sich wie eine stolze Brust zu wölben.

Sie weiß, ergänze ich, daß man den Deutschen immer wieder ein zu starkes Nationalgefühl vorgeworfen hat, aber sie findet, daß es bald zu stark und bald zu schwach ist (da gibt ihr meine Großmutter recht, die mit zärtlichem Spott die Männer allein für »die Erfindung des Nationalgefühls« verantwortlich macht). Es liegt wohl am historischen Erbe. In den Anfängen der Geschichte übernahmen die Deutschen mit den Italienern den Weltreichgedanken.

Was ist das, Nationalgefühl? Seltsam, ich verbinde es sogleich mit Kriegen. Der deutsche Nationalstaat, 1871 gegründet, entsprang Krieg und Gewalt, formte aber auch das Recht und das soziale Denken, doch die Katastrophen des Ersten und Zweiten Weltkriegs mündeten im Kalten Krieg, von dem Ricarda Huch noch nichts wissen kann. Sie hält sich an 1871.

Sie geht um die Loggia herum und betrachtet die formschön kopierte florentinische Frührenaissancefassade – hier ist der Gedanke italienischer und deutscher Synthese bereits Gestalt geworden. Der Anblick des Denkmals für Tilly und Wrede erregt ihre Verwunderung. Sie denkt an Tilly, den Feldherrn im Dreißigjährigen Krieg, und hat mit Genauigkeit seine kleinsten Regungen festgehalten:

Tilly achtete sorgsam darauf, Wallenstein keinen Schritt mehr entgegenzugehen als dieser ihm und wartete auf des anderen Anrede, um ihn nicht etwa höflicher zu begrüßen.

Tilly, der Tyrann, der ein Massaker in Magdeburg hingelegt hatte, das einem Holocaust gleichkam, wobei er von den 235 000 Menschen bis auf viertausend alle vernichtete. Doch weil er auf der Seite der

Katholiken stand, verzeiht man ihm in Bayern das Morden. Und der nicht ganz astreine Generalfeldmarschall Wrede. Aus ihrer Geschichtsschreibung ist Ricarda Huch das Urteil des klugen Ernst Moritz Arndt nur zu bekannt, der in seinem Buch *Blick aus der Zeit auf die Zeit* schrieb: *Statt dessen fordert Baiern, wo es bitten, pocht es, wo es schweigen, trotzt es, wo es sich beugen sollte und sein so genannter Fürst-Feldmarschall Wrede, den wir durch Prunk, seinen Übermut und seine Habsucht nur als einen französischen Marschall gekannt haben und durch die schlechte und schülerhafte Ordnung der Schlacht bei Hanau wahrlich nicht als einen Feldherrn haben kennen lernen, tritt wie der miles gloriosus des Plautus mit gewaltigen spanischen Schritten auf und will es mit der Frechheit abmachen.*

Auch halten wir uns besser nicht an Lion Feuchtwanger, dessen Aussage, daß es sich um die größten bayrischen Feldherrn handle, zu bezweifeln ist.

Deutsche Kaiser tauchen vor Ricarda auf, als das Reich noch ein Ganzes war, das gute alte Reich fürs gute alte deutsche Volk, für sie so etwas wie ein Nationalgott, die wesentliche Instanz der deutschen Geschichte. Sie vergegenwärtigt sich die Entstehung der verschiedenen Länder, die sich herausbildeten und zum Teil an Deutschland angrenzten, Einheitsstaaten mit Königen und stark entwickeltem Nationalgefühl, und in den Beziehungen dieser Staaten zueinander bekam der deutsche Universalismus ein anderes Gesicht, er wurde zur Schwäche. Mit dem Nationalstolz zu kokettieren, ist etwas Gefährliches. Den kleindeutschen Nationalstaat von 1871 mag sie nicht.

Macht, Gewalt, Geld, Masse, das waren die Prinzipien des neuen Reiches, auch der Opposition: Der Sozialismus kämpft unter denselben Zeichen,

so sieht sie die Entwicklung vom Freiherrn vom Stein zu Bismarck und weiter. Sie verstand es, Linien zu ziehen und Zusammenhänge herzustellen, weil sie die Geschichte kannte, wußte den Gestalten der Geschichte Leben und Kontur zu geben.

Sie schließt die Augen und lehnt sich an eine Säule, rekapituliert die Geschichte dieses Ortes. Die schwierige deutsche Geschichte läßt sie nicht los. So ging es auch meinem verstorbenen Gefährten, geht es mir durch den Kopf, der nach dem Krieg still und zurückgezogen sein eigenes Werk tat, ohne sich den wechselnden Zeiten äffisch anzupassen. Ich denke an das Glück, das ich hatte, in späten Jahren noch eine erfüllende Liebe zu erleben. Dieses seltene Gefühl gleich zu Anfang: Diesem Mann kann ich vertrauen, er gibt mir eine milde Sicherheit, und an seiner Seite kann mir niemand etwas zufügen. Er übt, bei aller Wärme, Distanz und ruht in sich selbst. Seine Selbstgewißheit, diese gelassene Nachdenklichkeit und Autorität, die er ausstrahlt, geben mir Ruhe. Er ist genau der Mensch, auf den ich gewartet habe – der Inbegriff von Zuverlässigkeit und unbedingter Selbstgewißheit.

Ich bin heute noch erstaunt, welch verblüffende Veränderungen er in mir hervorgerufen hatte. Wie mit ihm meine Ängste, jünger und ungebrochener sein zu müssen, um zu erschauern, geschwunden waren.

Wie schön es gewesen war, sich zu finden.

Wie schön nun, sich nicht zu verlieren.

Vor drei Jahren standen wir beide das letzte Mal hier, unter dem klaren Sternenhimmel, und er erzählte mir von seiner Liebe zu Rilke, von den Sternennächten in der Wüste, zu Fuß und auf binnenländischen Karawanenwegen per Kamel, das ein freundlicher Araber führte, nur für eine kurze Strecke sei er mit der Bagdad-Bahn gefahren.

Der Krieg vorbei. Gefangenschaft. Veränderung.

Andere hätte die Leere, Armut und Gottverlassenheit der Wüste niedergedrückt, das Gefesseltsein auf die zwei Quadratmeter, die der Strohsack einnahm. Ihn nicht. Blechnapf, Teller, Handtuch, Hose und Hemd. Mehr war da nicht. Dafür die ägyptische Wüste. Stille, Sand und Zeit jede Menge.

Und damit begann seine Huldigung an die Wüste, an die mich gerade feiner Staub, der von Wüstenstürmen bis hierher getragen wurde, erinnert. Meine Kehle ist trocken, die Nase kribbelt.

Die Freude, unter dem Himmel an der Luft zu sein, was er für die Nacht erbat und erhielt. Sand, glitzernd wie Schneekristalle. Jede Nacht sei er neben dem Zelt im weißleuchtenden Wüstensand gesessen, sein brüchiges Heft in der Hand, und habe nachgedacht. Habe dem Scharren, Schaben und feinem Summen und Raunen der Wüste bei Mond- oder Sternenlicht gelauscht und Aufzeichnungen mit dem knirschenden Bleistift gemacht. Zwischen den Blättern, den Zähnen, den Kleidern, überall sei Sand gewesen, Sand zwischen den Heftseiten, den Büchern. Aus dem Rilke in seinem Tornister floß, als ich ihn neulich zur Hand nahm, immer noch Sand.

Es sei kühl gewesen, sobald die Sonne untergegangen war, in wenigen Augenblicken dunkel und kalt. Tage und Nächte seien vergangen, in denen er an zerstörte Städte und gefallene Freunde gedacht habe, die ihr Leben für eine schlechte Sache hatten hergeben müssen. Er habe ironische Abschiedsbriefe an den deutschen Helden formuliert. Klar wie nie sei er gewesen, eine Folge vielleicht nicht nur des Mangels. Außer Papier und Schreibzeug habe er nichts gebraucht.

Für ihn gebe es seitdem weder Helden noch Vorbilder, kein Wesen, das ihn beeindrucke, wenn so genannte Heldentaten katastrophal ins Unmenschliche mündeten. Daran müsse er angesichts dieses Denkmals denken, das für ihn einen enormen Druck entfalte. Ein ganz und gar männlicher Kosmos, ein seltsamer Kraftakt des kriegsuntauglichen Ludwig I. sei da gelungen. Ihn interessiere nicht der siegende Feldherr, sondern der scheiternde Mensch, der versage auf dem Wege der Behauptung. Auf ihn lasse sich bauen. Da ergeht es Ludwig I. nicht anders als manchem Politiker: erst nach der Abdankung, der Aufgabe des Amts werden sie zu Menschen. Es gelte allein der Durchschnittsmensch, der sich ohne moralisches Pipapo in einer Extremsituation wahrhaftig verhalte.

So sei es eine gute Zeit in der Wüste gewesen, eine Besinnungs- und Ruhezeit in einer bitteren Notlage, hervorgerufen durch eigene Mitläuferschuld, in der er Muße gefunden habe, sein Leben zu ordnen und das Bewußtsein rechten Tuns und Handelns auszubilden, das bei ihm bis dahin nicht stark genug gewesen sei. Er habe bei Vollmond, der den Wüstensand versilberte, geträumt, mit Sprüngen, Abstürzen, Leere, offenen Fragen, und manchmal habe sich alles aufgelöst. Mehr eine Andacht sei es gewesen als eine Abfolge von Gedanken.

Zwei dicke Hefte hat er aus der Gefangenschaft mitgebracht, in denen er Gedichte gesammelt hat. Hesse, Rilke, Hofmannsthal, Goethe und – was er besonders schätzte – die Gedichte von Ricarda Huch. Hefte, dazwischen rieselnder Sand.

Es gab so etwas wie eine Tauschbörse, hatte er ihr erzählt, und es gab erstaunlich viele in den Zelten, die Gedichte sammelten und aufschrieben.

Er liebte die Gedichte wie die Sterne, die er nachts im Sand liegend betrachtete. Sie schwebten und fielen herab wie leuchtende Geschenke, die Nächte seien im Fluge verronnen angesichts dieses Himmelstheaters.

Er zeichnete sich in sein Heft eine provisorische Sternenkarte. Helmut, ein Geographie-Professor aus Wien, mit dem er neben vielen anderen das Zelt geteilt hatte, erklärte ihm die Namen, den Stand, die Sternbilder. Als ich ihm einmal einen von innen leuchtenden Globus mit dem Sternenhimmel schenkte, betrachtete er die faszinierende Kugel mit betäubtem Blick und fiel mir um den Hals.

Sie haben ihn verändert, diese Sternennächte. Es war eine zeitlose Welt des Rückzugs, in der das ganze Sternenzelt an ihm vorbeizog. Alles bekam einen neuen Sinn.

Stille. Sinkende Nacht.

Unerwartet durfte er mit einem Mal die endlosen Zeltreihen verlassen, diese gleichförmigen Lager der selbstzufriedenen britischen Wehrhoheit. Aus Camp 306 ging es mit der Bahn nach Alexandria und weiter mit dem Lkw bis ans Meer. Es gab einen stürmischen Empfang und Zurufe faschistischer, kommunistischer und national-arabischer Gruppen. Wohlwollende Passanten bewirteten sie üppig. Es gab Brot, Kekse, Zigaretten.

Dann fuhren sie sieben Tage mit der Bahn durch die Wüste nach Tobruk und schließlich mit dem rüttelnden Lkw nach Benghazi. Historische Straßen, blutige Kampfstätten, zierliche geknickte Minarette, Heldenfriedhöfe. deutsche Beschilderungen und deutsche Kriegswracks weckten Erinnerungen an die deutsche Kraft und Herrlichkeit, nun prangten seit 1942 da die Fahnen der britischen Einheiten. Also war alles umsonst?

Eine Fülle von blendendem Reichtum und erschreckender Armut.

Überwältigende Überraschung für wüstenmüde Augen, als der Laster vom Hochplateau über Serpentinen auf das unter ihnen am Meer leuchtende Dena zufuhr. Ein lange nicht mehr wahrgenommenes Farbenspiel erwartete ihn: Meer, Palmen, bunte Blumen und weiße Häuser entlang der Karawanenstraße am südlichen Mittelmeerstrand.

Ein Abend am Meer, fern von Stacheldraht, frei von Bewachung. Wie wenig gehörte dazu, wieder Mensch zu sein.

Nach dem Krieg: Tausende im Banne der Umerziehung durch die Alliierten. Er war bei den Briten und fühlte sich wie in Preußen, mit Stummelhaar und Ordnungsterror. Aber es gab gute Ernährung und ordentliche Zimmer.

Die Suche nach Klarheit trieb ihn an. Fasziniert höre ich, mit welcher Emphase er sich neu orientierte. Wie er seine Gedanken auf den Prüfstand stellte: in Wilton Park, London 1946, Reeducation-Center. Der Unterricht in Demokratie sei der beste Unterricht gewesen, den man sich wünschen konnte. Hochgebildete Wissenschaftler, Literaturwissenschaftler und Politiker, auch Churchill, hielten Vorträge. Der Reeducation-Gedanke der Besatzungsmächte in der Nachkriegszeit, dieser Kampf gegen die innere Zerstörung der Deutschen, ist aus dem Gedächtnis geschwunden, angeblich hat der Kalte Krieg alles eingefroren.

Wäre dies ein Weg, nicht nur, sondern mit uns allen, von der

Schule an, also auch mit den neuen Rechten umzugehen? Oder haben wir damals die *reconstruction* nicht geschafft? Und wie steht es wirklich um die so genannte Wiedervereinigung? Statt sich geschwisterlich um den Seelenzustand des Ostens zu kümmern und seine Geschichte aufzuarbeiten, stopfte man das Land mit Süßigkeiten zu und überließ das Feld *Superillu* und der *Bild*-Zeitung.

Die Umerziehung, wie mein Gefährte sie erlebte, hatte in hohem Maße etwas mit Klarstellung und Aufräumarbeiten auf den Schutthalden der deutschen Geschichte zu tun. Mit Gewissensforschung und Buße. Bei ihm ging der Prozeß in die Tiefe und hielt an.

Es war eine gigantische Umformungsaktion, die aus kurzfristigen wie langfristigen Bildungsprojekten bestand. Man suchte, durch Einschaltung aller Medien das Fortleben der nationalsozialistischen Ideologien zu verhindern. Man entließ bei den Lehrern ehemalige Parteifunktionäre, gründete pädagogische Fakultäten an den Hochschulen, gestaltete die Lehrpläne neu, erstellte neue Schulbücher. Der Kalte Krieg schwächte den Elan, so die spätere Erklärung, ließ die Anstrengungen erliegen. Oder haben wir, wenn wir an den heute wachsenden Rechtsextremismus denken, versagt? Die SPD hat wiederholt halbherzige Anstrengungen unternommen, die wieder einschliefen. Sollten wir nicht dennoch einen Neuansatz zur Umerziehung der Rechten wagen?

Mein Gefährte gewann Boden und fand sich als begeisterter Demokrat wieder. Er schrieb für Wandzeitungen, schrieb für sich. Schrieb trocken, sachlich, klar – jedes Wort zuviel wäre ihm anmaßend vorgekommen.

Ich glaube, seine Stimme zu hören, diese geschulte, gebildete, wohllautende Stimme.

Seine auf rissigem Papier handgeschriebenen Gedichte las er in allen Lebenslagen, und er trug sie mir vor mit ausgebreiteten Armen, glücklich über diesen Besitz. Auch Gedichte Ricarda Huchs waren dabei.

Wieder in Deutschland, zog er sich auf das Denken zurück, ein beständiges, ruhiges Denken, kein Sprechen mit sich selbst.

Unzufrieden mit der Rechtsprechung, wurde er Schöffe, schließlich Bewährungshelfer: Er war einer der ersten, der gegen die Wiederbewaffnung aufstand.

In einer verwirrenden Welt gaben mir der Glaube an seine Wahrheiten, die er nicht nur in den Medien verbreitete, sondern lebte, seine Haltung und Würde Halt und Sinn. Sein Mitleid mit Unglücklichen und Leidenden war überwältigend, und ebenso freute er sich über das Glück anderer.

Die Lücken seiner Herkunft – er war der uneheliche Sohn eines französischen, nach dem Ersten Weltkrieg in Deutschland stationierten Fliegers, den seine von der bigotten Familie geächtete Mutter in einem Wiesbadener Hotel allein zur Welt brachte – öffneten ihn für Grenzbegegnungen zwischen Lebenden und Toten, und er liebte Ricarda Huch wie ich. Je älter er wurde, desto öfter bemerkte ich sein zur Erde gebeugtes Ohr, als hörte er Stimmen, die zu ihm heraufsprächen, und sicher hätte er auch die Stimme des Phantoms vernommen, die mich nun aufforderte, die Augen zu schließen:

Chiudi gli occhi.

Ich senkte meine Lider und sah, roch, schmeckte, fühlte und hörte noch einmal meinen Gefährten, empfand die Summe seiner Existenz, hörte diese schöne, wohlklingende, in sich ruhende und berührende Stimme. Ein Geschenk.

Seine Bücherwand, die, wie die meine, Werke von Ricarda Huch enthielt. Zehn geschlossene Regale aus schwarzgebeiztem Eichenholz mit geschliffenen Glastüren und etliche Regale aus hellgebeiztem Eichenholz.

Seine Bücher über den Krieg, die er in jahrzehntelanger Arbeit zusammengetragen hat. Dreißigjähriger Krieg. Erster Weltkrieg. Zweiter Weltkrieg. Kalter Krieg. Widerstand. Anarchismus. Die

Militaria. Friedensforschung, sein besonderes Interessengebiet. Und die DDR. Alles über die *Schwierigkeiten mit dem Vaterland.*

Die Werke von Tucholsky, Karl Kraus, Jakob Wassermann, Manès Sperber, Arthur Koestler, Sebastian Haffner, Tony Judt.

Das Archiv eines ganzen Lebens und dauerhaft seine geistige Heimat. Alle Bücher voller Anmerkungen, alter Zeitungsartikel, Querverweise.

Der Lesende, der politische Mensch, so habe ich ihn geliebt. Er hatte eine um ein Vielfaches weiter gespannte Welt beherrscht als die, um die ich weiß, so habe ich es stets empfunden.

Wie konnte es geschehen, daß dieser Mann mit seinem faszinierenden Gedächtnis und seinem ausgewählten Sprachschatz diese Fähigkeiten nach und nach abgab? Ein Mann, der Teile von Goethes *Faust,* Texte von Büchner und Lessing auswendig gekonnt hatte? Diese Frage rotiert stets von neuem in meinem Kopf. Ich wurde immer traurig und wütend, beides in gleichem Maße, wenn ich das dachte.

So nahe war er früher der Geschichte gewesen, daß man zweifelte, ob es jenseits von seinen Worten überhaupt noch eine andere Deutung gab.

Diese Würde, die Ricarda Huch ausstrahlt, diese Haltung, diese Erotik selbst im Alter, jene unzerstörbare Kraft, die befähigt, anzuziehen, da ist etwas um sie, das mich an meinen Gefährten erinnert. Eine Nähe und Ferne zugleich, eine Aura, die berührt und die Körper und Geist umgibt – eine Gnade. Er starb mit diesem Zeichen, denn weder Alter noch Krankheit vermochten es auszulöschen, und selbst auf seinen erkalteten Händen leuchtete etwas davon.

Wie er Bücher mit Sorgfalt und Liebe in die Hand nahm, und wie zärtlich er sie öffnete, mit schönen Gesten des Interesses. Ich denke daran, wie wichtig es für Ricarda Huch war, im Krieg ein paar Bücher zu retten und wie wesentlich für sie in Jena, der Stadt Goethes und Schillers, die Freundschaft zu einem Bibliothekar, wie groß die Trauer um seinen Tod: Eine Bombe traf die Bibliothek – während für ihn in

Hamburg der Buchhändler Laatzen wesentlich gewesen war, ein spiritueller Ratgeber der Literatur, mit dem er zusammen mit dem engen Freund Horst Janssen, malenden Künstlerkollegen und einer Fülle attraktiver Frauen Feste feierte.

Die Bronzegruppe in der mittleren der drei Nischen, die Prinzregent Luitpold durch Ferdinand von Miller gießen ließ und die an den Deutsch-Französischen Krieg erinnern soll – Feuchtwanger nennt sie in *Erfolg* »eine blöde, akademische Aktgruppe« –, scheint Ricarda Huch von berechtigter Pathetik. Sie wird eines Tages die deutsche Reichsgeschichte schreiben und ihre Vorstellungen von deutscher Vergangenheit formulieren, beschließt die Historikerin, antikapitalistisch, antimarxistisch, aber auch antidemokratisch gesonnen, die sich bald als rebellische Republikanerin apostrophiert.

Ricarda Huch
und die Bayern

Schon der Beginn der Geschichte der Feldherrnhalle 1848 fasziniert sie, das Jahr ihrer geliebten Revolution, über die sie Material zusammenträgt und 1930 ein Buch schreiben wird. Sie überlegt, warum es zu ihrer Zeit in München kein Eisner-Denkmal gibt, und schreibt: *Sie verstanden Eisner nicht, wie sollten sie auch? Es war kein Tröpfchen und Körnchen königlich-bayrischer Gemütlichkeit, Roheit, Schlamperei und Gutmütigkeit in ihm. Er war ein abstrakter Moralist ...*
Die Bayern sieht sie kritisch:
Am empfindlichsten ist mir eigentlich die Überzeugungslosigkeit der hiesigen Bevölkerung, sie machen alles mit, spielen mit allem, nur Ernst und Festigkeit ist ihnen unleidlich.
Und eine Feldpostkarte, aufgenommen vom späteren Hitler-Photographen Heinrich Hoffmann, der sieben Soldaten an jener Stelle in der Promenadestraße zeigt, an der Kurt Eisner ermordet wurde – die Karte fand ich auch im Nachlaß meines Gefährten –, empört sie:
Besonders widerlich an unserer Zeit und als ein deutliches Zeichen der Entartung unserer Zivilisation erscheint es mir, daß nichts geschehen kann, ohne daß sofort photographiert und kinematographiert würde. Es ist der äußerste Grad schamlosen Bewußtmachens: die Menschheit lebt vor dem Spiegel. Vielleicht kommt es einmal dazu, daß die Mörder und Einbrecher es nicht lassen können, ihre Taten gleich kine-

matographieren zu lassen, und so würde schließlich auch das Verbrechen durch Bewußtheit aufgelöst werden. Auch die Eisnersche Todesstelle ... wurde sofort photographiert und auf Ansichtskarten verkauft, so daß man das Bild nebst bewachenden Soldaten sehen konnte ... Der Anblick dieser jungen Soldaten mit ihren traurigen Gesichtern wendete mir plötzlich das Herz um: für sie war der Ermordete vielleicht ein Heiliger gewesen ... Und war nicht doch ein Funken echter Liebe zu den Armen und Enterbten in ihm? Ja, es ließe sich denken, daß der Morgen für eine neue Schicht Menschen angebrochen wäre, die dankbar zu einem Kurt Eisner aufblickten, der sein Leben für sie eingesetzt und sie erlöst habe.

Sie berichtet in Erinnerungsblättern:

Kurt Eisner (der sozialdemokratische Anführer der Novemberrevolution von 1918 in Bayern und der erste bayrische Ministerpräsident nach dem Ersten Weltkrieg des von ihm ausgerufenen »Freistaates« der bayrischen Republik) wurde am 21. Februar 1919 auf dem Weg zum Landtag, wo er seinen Rücktritt bekanntgeben wollte, von dem jungen Grafen Anton von Arco ermordet ... Als Reaktion auf die Ermordung Eisners erschoß ein Mitglied des »Revolutionären Arbeiterrates« im Landtag einen Abgeordneten und einen Offizier und verwundete den Führer der Sozialisten, Innenminister Erich Auer, schwer.

So vergegenwärtigt sich Ricarda Huch die Münchner Geschichte, während sie die Feldherrnhalle betrachtet, und ihr ist, als wäre sie dabeigewesen. Das ist die große Kunst in ihren historischen Romanen. Was hätte sie zu den Aufzeichnungen des Chronisten Victor Klemperer gesagt, dessen Revolutionstagebuch aus dem Jahr 1919 überraschend aufgetaucht ist, der zu einem ähnlichen Urteil wie Ricarda Huch kam?

Es ist trivial, daß politischer Mord, abgesehen von aller sittlichen Verwerflichkeit, eine Dummheit ist; trivial, daß die Dummen nie alle werden. Aber eine erbitterndere Sinnlosigkeit als der Mord an Eisner ist selbst in diesen letzten Monaten kaum jemals begangen worden. Keiner zweifelte an Eisners völlig reinen Absichten. Er wollte nichts für seine

Person, er war, obwohl ihn die Plötzlichkeit seines Aufstiegs natürlich
mit Selbstbewußtsein erfüllt hatte, keineswegs von jener peinlichen Eitel-
keit Karl Liebknechts, er war auch ohne den blutigen Fanatismus Rosa
Luxemburgs. Er wollte seine Hände rein halten von Geld und von Blut.
Die Zeit danach beurteilt Klemperer mit Vorsicht. Er bedauert,
daß ohne diesen Mord vielleicht eine ruhige Entwicklung möglich
gewesen wäre, daß der Landtag sich in Ruhe hätte einarbeiten und
sich bald eine vernünftige Regierung ans Werk gemacht hätte. Aber
man ist descartisch gestimmt. Die einzige Gewißheit ist der Zweifel an
allem, ein Gedanke, der meine heutige Befindlichkeit ausdrückt.

Nachträglich kommentiert er seine als Anti-Bayer unter »A.B:«
firmierten Mitteilungen an die *Leipziger Neuesten Nachrichten* und
schreibt, daß es nun nicht so kam, daß auf Eisners Ermordung die
Räterepublik folgte. *Vielmehr herrschte bis in den Anfang April ein sich*
allmählich verschlechternder Zwischenzustand … eine wirkliche Dikta-
tur des Proletariats war noch nicht erreicht.

Auch für Ricarda Huch war der Mord unfaßbar. An ihre langjährige Freundin Marie Baum, Herausgeberin ihrer Briefe, schreibt sie
am 24. Februar 1919:

Man müßte einen politischen Mord ja auf alle Fälle tadeln, in die-
sem Augenblick, wo man eben in ruhiges Fahrwasser einfuhr, war er ein
unfaßbarer Blödsinn.

Immer spürbarer mein Wunsch, Ricarda Huch persönlich gekannt zu haben, und wahrscheinlich habe ich ihr deshalb ein Buch
gewidmet, damit ich mich lange in ihrer Nähe aufhalten kann, um
das Leben mit ihr zu teilen.

Ricarda Huch steht immer dezidierter auf der Seite der Armen,
Elenden und Unterdrückten, immer klarer auf der Seite der Rebellen.
Ihre neue Bibel ist Sigmund Rubinsteins *Versuch über die Idee der*
deutschen Revolution mit dem Titel *Romantischer Sozialismus*, ein
Buch, das ein neues Ideal von Lebensformen aufstelle, gerade in ihrer
Zeit, die der Ideale so sehr bedürfe.

Noch einmal bleibt Ricarda Huchs Blick an den Standbildern der Generäle hängen, beide aus der Bronze eingeschmolzener Kanonen gegossen, was sie als angemessen empfindet. Graf Tilly, der Antichrist, der sich auf die Schwarze Kunst verstand. Darüber wird sie in ihrer Geschichte des *Dreißigjährigen Kriegs* schreiben, des längsten Krieges der Weltgeschichte. Mit ihrer zwischen 1932 und 1941 erarbeiteten großen Reichsgeschichte wird sie den Nationalsozialisten den Reichsbegriff streitig machen und ihre eigenen Vorstellungen dagegensetzen.

Deutsche Klarheit

Auf die 1933 von Schriftstellern der Akademie verlangte Loyalitätser-
klärung wird Ricarda Huch selbstsicher und entschieden antworten:
*Was die jetzige Regierung als nationale Gesinnung vorschreibt, ist
nicht mein Deutschtum. Die Zentralisierung, den Zwang, die brutalen
Methoden, die Diffamierung Andersdenkender, das prahlerische Selbst-
lob halte ich für undeutsch und unheilvoll.*
Doch man überging das. Erbittert von der schmeichlerisch-dop-
pelzüngigen Antwort reagierte sie:
*Ich mißbillige die Handlungen der neuen Regierung aufs schärfste –
aber aufs Recht der freien Meinungsäußerung will ich nicht verzichten.*
*Ich nehme an, daß ich durch diese Feststellung automatisch aus der
Akademie ausgeschieden bin.*
Der nochmalige dreiste Versuch, ihre Ablehnung zu übergehen,
stieß auf ihren sarkastischen Protest:
*Bei einer so sehr von der staatlich vorgeschriebenen Meinung abwei-
chenden Auffassung halte ich es für unmöglich, in der Akademie zu blei-
ben.*
Hiemit erkläre ich meinen Austritt aus der Akademie.
Über die Tatsache, daß sie aus der Akademie ausgetreten war, in
der Presse kein Wort. Dennoch überlegte sie kein einziges Mal, zu
emigrieren, und steckte fortan in einer gewissen Ambivalenz, die sich

durch ihr Leben zog. Was hielt sie? Waren es die deutsche Sprache und ihr Deutschtum, ihr Traum vom Deutschen Reich? Sie tritt aus, als *der einzige Mann*, wie Alfred Döblin schreibt. Mit dem Jahr 1933 begann ihre Ächtung. Der NS-Staat rächte sich, man rückte von ihr ab, eine Minderung an Öffentlichkeit und Einkünften. Seitdem wußte sie, was es heißt, sich schreibend keiner gesellschaftlichen Gruppe zugehörig zu fühlen. Schreiben wurde zum Drahtseilakt.

Sie verfaßt die drei Bände der Deutschen Geschichte. Der erste Band *Römisches Reich deutscher Nation* erschien 1934, der zweite Band *Das Zeitalter der Glaubensspaltung* 1936, der dritte Band *Untergang des Römischen Reiches Deutscher Nation* postum 1949.

Ein deutsch-nationales Buch? Natürlich nicht, es ging ihr um die Rettung ihrer geistigen Heimat, eine Art Beschwörung. Und während das Naziregime Juden drangsalierte und ermordete, schrieb sie Sätze wie diese:

Die Judenverfolgungen des 14. Jahrhunderts wühlten auf, was an bestialischen Trieben in den Untiefen des deutschen Volkes sich verbarg, und offenbarten den Heroismus, dessen Juden fähig waren.

Untiefen, wie wir sie heute wieder erleben und wie sie die Loggia im Lauf der Zeit erleben mußte.

Ich erlebe zum ersten Mal, wie eine Radikalisierung vor sich geht, ahne, wie mühelos vor fast achtzig Jahren die Naziherrschaft die Oberhand gewinnen konnte, wie blindwütig sich ein Volk zu empören vermag. Wie rasch es zu einem reduzierten Ideenhorizont kommen kann, wenn man sich vergangenheitsbezogen orientiert. Die Fetische sind alle noch da, bestimmte Gruppen haben sie nie aus den Augen verloren. Wie konnte das geschehen, was haben wir versäumt, was übersehen? Es mangelt an einer grundlegenden Dimension der Verantwortlichkeit. Müßten wir nicht längst massiv eingreifen, reagieren wir abermals zu spät?

Der Westen hat sich zu wenig Gedanken über die mit dem Jahr

1989 einsetzende Heimatlosigkeit des Ostens gemacht, das neue Welt-schicksal. Die Suche nach Zusammenschluß mündete in der rechten Bewegung, gelenkt von einer desaströsen spirituellen Verarmung. Man drohte ihr. Ricarda Huch schrieb weiter. Fühlte sich gedemütigt, weil sie Zugeständnisse an die Zensur machen mußte. Sie nagte am Hungertuch. Nennt öffentlich das Leben im Dritten Reich einen *Morast*.

Auch die Bücherverbrennung am 10. Mai 1933 ist für sie kein Anlaß, Deutschland zu verlassen, auch nicht Thomas Manns Worte zehn Jahre später, als er in seiner BBC-Sendung »Deutsche Hörer!« von, sich einbeziehend, »uns deutschen Europa-Flüchtlingen« spricht.

Drei Jahre nach ihrem Austritt aus der Akademie zog sie vielmehr nach Jena, wo sie seit 1936 mit ihrer Tochter Marietta, ihrem Enkel Alexander und ihrem Schwiegersohn, dem Juristen Franz Böhm, der einen Ruf an die dortige Universität erhalten hatte, lebte, sich für die SBZ, die Sowjetische Besatzungszone, engagierte. Später, bis kurz vor ihrem Tod 1947, arbeitet sie an ihrem Buch über die »Märtyrer« des 20. Juli 1944. Im Rahmen einer Recherche war ich in Jena, traf ihre einstige Nachbarin Dorothea Dove und Ricarda Huchs Freundin und Mitarbeiterin Antje Lemke, die Tochter des Philosophen und Theologen Rudolf Bultmann, die aus Kanada kam, um mir von ihrer gemeinsamen Zeit mit Ricarda Huch bis zu deren Tod, den sie begleitete, zu erzählen. Eine feinsinnige, leise Frau mit einem zarten Gesicht, die Albert Schweitzer eng verbunden war, deren sorgfältiges Denken und liebenswürdige Sprache mir viel von der Umgebung Ricarda Huchs vermittelten. In Jena, davon erzählte auch Huchs Enkel Alexander Böhm, mit dem ich in Frankfurt Ricarda Huchs Grab besuchte, kam es bei einer Einladung zusammen mit dem SS-Hauptsturmführer und Blutordensträger Richard Kolb, der 1923 am Marsch auf die Feldherrnhalle teilgenommen hatte, zu einer heftigen Diskussion. Kolb behauptete, die Juden könnten nicht organisch denken und wären nicht produktiv. Huch wie Böhm waren entsetzt über die judenfeindlichen Äußerungen Kolbs und gaben entschlossen Widerpart.

Ricarda Huch: *Ich zweifle, ob man das sagen kann, es haben immerhin in den letzten Jahren Juden den Nobelpreis bekommen, Chemiker, Physiker.*

Ihr Schwiegersohn Franz Böhm unterstützte sie.

Kolb wurde schärfer. Unterstellte, sie sähe das deutsche Volk lieber vernichtet und die Juden herrschen.

Es kommt zum Eklat, als sie antwortet:

Ich habe die Deutschen sehr geliebt, bin aber sehr davon abgekommen, seit ich soviel Gemeinheit mitanzusehen habe.

Der Dekan der juristischen Fakultät rief daraufhin an und forderte Böhm auf, zu widerrufen. Böhm lehnte ab. Beide wurden wegen Verstoßes gegen das Heimtückegesetz angeklagt und vor Gericht zitiert.

Es folgte ein Ermittlungsverfahren gegen Böhm und Ricarda Huch. Zweimal wurde Ricarda Huch stundenlang verhört, den Antrag auf Amnestie wiesen beide zurück.

Böhm wurde der Lehrstuhl entzogen, ein Jahr später eine Privatdozentur in Freiburg untersagt. Im Jahr 1938 entschloß sich Böhm, ein formelles Disziplinarverfahren gegen sich selbst einzuleiten – ein riskantes Verfahren. Nach Kriegsende sah Franz Böhm die Akten ein und entdeckte zwei Anträge Kolbs, ihn ins Konzentrationslager einzuweisen.

Ricarda Huchs Moral wird sich freimütig in ihrer deutschen Selbstkritik nach 1945 formulieren, wenn sie den Deutschen den Spiegel vorhält, wobei sie zwischen deutschem Nationalgefühl, das im Kern, wie sie meint, unzerstörbar ist, und fehlgeleitetem Chauvinismus präzise unterscheidet. In der *Täglichen Rundschau* las sie den Deutschen die Leviten:

Daß Hitler auf dem Wege einer glatten Rechtsbeugung Tausende von

Menschen töten ließ, kam nur wenigen in seiner ganzen Tragweite zu Bewußtsein.

Die Schuld ist in vergangenen Jahren aufgehäuft, ihre Folgen werden im gegenwärtigen Augenblick erlitten! Das macht uns geneigt, über unseren Leiden die Schuld zu vergessen … Das deutsche Volk hat erlebt, wie fremde Völker versklavt wurden, es hat gesehen, wie die elenden, verhungerten Gestalten vorbeigetrieben wurden, hat sich schaudernd abgewandt …

Trotz der bedrohlichen Situation und des Bombenhagels, der auf Jena niederging, ertrug Ricarda Huch alles mit großer Fassung.

1945, Kriegsende, Chaos.

Der neue Staat, die SBZ, die Sowjetische Besatzungszone, benutzte sie als Galionsfigur, man hielt sie an, aktiv an der sozialistischen Umgestaltung der Gesellschaft mitzuarbeiten. Zunächst machte sie mit. Erst als sie sich mißbraucht fühlte, zog sie sich zurück und widmete sich ihrem letzten großen Vorhaben: die Spur der ermordeten Widerstandskämpfer vom 20. Juli 1944 aufzunehmen. Sie hatte durch Helmut Gollwitzer, Elisabeth von Thadden und ihren Schwiegersohn, der Kontakt zum Kreisauer Kreis pflegte, immer wieder davon gehört, und vom Leipziger Bürgermeister Carl Goerdeler, auch er Mitglied des Kreisauer Kreises, jeden Monat eine finanzielle Unterstützung erhalten. Nun veröffentlichte sie in verschiedenen, auch in amerikanischen Zeitungen einen Aufruf, ihr Informationen und Material zukommen zu lassen.

Ich habe es mir zur Aufgabe gemacht, Lebensbilder dieser für uns Gestorbenen aufzuzeichnen und in einem Gedenkbuch zu sammeln, damit das deutsche Volk daran einen Schatz besitze, der es mitten im Elend noch reich macht.

Sie stand mit ihrem Vorhaben allein da, niemand sonst hat sich so exponiert, und erhielt in der Folge Droh- und Haßbriefe. Doch blieb sie ihrem Thema bis zum letzten Lebenstag verpflichtet, empfand es als Auftrag, ihre ganze Kraft einzusetzen, um ein Umdenken der

Deutschen einzuleiten. Mit Hilfe des Widerstands sollte es gelingen, ihr Land aus Schimpf und Schande herauszuführen und die Hoffnung auf einen Neuanfang hinüberzuretten.

Davon erzählt mir ihre Freundin und Mitarbeiterin Antje Lemke. Erst langsam, dann reichlich trafen Briefe und Dokumente ein, und ohne Fotokopierer, ohne Telefon war es eine mühselige Arbeit, zusammen mit ihrer Freundin die Manuskripte abzuschreiben und Briefe zu verfassen. Besucher wollten empfangen sein, und sie fuhr wiederholt nach Berlin, um die Witwen der Widerstandskämpfer zu besuchen, die, mittellos und geächtet, ein elendes Leben führten. Antje Lemke und Ricarda schleppten und zogen die schweren Taschen, mit Lebensmitteln und Geschenken bepackt, über die zerstörten Straßen, vorbei an Häuserruinen und verwüsteten Laubenkolonien. Manchmal erlebten die Witwen die Gespräche mit Ricarda als Befreiung und Wiedergeburt. Und wenn sie nach Hause kam, mußte sie immer wieder feststellen, daß ihr Details fehlten, dies hieß, erneut Briefe schreiben und auf die Antwort warten.

Ich leide unter diesem Buch, je mehr ich daran arbeite, es ist, wie wenn man mit gestutzten Flügeln fliegen oder mit Ketten an den Füßen gehen soll. Aber meine eigentlichen Kräfte liegen brach. Immerhin, es ist noch tausendmal besser, als immer auf das Gegenwärtige zu starren, das so hoffnungslos ist.

Sie konnte das Buch nicht abschließen, übergab Theodor Weisenborn die Dokumente zur *Roten Kapelle,* als sie fühlte, daß sie ihre Kräfte verließen. Für den Fall, daß sie das Buch nicht beenden konnte, war es ihr eine Beruhigung, daß Weisenborn dies tun würde.

Die *Rote Kapelle* – ein Zusammenschluß widerständiger, zum Volksaufstand auffordernder Berliner Freundeskreise, denen unter anderem der Luftwaffenoffizier Harro Schulze-Boysen, der Schriftsteller Adam Kuckhoff und der Ökonom Arvid Harnack angehörten – verteilte Flugschriften und arbeitete Entwürfe für vein Deutschland nach dem Krieg aus.

Ricarda Huch engagierte sich noch einmal im Wahlkampf 1946. Die Beratende Landesversammlung eröffnete sie mit den Worten: *Wir befinden uns auf der Schwelle der neuen Demokratie. Sie ist ein Zeichen, daß wir keine autoritäre Regierung haben, sondern eine solche, die in beständiger verpflichtender Berührung mit dem Volk sein will.* Man darf die Tatsache, daß sie für die Menschen in der SBZ eine enorme politische Bedeutung hatte, nicht unterschätzen. Das hielt sie länger, als sie bleiben wollte. Doch als sie durch ihren Schwiegersohn erfuhr, daß man in Westdeutschland Vorbereitungen zur Entnazifizierung traf und große Kriegsverbrecherprozesse anberaumte, und ihr die Behauptung, daß man in der SBZ einen antifaschistischen Staat aufbaue, immer obskurer erschien, hielt es sie dort nicht länger, und sie beschloß, das Land zu verlassen. Sie schrieb an eine Freundin: *Du ahnst nicht, wie unendlich schwer es in diesem Sklavenlande ist. Man ist ebenso gefesselt, wie man die zwölf Jahre vorher war. Das Hoffnungslose und wahrhaft Verzweifelte unserer Lage ist manchmal sehr deprimierend.*

Die ersten Konflikte zwischen Emigranten und den in Deutschland gebliebenen Schriftstellern zeichneten sich ab. Gerhard Szczesny in der Zeitschrift *Der Schriftsteller*: Gibt es eine Entschuldigung für die deutschen Schriftsteller, die während der letzten zwölf Jahre in Deutschland geblieben sind?

Sie antwortete: *Für mich heißt die Frage: Gibt es eine Entschuldigung für die Deutschen, die Deutschland während der vergangenen zwölf Jahre verlassen haben?*

Sie geriet zwischen die Fronten, und bei der Frage, was tun, siegte die Vernunft: Sie war zu alt, um allein zurechtzukommen, und folgte der Bitte des Kulturministers Johannes R. Becher, das Ehrenpräsidium beim Ersten Deutschen Schriftstellerkongreß in Berlin einzunehmen und die Gelegenheit zu nutzen, die SBZ zu verlassen.

Bei ihrer Rede setzte sie ihr eigenes Leben als Beispiel ein: *Ich habe Geschichte studiert und kenne die Geschichte nicht nur*

meines eigenen Volkes, sondern auch die der anderen Nationen gut. Ich
habe jahrelang in der Schweiz gelebt und fühle mich dort wie zu Hause.
Ich war mit einem Italiener verheiratet und habe gern in Italien gelebt.
Alle diese Umstände haben bewirkt, daß ich ganz frei bin von einseiti-
gem Nationalismus. Aber national fühle ich durchaus. Mich hat immer
der Ausspruch eines sehr großen, sehr volks- und zeitnahen deutschen
Schriftstellers bewegt, der vielleicht mehr als irgendein anderer Deut-
scher über seine Grenzen hinaus gewirkt hat, nämlich Luther:»Für mei-
ne Deutschen bin ich geboren, und ihnen diene ich auch.«

Ihr Manuskript über den Widerstand in der Tasche, verließ sie mit
ihrer Tochter Marietta Berlin auf der Flucht vor Vertretern des Kulturbundes, die den Kongress arrangiert hatten und ihre Rückkehr nach
Jena forderten, durch den Hintereingang des Berliner Hotels. Eine
Fahrt im plombierten Waggon durch Trümmer-Deutschland. Helm-
stedt. Der Zug verließ die SBZ. Sie verbrachte eine Nacht im zugigen
eiskalten Bahnhof. Trotz unruhiger, mit heftigem Husten verbrachten
Nächte arbeitete sie in ihren letzten Tagen im Gästehaus von Kronberg
im Taunus an ihrem Manuskript, sprach noch im Fieberwahn von Sophie Scholl, so hat es ihre Freundin Antje Lemke berichtet.

Das alles liegt vor ihr, während sie vor der Feldherrnhalle steht,
und sie weiß nicht, welche Wendung die Geschichte nehmen wird –
Geschichte ist immer offen.

Noch einmal fährt sie mit der Hand über den Kopf des Löwen. Es
ist ihr ein Trost, in einer Stadt zu sein, in der es solche Denkmäler
gibt. Schweren Herzens entzieht sie sich schließlich dem auratischen
Ort.

Ricarda Huch und der Reichsgedanke – das Pathos der Stimme
aus der Unterwelt berührt meinen Lebensnerv, jetzt zeigt sie Risse,
distanziert sich, spottet:

Ich frage mich, ob Ricarda Huch nicht selbst schon zum Denkmal
geronnen ist …

Der ketzerische Gedanke überfällt mich aus leerem Raum.

Die Kleinbürger

Es gibt zwei Möglichkeiten, dem patriotischen Rausch, der Deutschland und besonders München befällt, zu entfliehen: die Flucht in den Tod oder in das Absurde. Karl Valentin flieht in Kuriositätenkabinette und auf Narrenschiffe. Seine Vorstellung von der Geschichte hat etwas mit den Dingen zu tun: einer Schaufel, einem Besen, einer Zange, einem Koffer, einem Hut, einer Leica, einem Telefon. Damit zerschlägt er die Trugbilder der Ordnung und demonstriert seine emblematische Wurzellosigkeit. Der unheilbar Empfindliche meidet die Schlachtfelder und widmet sich der Fürsorge, bringt die Nackten, Verkrüppelten, Zähneklappernden und Verzweifelten zum Lachen.

Wenig zu lachen hatte offenbar ein Freund, als ich in einer Lesung von Valentins Beischlafphobien berichtete. Er stieß einen Schrei aus und fiel in Ohnmacht.

Da kommen Karl Valentin und Liesl Karlstadt. Meine Großmutter hat sie oft gesehen, wenn sie die Weinstube oder das Tambosi besuchten und sich nahe der Feldherrnhalle herumtrieben, um, auf den Stufen der Halle sitzend, ihre Beobachtungen bei den Volksansammlungen zu machen, dem Volk aufs Maul zu schauen, Dialoge und Sprachbrocken aufzuschnappen, ihrer beider Stücke zu konzipieren und sie laut deklamierend zu erproben.

Karl Valentin kennt die Weltsprache der kleinen Leute, und die

Art, wie er und die Liesl ihre vertrackten Gestalten lebendig werden lassen, hat etwas Groteskes und Verzweifeltes, Bitterernstes und Komisches zugleich. Er kennt das autoritätsgläubige Kleinbürgertum, dem Militärdrill, Disziplinzwang und Kadavergehorsam das Rückgrat brachen, macht sich diese leutnantshörigen Blicke zu eigen. Not, Hunger und Unzufriedenheit mit ihrer Lage haben die Leute aufgerüttelt und ein tiefes Sehnen nach einer Führernatur mobilisiert. Der investigative Jounalist und Autor Leo Lania hat den neuen Schlachtruf der Massen so formuliert:

Mit Wotan für Diktator und Vaterland, gegen die Juden, gegen die Marxisten, Sozialisten und Kommunisten, gegen das »jüdische Kapital«!

Gegen diese fanatische Verbitterung kämpft Valentin mit Humor an. Im Tambosi, wo er mit Liesl Karlstadt Platz genommen hat, bestellt er eine heiße Suppe und läßt sie zurückgehen, weil sie ihm nicht heiß genug ist. Die Liesl will wissen, was für ein Pulver er da in die Suppe schüttet. Felsolpulver, antwortet der Valentin. Was fehlt Ihnen denn? fragt sie. Ich bin sozusagen absolut ungesund von Geburt auf, antwortet Valentin. Ich versteh nicht, daß mich die Natur so grauslich zsammgricht hat. Mein Vater wiegt über drei Zentner, meine Mutter über zwei Zentner, und grad ich muß so mager sein – ein Gesicht wie eine Ziehharmonika! Darum hab' ich auch als kloans Kind keine Wiege nicht gebraucht, mich hat meine Mutter ganz einfach in einen Lampenzylinder neigsteckt und mich am Tisch umhergewalkert, so mager war ich.

Hörn'S auf, hörn'S auf! sagt die Liesl, da ist er schon in den Anblick eines dicken bayrischen Ehepaars versunken, das malmend Riesenbrocken von Leberkäs in die fettigen Münder schiebt und mit einem Liter Bier nachspült.

Mit der Hitlerei hat er es nicht, schon gar nicht mit dem »Tausendjährigen Reich«, Braunhemden mag er nicht, da sind die beiden eigen. Außerdem hat er die matten Militärwitze, die der opportunistische Komiker Weißferdl verzapft, nie leiden können. Der hat sich doch nur beim Volk einschmeicheln wollen mit seiner Gefolgschaftsverherrlichung und vor 1933, als es noch gar nicht nötig gewesen wäre, auf die völkische Trommel gehauen.

Aber es ist schon eine feine Sache, daß er auch Nazis als Publikum in seiner Ritterspelunke gewonnen hat – er ist schließlich Unternehmer und als solcher zum Geschäftssinn gezwungen.

Valentin zieht sich zurück, wartet ab, bis Deutschland in Schutt und Asche fällt. Sein schönes München wird mit »Wohnblock-Knackern« bombardiert, mit 85 Spreng-, 25 249 Phosphor- und Flüssigkeitsbomben, 550 000 Stabbrandbomben. Am Königsplatz entstehen Ehrentempel für die Märzgefallenen, Führerbauten an der Meiserstraße und Plattenbeläge aus Granit – die Stadt mit ihren Naziparolen an den Wänden präsentiert ein nationalsozialistisches Gesicht. Sogar der Führer betätigt sich kreativ und hat eine »Säule der Bewegung« entworfen, die Valentins geliebte »Frauen-Türme« zu einem Zwergendasein verdammen soll.

Das Schicksal meinte es gut mit ihm, daß er nicht zu Hause war, als die Bomben seine Wohnung am Mariannenplatz zerstörten. Aber er leidet unter Atemnot und fühlt sich gefangen.

Auch der Liesl macht ihr »verpfuschtes« Leben zu schaffen, ohne Angetrauten, ohne Kinder, ohne Familie. Am 6. April 1935, morgens um halb neun, springt sie in die fahle Isar, wird gerettet und landet in der Psychiatrie in der Pettenkoferstraße, wird mit Schlafmitteln und Barbituraten behandelt.

Oskar Maria Graf schildert das Interview eines Münchner Redakteurs mit Valentin, in dem dieser fragt, was Valentin getan hätte, wenn die Anhänger einer Nazipartei auf ihn zugekommen wären, ob er dann Mitglied der Partei geworden wäre. »Dann schon«, antwortete er. »Wissen'S, aber sind ja nicht gekommen.« Und als der Journalist ungläubig lächelt: »Ja doch! Wenn's sein müssen hätt natürlich, weil i eben Angst gehabt hätt, wissen's, Angst!« Werner Friedmann gegenüber in der *Süddeutschen Zeitung* läßt er noch die Begründung einfließen, »… Weil i mi gfürcht hätt, daß mi eisperrn.«

Heinrich Hoffmann, Hitlers Lieblingsphotograph, ist einmal an ihn herangetreten und hat gesagt, daß ihm sein Programm gefällt. Der hat es gut gemeint und hat mal Valentins Frau zu sich eingeladen, da sei auch der Hitler gekommen. Der hat ihm offenbar ihren früheren Zwist vergeben, das war 1932 gewesen. Da hat der Hitler nach einer Kabarettvorstellung ihm ausrichten lassen, daß ihm sein Programm gefällt und daß er dabei lacht. Da hat Valentin ihm ausrichten lassen, ihm leider ginge es nicht so, er habe bei Hitlers Reden wenig zu lachen. Darauf sei er bei den Nazis in die Ächtung gefallen. Trotzdem hat der Hitler nicht umhinkönnen, seine Altmünchner Stereoskopensammlung im Künstlerhaus zu bestaunen. Das rechnet ihm Valentin hoch an. Ist er so naiv oder so geschäftstüchtig?

Sogar einen Brief schrieb er kurz nach Kriegsbeginn, in dem er dieses große Ereignis festhielt: *Der Führer war begeistert von diesem schönen Kulturdokument und beauftragte Herrn Professor Heinrich Hoffmann, er solle dafür sorgen, daß in jeder Klein- und Großstadt alle alten Stereokopenbilder gesammelt werden, damit die junge Generation Gelegenheit hat, einen Blick in die Vergangenheit der deutschen Baukunst zu tun. Mit deutschem Gruße – Karl Valentin.*

Er ist sehr empfänglich für Ehre, weil er so wenig davon kriegt, und als ihm eines Tages zwei Herren 50 000 Reichsmark versprechen, ist er erfreut, bis er hört, er solle ins Künstlerhaus kommen und mit dem Weißferdl zusammen vor Staatsgästen Proben seines Könnens geben. Da muß er passen, und Weißferdl hat einen Soloabend gehabt.

Er hat noch wegen des Geldes interveniert, sogar einen Brief mit *Heil Hitler! Karl Valentin* unterschrieben, erst als er darauf von der Liesl angesprochen wurde, hat er daraus *Karl Valentin, Komiker* gemacht, aber aus dem Geld ist nichts geworden.

Zum Revolutionär jedenfalls taugt er nicht. Dazu ist er von zu großer, recht moderner Nervosität.

Eines Morgens findet er im Briefkasten den Auftrag, jeden Monat einen Artikel für die *Münchner Feldpost*, das gehaßte Militär, für 75 Reichsmark zu schreiben. Er braucht das Geld. Aber korrumpieren läßt er sich nicht. Er schreibt, was er denkt, und bringt seine pazifistischen Gedanken nicht zum Schweigen. Im Grunde eine Ungeheuerlichkeit, findet er, straflos die Wehrkraft zu zersetzen, manch einer wurde dafür mit dem Tode bestraft – die Redaktion hat sich äußerst lax verhalten.

Sehr geehrte Soldaten, schrieb er. *Mir geht es persönlich eigentlich nicht fast ganz gut. Es hat sich bei uns nicht besonders viel Neues ereignet. Gestern vormittags hat sich die Frau Wimmer einen Zahn reißen lassen – es geht ihr aber schon wieder bedeutend besser, und am Tage vorher ist ihr vor ihrer Wohnungstüre der Fußabstreifer gestohlen worden, noch dazu wo ihr Mann im Felde steht.*

Solcherart sind Valentins Mitteilungen. Oder er verkündet: *Unser Radio geht jetzt wieder ganz gut, weil wir eine neue Röhre hineingekauft haben. Nun bereitet uns das Radio wieder einen schönen Empfang.* So habe der Sender neulich mitgeteilt, mit baldigem Frieden sei zu rechnen: *Wie würden sich da die Überlebenden freuen.*

Vorsichtig war er, und manches ist erst nach dem Krieg entstanden, das ihn als politischen Kopf zeigt:

V: *Na, Frau Braun, wie geht's Ihnen denn?*

B: *Schlecht.*

V: *Stimmt was nicht?*

B: *Stimmen? Sie wissen doch – meine unglückliche Ehe – 12 Jahre hat mich dieser Schuft an der Nase herumgeführt, und jetzt steh ich da mit meinem Haufen Kinder – betrogen und verlassen.*

Das kleine Drama endet mit der Feststellung

V: *Sie sind im wahren Sinn des Wortes eine Märtyrerin.*

B: *Märtyrerin? Ein Rindvieh war ich zwölf Jahre lang.*

V: *Stimmt – aber trösten Sie sich, wie winzig ist ein Menschenschicksal gegen ein Völkerschicksal.*

Oder der kleine Dialog zwischen Vater und Sohn:

Sohn: *Du, Vata, werdn die Soldaten auch gfragt, ob s' an Krieg wolln?*

Vater: *Naa! Die Soldaten werden nicht gfragt, die müssen in den Krieg ziehn, sobald er erklärt ist – mit Ausnahme der Freiwilligen.*

Sohn: *Müssen die Freiwilligen auch schießen im Krieg?*

Vater: *Nein – ein Freiwilliger muß nicht, der schießt halt, weil im Krieg geschossen werden muß.*

Sohn: *Dann müssen's ja doch!*

Vater: *Aber nur freiwillig muß er!*

Währenddessen stimmt Liesl Karlstadt auf der Ehrwalder Alm das »Heldenlied der Gebirgsjäger« an. Sie hat sich der Wehrmacht angeschlossen. Sie fühlt sich wohl unter den Männern, reitet ein Muli, liebt die fröhlichen Hüttenabende unter dem Motto: »Genieß den Krieg, der Frieden ist schrecklich!«

Auch kurz vor 1914, als sie sich auf dem Höhepunkt ihrer Karriere befanden und es an der Feldherrnhalle heftige Diskussionen über das Ende der Wilhelminischen Ära und über einen drohenden Krieg gab, tauchten die beiden vor der Feldherrnhalle auf. An dieser historischen Stätte hat schon mancher kapiert, was tatsächlich geschehen ist und geschehen wird. Da zeigt sich die abgründige bayrische Sprachgewalt, und die Liesl kommt beim Mitschreiben kaum mit.

Die beiden spielen den Kleinbürger, der politisch haltlos und schwankend verharrt, in den schweren Kampf um die Erhaltung des nackten Lebens verwickelt, doch in unerschütterlichem Respekt vor der gottgewollten Ordnung befangen. Valentin gelingt es, das mit anscheinend unerheblichen kleinen, in Wahrheit jedoch revolutionären Einfällen ad absurdum zu führen.

Sie untersuchen systematisch die verqueren Möglichkeiten des menschlichen Denkens, wie es heute unwiederbringlich verloren ist, so daß die jungen Leute sie kaum mehr verstehen, und beklagen die beginnende Verwüstung durch die technische Welt. Sie halten sich fern von der Zukunftseuphorie und den vaterländischen Elementen des nationalsozialistischen Augiasstalls, die das Münchner Künstlervölkchen zu durchdringen beginnen. Valentin, von Grund auf Pessimist, macht da nicht mit und kämpft auf seine Weise weiter gegen eine Welt der Regeln und Verbote. Er tritt lieber mit der Liesl bei Wohltätigkeits-, Lazarett- und Kriegsfürsorgevorstellungen auf und zeigt den Erniedrigten seine zerrissenen Hosen. Sie spielen im Nachkriegsjahr vor Kriegsopfern, denen überall etwas fehlt, die teilen ihren Galgenhumor. Sie absolvieren eine Fülle von bunten Abenden, an denen sie nichts verdienen, und Valentin ernährt seine Familie mit Schreinerarbeiten. Er ist vorgealtert, müde und verbraucht. Rein nix ist ihm gelungen, nur das Nichtgelingen darzustellen hat er geschafft.

Auf seinen letzten Photographien hat der Karl Valentin eine müde Traumverlorenheit und dekadente Entrücktheit, eine mumifizierte Intellektualität, als lebe er bereits in einem Zwischenreich. Er wiegt nurmehr 98 Pfund. Noch ein letzter Auftritt im Simpl mit der Liesl, danach verbringt er eine Nacht in der ungeheizten Garderobe, drei Tage später stirbt er an Lungenentzündung.

Der Schriftsteller Wilhelm Hausenstein hat sich den Aufgebahrten angeschaut und hat sein Ohr gesehen, wie ein Stück feinster Wachsplastik, sein Hörrohr in die Außenwelt, mit dem er die Sorgen und Freuden der kleinen Leute vernommen hat. Dann ist der olivgrüne Vorhang vor der Leich langsam zugegangen.

Sein letzter Vorhang.

Einer seiner letzten Texte ist ein verzweifeltes Gebet.

Vater unser, der du bist im Himmel, erlöse die Menschen endlich von den Menschen.

Die erste Terroristin

U-Boot-Krieg und Deutschlands erster großer Gasangriff an der Westfront: neue Formen von Schrei und Stöhnen. Die Leiden der vom Gift Erblindeten: Auch ihr innerer Blick ist erloschen – sie können die Unmenschlichkeit der Zukunft nicht voraussehen. Seitdem sind wir der Roheit näher gekommen, bald wird es so weit sein, daß kein Mensch mehr da ist, der den Exzessen der Grausamkeiten standhält.

Vom Odeonsplatz her kommt das Bumbum der Bässe und die quäkende Stimme einer amerikanischen Popsängerin. Ich nähere mich, um zu sehen, was da los ist. Einer dieser rätselhaften Auftritte, zu dem sich die beiden Mädchen entschlossen haben, an diesem sensiblen Ort. Ich betrachte die beiden mit einer Mischung aus Scham und Aufgebrachtheit. Das Haar millimeterkurz geschoren, in militärische Tarnanzüge gehüllt, üben sie mit synchronen Mund- und Körperbewegungen gepiercter und tätowierter Bäuche, als wollten sie für einen Wettbewerb in Karaoke proben. Die überlauten schroffen Schlagzeugrhythmen eines Jungen mit Lanugoflaum setzen sie kosmischen Erschütterungen aus.

Die gleichschaltende Verpflichtung zur Versklavung, die Mißachtung der Freiheit, die dahintersteht, die Heiligsprechung der Nachahmung bringen mich auf. Sich immer an die Vorbilder halten. Bloß nichts Eigenes!

Die Drohung der Leere, die von jeder Bewegung ausgeht. Nicht mehr Würde, sondern Gewalt ist das Gesetz, das Leben regelt. Frauen verwandeln sich in brutale, erbarmungslose Amazonen und zerzauste, verschwitzte Furien, die, den Sprenggürtel um die Taille, heulend und fluchend in die Menge springen.

Die Militarisierung der Kleidung und die provozierend gelassenen, übellaunigen Orang-Utan-Bewegungen, die hochgereckten Fäuste, die eisernen, kirgisenäugigen Gesichter – Russinnen vielleicht? – mit den sich automatisch öffnenden Mündern, die den Gesang vielleicht Madonnas imitieren, die genieteten Stiefel schmerzen. Wo sind die federleichten weiten Röcke, die schwingenden Ohrringe, die Dekolletés, die zarten Nylonstrümpfe geblieben? Der Tod des Kleides und damit: der Tod des weiblichen Körpers. Ludwig I. wäre das ein Graus. Warum fühlt man immer weniger, daß Frauen einen Körper haben? Weichheit ist nicht mehr gefragt, es sei denn auf Kitschebene. An ihre Stelle sind Kriegerinnen, Batwomen, weibliche Vampire, Attentäterinnen und Killerinnen getreten.

Es wird kopiert, bis auch die letzten Überreste des Individuellen ausgelöscht sind. Recycling bis zum Exzeß als Folge der globalen Demenz.

Remake-Kultur. Kalte Brüste, grimmige Mienen, eisige Schöße, Kryptafinsternis. Hat nicht der Tanz eine Berührung zwischen den Menschen herstellen wollen, einen Dialog der Körper? Die Bewegung richtet sich an niemanden, die Körper wenden sich niemandem zu. Alles läuft parallel ab, mechanisch, frontal, es gibt keine Bewegung zueinander.

Zombies. Und all die Songs, mutlos und plump. Die Verkündungen von Freiheit und Revolution: Schwindel. Ich wende mich ab, gehe nachdenklich durch den Hofgarten, kehre nach einer Weile zurück.

Das war es nun. Die Mädchen sind in ein Gespräch mit zwei Polizisten verwickelt und brechen auf. Der Junge mit dem Schlagzeug hat sein Instrument bereits auf sein Dreirad gepackt, die Mädchen werfen ihm ihre genieteten Westen zu. Die jungen Zuhörer, die sich vor der Halle eingefunden hatten, sind verschwunden. Ich spüre, wie der Gedanke an Vera Sassulitsch mich verfolgt, schiffbrüchig, groß und stark.

Die erste Terroristin steht in ihrem selbst für Schwabing auffallend schlampigen Gewand und Zottelhaar vor der imposanten Halle, Aufrührerisches im Kopf. Für sie existiert kein Glamour. Das Gewand ist ihr egal. Ihre Fäuste ballen sich für die Unterdrückten.

Sie hebt sich in ihrer Schlichtheit vom Geglitzer der Als-ob-Sängerinnen ab, ihre anmutigen Züge ein Bild des Lebens, abgesondert von der Kälte des steinernen Denkmals.

Wenn sie in München ist, sucht sie mich wiederholt auf – ein seltsamer Wiederholzwang, ein Ort der zu beschwichtigenden Wut. Bald Götze, bald Opfer, so werde ich in den Strudel mit hineingerissen.

Die Stimme der Loggia zittert vor Erregung, stottert, als verschmelze sie mit den Windungen von Veras Seelenkämpfen, und sie fährt fort:

Diese finstere junge Frau mag das Pathos des öffentlichen Denkmals nicht, weil es persönliche Schuld verschweige und deshalb den Besuchern zupaß komme, die selbst einiges zu verdrängen haben. Denkmale haben für sie die Funktion eines zu leicht gewährten Ablasses, sie eliminierten Schuld- und Schamgefühle. Bei anderen würde mich das kränken, Vera jedoch verstehe ich. Denn wider Erwarten geschieht etwas in ihr, dieser Symbolfigur des russischen Terrorismus, das mich mit Stolz erfüllt.

Woher wissen Sie, daß die Veränderungen von Vera Sassulitsch mit Ihnen und nicht mit ihrem eigenen reichen Innenleben zu tun haben? frage ich.

Die Stimme entfernt sich auf unheimliche Weise, scheint aus unermeßlicher Ferne fast unhörbar zu mir zu dringen, wird flüchtig wie ein Schatten. Sie stößt mich ab und verwehrt mir auf meine Frage den

Bezug. Mir bleibt nichts anderes übrig, als selbst die Antwort zu suchen.

Wenn ein Mensch zugleich Vision ist, eine Lichtgestalt im russischen Meer der Finsternis, verliert er an sichtbarer Wirklichkeit. Auch meine Großmutter will mir nicht glauben, daß es sie gegeben hat, eine Frau, die auf einen Mann schießt, zu der Zeit: Was hat sie dazu gebracht, ein Leben lang Revolutionärin zu sein?

Beim Anblick der Statuen der beiden Generäle Tilly und Wrede spürt Vera Sassulitsch, wie sich in ihr die revolutionäre Rede formt, die sie nie verlassen hat. Sie hegt Einwände gegenüber symbolisch vermittelten Formen öffentlichen Gedächtnisses. Nicht nur den Russen, auch den Deutschen sind Mythen wichtiger als die Wahrheit.

Sie will ihre Augen nicht davor verschließen, entgegne ich, daß sich ihr Denken ohne die Stütze der Tradition freier bewegt. Sie hat in ihrem Leben viele Stürze erlebt und sich doch immer wieder aufgerichtet und manches abgestreift. Es ist an der Zeit, daß sie ihre Haltung einmal gründlich überprüft: Dazu dient ihr die Loggia. Wer ist sie, wie kam sie stets aufs neue in Konflikt mit der politischen Gegenwart? Wie erwarb sie sich die Grundelemente ihres Handelns, welchen Anteil hatte ihr Elternhaus?

Geboren 1849, ein Jahr nach dem Beginn der Februarrevolution in Frankreich, formte sich früh, leise, fast verstohlen, in der jungen Vera eine starke Kraft, die noch nicht nach außen trat und weder Absicht noch Richtung erkennen ließ – sie wußte selbst nicht, wohin das denn wollte. *Es gibt Kinder, die mit einer fertigen Seele geboren werden,* schreibt die russische Dichterin Marina Zwetajewa. Ein solches Kind muß Vera Sassulitsch gewesen sein. Das hat sich schon in frühester Jugend eingestellt, war aber auch ihr Verhängnis.

Im Gegensatz zu den meisten, die ein eher dunkles Bewußtsein hegen, daß die Zustände anders sein sollten, hat Vera Sassulitsch früh einen feinen Sinn für die Ungerechtigkeiten im Land entwickelt. In ihrer Familie schien sich das gespaltene russische Bewußtsein zwischen Liebe und Haß zum Vaterland zu spiegeln. Da war der aristokratische Vater, ein Stabskapitän, der den Interessen des Landes diente und wußte, daß er seine Stellung als soziale Elite dem Zaren verdankte. Er starb, als Vera drei Jahre alt war. Er soll streng gewesen sein, sein Land geliebt und eiserne Disziplin gefordert haben, erzählten ihr die älteren Schwestern. Da er ohnedies wenig Verständnis für Kinder entwickelt hatte, blieb nicht die geringste Erinnerung an ihn in Vera Sassulitsch zurück. Insofern war es für sie nicht nötig, sich von ihm zu lösen.

Die adelige, feinsinnige Mutter, für die Bildung selbstverständlich war. Mit dem Tod ihres Mannes wuchs in ihr das Gefühl, sie selbst zu sein. Sie steckte einer Bauersfrau, einer Leibeigenen ab und zu etwas zu und wich vor kranken Bauern nicht zurück, sondern brachte ihnen Medikamente. Und wenn einer spät am Abend über die Wiesen taumelte und im Graben lag, war sie keineswegs verlegen, sondern holte seine Frau und half ihr, ihn aufzuheben und nach Hause zu bringen. Oft fand Vera ihre Mutter beim Dorftanz in ein Geplänkel mit einem Bauern verstrickt, dem vor Verlegenheit der Schweiß auf der Stirn stand.

Vera Sassulitsch war früh an das tägliche Miteinander von Leibeigenen, also Unterjochten, und ihren adeligen»Besitzern«, den Privilegierten, gewöhnt, und dieser Gemeinschaft galt auch später ihre Sehnsucht, dem anscheinend Unüberbrückbaren ihr Widerstand. Ihr Vorbild: die Frauen der Dekabristen, die mit ihren Männern in die Verbannung nach Sibirien gegangen waren, von denen die Mutter erzählt hatte.

Die Mutter erzog die fünf Töchter religiös, lebte ihnen intensives Mitgefühl vor, ermunterte sie zur Selbstverteidigung und lehrte sie Empörung gegen Ausbeutung und politische Unterdrückung. Es widersprach ihrem Gerechtigkeitsgefühl, daß der Adel sich Leibeigene hielt, mit denen er nach Gutdünken verfahren, sie schlagen, ausbeuten, quälen, vergewaltigen, verkaufen oder verschenken durfte, ohne belangt zu werden, und plädierte dafür, die Leibeigenschaft aufzuheben. Die Mutter entstammte einer hochstrebenden Großgrundbesitzerfamilie, den Aleksandrovs, doch wurde der Besitz unter elf Geschwistern aufgeteilt, so daß zum Leben kaum etwas übrigblieb. Während sie sich früher, wie im Adel üblich, Dienerschaft und Erzieher hielt, bewerkstelligte sie dies nach dem Tod ihres Mannes allein, sie gehörte inzwischen eher zum Adelsproletariat, zu dem in Rußland etwa eine Million adeliger Familien zählte, bei denen der Vermögensstand keineswegs mit dem Titel harmonierte. So wuchsen im verarmten Adel Empörung und Protest, weil das Geld für eine fundierte Bildung der Kinder nicht reichte.

Vera beschließt früh, ihren Geist durch eifriges Studium zu bilden, auch wenn ihr als Frau der Weg zur Universität verschlossen sein wird. Bald verfügt sie über die einzigartige Zusammenschau, in der sich Religiöses mit Politisch-Sozialem verknüpft. Etwas davon würde sie auch gern in der Verfassung des russischen Staates spüren, wo man die Leibeigenen einem eisernen Organismus einverleibt und nach Seelen zählt. Sie spürt, daß in ihrem Land unter der Oberfläche seit langem ein Kriegszustand herrscht, eine Gegensätzlichkeit und Spannung, eine tiefe Leidensfähigkeit und Zerbrechlichkeit, umso stärker, als es in Rußland nicht wie in anderen Staaten ein ausgleichendes Bürgertum gibt.

Ihre ganze Hoffnung richtet sich auf die ersten Anzeichen eines Wandels, auf eine neue Welt. Wie lange wird es noch dauern? Wird sie davon profitieren können? Sie und ihre Schwestern werden gegen die in Europa herrschende Verklärung des Besitzes erzogen, den zu vermehren und zu erhalten dort als Lebensaufgabe zu gelten scheint. Aus der Besitzlosigkeit erwächst ein höheres Glück, doch befürchtet sie, daß der Kapitalismus bald auch Rußland ereilen wird.

Noch ist Vera fast ein Kind, aber die Empfindlichkeit der jungen Aristokratin zeigt sich bereits deutlich dann, wenn Unrecht zutage tritt, und sie reagiert auf Armut und Grausamkeiten wie betäubt. Anarchie ist für die Heranwachsende ein heiliges Wort, und wie Ricarda Huch liebt sie das Wort Revolution. Für sie, die junge Vera, heißt das auch: Strafe für die Mißhandelnden. Nieder mit den Besitzenden und den Bankleuten! Nieder mit der Korruption der Staatsverwaltung und dem Spionageunwesen! Nieder mit der angefaulten Gesellschaft! Nieder mit den versteinerten Seelen!

Wenn man sie sieht, die Stimme erweitert sich pathetisch, ahnt man, wie sich zu ihren Füßen die tragischen Tiefen des Lebens öffnen, unglaublich, daß von dieser zarten Person ein solcher Widerstand ausgehen kann!

Bereits die Fünfzehnjährige ist entschlossen, ihre moralischen Ansprüche umzusetzen, und das glaubt man ihr.

Je mehr sie darüber nachdenkt, desto mehr wird die Forderung zu handeln zum Thema. Sie will nicht schweigen, aber sie will auch nicht nur reden. Sie will etwas gegen die Tyrannei des Zaren tun.

Der Zar ist nicht Gott.

Sie lehnt den Antiklerikalismus, der allmählich Boden gewinnt, ab. Die industrielle Entwicklung und ein gesteigertes Interesse für die Naturwissenschaften scheinen den Glauben in Russland schwinden zu lassen. Sie ist gegen diese innere Zerstörung, umso mehr, als es keinen Ersatz für religiöse Empfindungen gibt, kein Äquivalent zum Mitleid, das Handeln erfordert.

Unwahres kann sie lange bedrücken, sie sucht das geistige Erlebnis, und hat da bereits feste Positionen bezogen. Sie steht, glaubt sie, auf sicherem Boden, und bleibt mit sich im Reinen, indem sie alles gründlich von allen Seiten betrachtet und ihrer Idee treu bleibt. Die, das ist ihre Meinung, erst dann verwirklicht werden kann, wenn die Opposition zum Zuge kommt. Zuvor ist alles Gerede von Freiheit nur Schwindel.

Das Gefühl der jungen Vera wird allmählich deutlich und klar und entwickelt sich auf ein höheres Ziel hin: Der unheilvolle Zustand des russischen Landes muß ein Ende haben. Dieses Ziel übernehmen auch ihre beiden Schwestern Ekaterina und Alexandra.

Leibeigenschaft – neunzig Prozent der russischen Bevölkerung »gehören« den Adligen, die mit ihnen umgehen können, wie es ihnen beliebt –, Zensur und Spitzelsystem gehören abgeschafft. Vera will mithelfen, das Land zu erneuern und seine geistige Isolierung zu beenden. Die gesicherte Welt, die für sie soviel bedeutet, läßt sie bald hinter sich und wirft sich in eine zu erobernde Zukunft.

Die Mutter beschließt, zwei der vier Töchter Verwandten zu übergeben, die ihnen in einer deutschen Pension in Sankt Petersburg Bildung angedeihen lassen wollen. Sankt Petersburg wählt sie als Ersatz für Zürich, wo Frauen bereits studieren können.

Mit dem Kurierzug sind Vera Sassulitsch, die Mutter – Veras Schwester Ekaterina bleibt in Moskau, sie wohnt beim Buchhändler Uspenskij, dessen Kind sie erwartet – abends um acht Uhr von Moskau nach Sankt Petersburg gefahren, in einem recht bequemen Schlafwagen des eingleisigen Zuges, die Stationen ziehen im Dunkel an ihnen vorbei.

Überhaupt erscheint den beiden Mädchen die Fahrt recht luxuriös. Sie können sich im Schlafwagen ein Bett ausziehen und sich mit Schiebetüren ein kleines Zimmer abteilen, tagsüber sitzen sie in bequemen Fauteuils. Für einen Tisch ist gesorgt. Schaffner bedienen in russischer Tracht und stehen Tag und Nacht bereit. Die Frauen empfinden es als Wohltat, daß der Zug nicht schnell fährt, so daß sie das schöne Land in Ruhe ansehen können.

Zunächst wohnt Vera gemeinsam mit Ekaterina auf der Petersburger Seite der Nabere `znaja im Hause Stepanov, unweit des Hauses Peters des Großen, dann wohnen sie getrennt. Nach außen hin herrscht wieder Ruhe an den Universitäten, die radikalisierten Studenten gehen in den Untergrund und treffen sich im Geheimen. Auf Zar Alexander II. gibt man nichts mehr.

1867, mit achtzehn Jahren, macht Vera wie ihre Schwester Alexandra an der Universität in Sankt Petersburg das Hauslehrerinexamen. Sie spricht fließend Deutsch und französisch, hat Goethe gelesen, schätzt Johann Gottlieb Fichtes Philosophie, vor allem seine 1807 verfaßten *Reden an die deutsche Nation*.

Er wirft Fragen auf, die sie auch für ihr Land beschäftigen. Doch so einfach wie Fichte mit seiner Philosophie des Nationalismus, wonach das deutsche Volk *das Volk des Ursprungs und des Lebens* sei, *Ausländerei* hingegen *Entfremdung von der Ursprünglichkeit und Tod*, kann sie es sich nicht machen, ihr russisches Volk ist von jeder *Ausländerei* weit entfernt.

Das Hauslehrerinexamen ist für eine Frau die einzige Möglichkeit, Bildung zu erwerben – Vera wird es mit zusammengebissenen Zähnen absolviert haben, weil man ihr kein anderes Wissen zugestand. Um nach Zürich zu ziehen, wo sie hätte studieren können, fehlt ihr das Geld. Später wird sie es schaffen, nach Zürich zu kommen – hier berühren sich die Lebensläufe von Vera Sassulitsch und Ricarda Huch.

Ich überlegte, schreibt sie in ihrer kurzen Autobiographie, *wie ich diesem Beruf entgehen konnte. Wenn ich ein Junge gewesen wäre, wäre das natürlich leicht gewesen. Als Junge hätte ich fast alles tun können, was ich wollte. Aber dann hob die sich ankündigende Revolution diesen Unterschied auf. Auch ich konnte von Aktionen und Heldentaten im großen kommenden Kampf träumen.*

Es gelingt Vera Sassulitsch, die drohende Gouvernantenanstellung zu umschiffen: Sie kann sehr energisch werden, wenn es um ihr politisches und unabhängiges Leben und ihre Existenz als Frau geht. Sie erreicht, was wenige erlangen, eine Stellung als Schriftführerin beim Friedensrichter Chmelev in Serpukhov. Hier lernt Vera durch ihre Arbeit die Nöte und Bedrängnisse der Dorfbewohner und der armen Stadtbewohner genauer kennen. All ihr Denken geht fortan vom Elend der untersten Klasse aus und sucht nach Wegen, es zu beseitigen. Nicht zuletzt ist das ihr erster Kontakt mit dem russischen Gerichtswesen, über das sie sich keine Illusionen mehr macht. Sie muß erfahren, wie die russische Justiz der Argumentation des Angeklagten keinen Spielraum läßt und aus jungen, dem Leben gegenüber geöffneten Menschen dumpfe, jämmerliche Untertanen macht. Diese Erfahrungen haben ihre innere Glut nicht gedämpft, sondern vielmehr geschürt. Ihre Gedanken schlagen einen Weg ein, der dem Bakunins nicht unähnlich ist: Sie zieht Parallelen zwischen Kommunismus und Christentum. Nicht im Einzelnen, sondern in der Gemeinschaft ist Gott.

1868, nach einem Jahr als Schriftführerin, geht sie zurück in die Millionenstadt Sankt Petersburg, wo sie in einer Buchbinderei und Druckerei für Frauenzeitschriften arbeitet – auch dies ein Privileg. Denn in der Druckerei werden im Verborgenen auch revolutionäre Reden und Aufrufe gesetzt und verbreitet.

Hier sind die drei ältesten Schwestern wieder vereint: Sie verbinden sich mit Moskauer Studentenzirkeln und kämpfen eng verbunden unter gleicher Fahne.

Vera Sassulitsch befindet sich am Angelpunkt jener Welt, die ihre Träume beherbergte, voll Sehnsucht nach einer neuen, freien Identität. Es ist die Zeit eines rasenden Wandels, in der ihre Erwartungen wachsen.

So steht sie nun in der Feldherrnhalle und erlebt eine Phase ihres Lebens nach, in der sich alles zu weiten schien. Die aussagekräftige Loggia erhellt den Raum, in dem sie sich bislang bewegt hat, ihr tiefes Bedürfnis, den Unterjochten zu ihrem Recht zu verhelfen und dafür zu kämpfen. In der langen Zeit, als sie, zu sehr unter dem Einfluß Netschajews stehend, fünf Jahre in der Verbannung in russischen Gefängnissen verbrachte, hatte die Revolutionärin viel Zeit zum Nachdenken gehabt und Klarheit über ihr Verhalten gewonnen. Ihre tiefe Religiosität hat sie ihre Schuld bereuen lassen. Sie hat schmerzhaft Bilanz gezogen und daraus gelernt. Die Revolution aber bleibt ihr Problem Nummer eins – die intellektuelle Waffe, um damit die Menschen zum Nachdenken zu bringen.

Es ist kein Wunder, denkt sie beim Anblick der Gruppe von Verbindungsstudenten, die rauchend auf den Treppen der Feldherrnhalle sitzen, daß es zu den Petersburger Studentenaufständen gekommen ist. Sie hat daran, angeregt vom Anführer Netschajew, teilgenommen. Sie hat immer viel für die Leibeigenen und fürs Volk getan und wußte doch zu wenig vom Volk. Das hat sich geändert.

Der Verführer

Vera Sassulitsch lernt den Lügner, Räuber, angeblichen Märtyrer und Mörder Sergei Gennadijwit Netschajew schon im Jahr 1865, mit sechzehn Jahren – noch ist sie im Pensionat – kennen und trifft sich, ehe sein Name als Revolutionär auftaucht, mit ihm. Zunächst beeindruckt er sie mächtig, sie blickt ihn erstaunt an – was für ein wilder, exzentrischer junger Mann! Er erregt Aufsehen und versammelt eine kleine, auserlesene Schar um sich, gebunden durch ein freiwilliges Gelübde. Er braucht nur die Brauen zu heben, schon ist alles still, und man hört ihm zu. Bei seinen Antworten legt er eine gleichgültige, finstere Schlaffheit und Abwesenheit an den Tag, als überfordere ihn jedes Wort, oft zuckt er verächtlich nur die Achseln. Er kann sich völlig verschanzen und sucht nicht wirklich, eine Beziehung herzustellen. Der großartige und bezwingende Redner verbirgt geschickt sein Herrschaftsstreben und seine Maßlosigkeit. Im Grunde ist er einsam, das verbindet ihn mit Vera Sassulitsch, die bislang nur die Beziehung zu ihrer Familie und den Lehrern kennt.

Die Treffen bekommen den Charakter einer verschwörerischen Gesellschaft. Alles untersteht seiner Führerschaft, es herrscht strengste Disziplin, die er sonst bekämpft. Manchmal kommt er unverhofft zu den Schwestern oder zu ihrer Mutter, dann wieder sucht ihn Vera

Sassulitsch auf. Sie beeindruckt Netschajew mit ihrer Selbstsicherheit und Beharrlichkeit.

Netschajews Einfluß auf Vera Sassulitsch wächst. Sie faszinierten sein scharfer Verstand und seine revolutionäre Energie: *Ich wollte gern etwas für die Sache der Revolution tun, und ich wußte so wenig vom Volk. Und hier war jemand, der wirklich als Arbeiter geboren war.* Seltsam nur, daß er keinen Spiegel ausläßt, um sich wohlgefällig zu mustern. Sein magerer, knabenhafter Körper, seine Funkelaugen, aus denen ein unstillbarer Hunger nach Anerkennung leuchtet, seine unentwickelte Muskulatur und der sonderbare Ausdruck einer gewissen schlauen Verkommenheit scheinen ihm Selbstbestätigung zu geben.

Ich mache die Revolution! Alle Linken der Welt vereint! Überall hängt die rote Fahne, und wir trinken Champagner und rauchen Zigarren!

Aber sie kann von ihm lernen. Die Aufforderung, ins Volk zu gehen, findet bei ihr wie bei der gesamten russischen Jugend Anklang, eine Jugend, die des Redens überdrüssig ist und handeln will. Sein Plan, am neunten Jahrestag der Aufhebung der Leibeigenschaft 1870 die örtlichen bäuerlichen Aufstände zusammenzuschließen, fasziniert. Sie interessiert sich für die »Narodniki«, später werden es die »Menschewiki« sein. Aber sie sieht mehr als Netschajew die Probleme. Es würde schwierig sein, das berechtigte Mißtrauen der einfachen Menschen zu überwinden, ganz abgesehen davon, daß sie immer noch an der Idee des gottgleichen Zaren hängen. Wie sie belehren, ohne sie abzuschrecken, wie ihr Vertrauen gewinnen?

Schneller als andere hat sie begriffen, welche Möglichkeiten ihr die aufrührerische Zeit bietet. Doch es gibt für die Existenz einer Frau und Revolutionärin kein Vorbild. Es baut sie auf, daß Netschajew sie wie eine erwachsene Frau behandelt. Sie genießt es, daß er sie in seine politischen Ansichten einweiht und über seine Schritte zu Rate zieht. Vera Sassulitsch ist in seiner Anwesenheit verwandelt, reif und erwachsen – reifer und erwachsener als Netschajew.

Ihm wiederum schmeichelt es, daß eine so gebildete, gar adelige Frau wie Vera Sassulitsch sich für ihn interessiert.

Etwas Geheimnisvolles verbindet diesen exhibitionistischen Revolutionär mit dem Mädchen. Er ist der erste Mensch, der nicht zu ihrer Familie gehört, den sie näher kennen lernt. Eigentümlich, wie achtlos er an Museen und Palästen vorübergeht, geblendet von der eigenen Bedeutsamkeit. Es fällt ihr auf, daß Netschajew noch nie Anerkennendes zu den Kunstschätzen und Gemälden, den herrlichen Bauten, den wunderbaren Werken der Literatur und der Musik verlauten ließ. Für Bakunin mag alle Kultur dank seiner Kinderstube selbstverständlich sein. Doch Netschajew? Sie ahnt, was hinter seiner Abfälligkeit steckt, eine fundamentale Schwäche, ein rastloses Gefühl der Minderwertigkeit, das ihn zur Anerkennung unfähig macht.

Im Gegensatz zu Bakunin, den die westliche Kultur begeisterte, stimmt Netschajew stets die Klage über den Untergang des Westens an, erklärte sich jedoch zu dessen Erben.

O jenes Abendland, wie war es schön vorzeiten!
Wie lange beugte rings die Welt vor ihm die Knie!
Bezaubert und entzückt vor tausend Herrlichkeiten
Sah sie zu ihm hinauf, vor ihm verstummte sie.

Der stets herausfordernde Ton eines Rädelsführers, mit dem er seine wichtigtuerischen Parolen ausspricht, stößt sie immer mehr ab, sie verabscheut das tatenlose Gerede und fürchtet eine Neigung, es damit genug sein zu lassen.

Eine unerschütterliche Überzeugung, die sich intuitiv in ihrer inneren Welt breitmacht, rät ihr zu Abstand. Er akzeptiert es unbekümmert, ohne Neugier, er hat anderes zu tun.

Netschajew: *Der Revolutionär ist ein engagierter Mensch. Er hat keine persönlichen Gefühle, keine privaten Affären, keine Emotionen, keine Bindungen, kein Eigentum und keinen Namen. Alles in ihm ist ausschließlich der einen Beziehung, dem einen Gedanken und der einen Leidenschaft untergeordnet – der Revolution.*

Die Gefährlichen gilt es zu beseitigen, die weniger Intelligenten braucht man als Gegner, die große Mehrheit wird als Werkzeug benutzt. Die vierte Kategorie wären liberale Politiker, die es einzusetzen gilt, die »Doktrinäre« schließlich oder Revolutionäre anderer Richtungen sollten in Kämpfe verwickelt werden, in denen sie entweder untergehen oder sich als brauchbare »echte Revolutionäre« entwickeln würden. Die letzte Gruppe bilden die Frauen, unentbehrlich und nützlich nur dann, wenn sie sich aktiv in den Dienst der guten Sache stellen, so etwas wie revolutionäre Hilfsassistenten. Denn die wesentlichen Taten würden von den Männern kommen.

Das hält sie für keine vielversprechende Zukunft. Sie sagt ihm offen, wie sie das aufbringt. Sie fordert betont ein Umdenken, verurteilt sein Männergeschwätz und verlangt, daß er darauf hinwirken soll, Mensch zu sein und den Frauen zur Verwirklichung ihres Menschseins zu verhelfen.

Dann wieder zitiert er sie in eine Fünfzimmerwohnung, in der er allein zu wohnen scheint. An den Wänden schmierige Abbildungen, verlassene Zimmer, schmutzig und leer, ein paar kaputte Möbel, eine zerbrochene Teetasse neben einem Brotrest auf dem Boden.

Dennoch sieht sie diesen nicht sehr großen, dunkelhaarigen Mann mit kümmerlichem Bartwuchs und feurigen Augen, *dessen Blick nicht jeder ertragen kann*, so Vera, der nervös ist und aufgeregt, mit seinen abgebissenen Fingernägeln und blauen Augengläsern nicht ungern, ja, mit einem gewissen Kitzel, denn er hat sich angeblich in sie verliebt.

Er lehnt alles ab, was sie bejaht: die Familie, die Gesellschaft, die Bildung, Gott. Und das Größte: Der knabenhafte Jüngling mit der Hühnerbrust erfüllt ihren sehnlichsten Wunsch, er bittet sie untertänigst um ihre Mitarbeit bei der Revolution! Darüber sprechen sie wiederholt, doch sie bekommt nicht heraus, was er eigentlich darunter versteht. Sie hält Netschajews wirre Vorstellungen für unrealistisch, verspricht ihm aber ihre Unterstützung. Ihr geht es nicht um die Verbreitung von Ideen, sondern um Taten.

Warum zieht sie zum Vergleich nie Michail Bakunin heran, sein offenes Gesicht mit dem kühnen Blick, sein großmütiges, unbekümmertes Wesen, sein freies Gemüt, seine Hochachtung vor den Dichtern wie Gottfried Keller und Heinrich Heine, für ihn die eigentlichen Menschen, seine sozialistischen Ideale? Teilt nicht Bakunin ihre Entrüstung über den Zustand der Welt und den Willen, alles umzuwerfen?

Auch pflegt Bakunin keine hergestellte Vertraulichkeit, um etwas zu erreichen, sondern eine Vertrautheit aus Herzensgüte.

Vera Sassulitsch verläßt sich auf das Gefühl in ihrer Brust und fühlt: Der zwei Jahre Ältere ist nicht ganz koscher.

Ihre Sensibilität geht eigene Wege. Sie ahnt die Gefährdung, die aus zu großer Nähe zu Netschajew entstehen könnte. Außerdem muß sie nach kurzer Zeit feststellen, daß er so gebildet nicht ist, daß sie viel mehr gelesen hat und mehr weiß als er.

Sie beginnt ihn kritisch zu sehen, als sie ihm längst ihre Bereitschaft zu helfen zugesagt und ihre Adresse preisgegeben hat.

Vera! Vera! Die Feldherrnhalle ist nicht Herr ihrer Stimme,
Wie du dich auslieferst! Für dich wird das üble Folgen haben.

Netschajew, schreibt sie später, *gehörte nicht zu uns, zur Intelligentsia. Er war ein Fremder. Seine revolutionäre Energie erwuchs aus seinem Haß – nicht nur gegen die Regierung, gegen die Bürokraten, gegen einzelne Ausbeuter des Volkes, sondern gegen alle Gebildeten, gegen Reiche und Arme, Konservative, Liberale und Radikale. Er war ein Verführer der Jugend. Er kannte kein Mitleid, sondern nur Verachtung der Menschen.*

Er bemüht seine Neigung zu Mystifizierungen, sucht Legenden über seine Person zu verbreiten, indem er vorgibt, in der Peter-und-Paul-Zitadelle gefangen gehalten worden zu sein, während er in Wahrheit in Genf Bakunin, der ihn wie einen Sohn ins Herz schließt, vorspiegelt, in Rußland sei alles zur Revolution bereit: Er plündert durch Bakunins und Nikolai Platonowitsch Ogarjows Vermittlung, einem Aktivisten der Studentenbewegung und engen Freund Bakunins, schamlos den Revolutionsfonds des kranken Alexander Herzen – der nichts mit Netschajew zu tun haben wollte – und verschwindet mit dem Geld. Es sind 20 000 Franken, die ein emigrierter Russe Herzen überlassen hatte, um das Geld für die Revolution zu verwenden. Für Netschajew war alles zu billigen, was der Revolution diente, so hielt er sich auch für berechtigt, Briefe zu öffnen und zu lesen, gar einzubehalten, wenn der Inhalt dem Besitzer gefährlich werden konnte. Der leichtsinnige und arglose Bakunin macht ihn zum Organisator der russischen Abteilung der Internationale und bezeichnet ihn als einen »Fanatiker, einer einzigen Sache, der Revolution gewidmet« und als »einen der tätigsten und energischsten Menschen, die ich je getroffen habe«.

Hierauf kehrt, um einiges erhöht, Netschajew nach Moskau und Sankt Petersburg zurück, macht sich mit dem Buchhändler Uspenskij, dem Mann Alexandras, bekannt, der seine Buchhandlung zum Widerstandsnest mit entsprechender Literatur ausgebaut hat.

Es geht um nichts anderes als um Netschajews absoluten Führeranspruch. Wer sich ihm in den Weg stellt, wird vernichtet. Als der Student Iwan Iwanow äußerte, diese geheime Gesellschaft, von der Netschajew so eindrucksvoll zu erzählen weiß, existiere gar nicht, und sich weigerte, Netschajews krude Anweisungen zu befolgen, ließ ihn Netschajew in einem privaten Gericht zum Tode verurteilen und grausam ermorden. Damit entschied sich Netschajews Schicksal.

Die Polizei entdeckt die Leiche und findet eine Benutzerkarte zu Uspenskis Leihbücherei. Damit ist der Kreis um Netschajew entlarvt und wird von der Polizei beobachtet.

Am Tag darauf kam Netschajew in Vera Sassulitschs Zimmer und händigte ihr ein Bündel Briefe aus, sie möge sie verwahren.

Dann ging er wieder, schreibt sie, *ohne noch irgendetwas zu sagen oder zu erklären. Ich habe ihn nie wieder gesehen.*

Verschwunden, blitzartig, einfach weg. Und Vera Sassulitsch allein mit den revolutionären Runen, den Schriftzeichen, den Spuren. Sie beschreibt eindringlich, wie sie mit seinen Briefen, nachdem er sie ihr übergeben hat, durch die Petersburger Straßen irrt, die Lippen weiß vor Furcht, in einem Anfall von Panik wagt sie nicht, zu atmen. Sie spürt die Verantwortung, die sie übernommen hat, wie eine Last, und hat Angst, daß man ihr den Verstoß von den Augen abliest.

Das Glücksgefühl stellt sich später ein. Sie hat vor sich selbst Mut bewiesen. Sie ist auf dem Weg zur Revolutionärin.

Netschajews Liebeserklärungen sieht sie nüchtern: *Schon damals spielte das Mittel der Täuschung eine große Rolle bei all seinen Überlegungen. Alles, was der Revolution nutzte, war für ihn moralisch. Alles, was der Revolution schadete, war für ihn unmoralisch,* schreibt sie in ihrem kurzem Lebensbericht.

Netschajew vergriff sich in vielem und zerstörte letztlich auch Vera Sassulitschs Vertrauen, die hoffte, nie das Gefühl dafür zu verlieren, wie weit man gehen kann, ohne die eigene Seele zu zerstören.

Und doch hat er sie mit seiner vorrevolutionären Gebärde bereits infiziert. Gebrauchte man den Wortschatz der deutschen Achtundsechziger-Bewegung, man würde sie als Sympathisantin bezeichnen. Eine Sympathisantin auf dem Sprung zur Revolutionärin.

Netschajew, der 1876 inzwischen aus Sankt Petersburg verschwunden ist und von dem es heißt, er sei verhaftet worden, schickt Vera Sassulitsch Briefe aus dem Ausland zu, die die Geheimpolizei abfängt – Briefe, die er mit »Student« nach Orgajows Gedicht »Der Student« unterschreibt und behauptet, er sei in die Peter-und-Paul-Festung eingeliefert worden. In Wahrheit ist dies eine Finte. Weitere Briefe folgen, in denen er Namen der Mitglieder des »Komitees der revolutionären russischen Partei« nennt, die die Geheimpolizei abfängt. Das macht sie verdächtig, sie wird verhört. Vera Sassulitsch sagt, getreu nach Fichte, wonach der Mensch nie lügen dürfe, aus, daß sie den Inhalt der Briefe und ihre Anklagen gegen den Zaren nicht kenne, auch hätte sie nie etwas gegen die Regierung geplant.

Ein großer Kreis der Verschwörer wird festgenommen, Veras Schwester Ekatharina und selbst ihre Mutter, die bald wieder freigelassen wird. Uspenskij wird verhaftet, seine Frau Alexandra, Veras andere Schwester, die gerade ihr Baby stillt. Sie darf zunächst noch in der Wohnung bleiben und geht später mit Uspenskij nach Sibirien; er wird zu fünfzehn Jahren Zwangsarbeit verurteilt.

Vera Sassulitsch kommt in Untersuchungshaft. Der Justizminister hält das Belastungsmaterial nicht für ausreichend: »Durch das Fehlen ausreichender Beweise für die Anklage gegen Vera Sassulitsch muß jede Untersuchung ihr gegenüber eingestellt werden«, heißt es in seinem Bericht. Die Untersuchung wird zwar eingestellt, Vera jedoch kommt nicht frei, man entläßt sie erst nach zwei Jahren Haft. Sie wird mit dreijähriger Verbannung bestraft, und der Schlitten mit dem jungen Mädchen in Ketten saust durch die Leere der russischen Ebene mit ihren schnurgeraden Dörfern in das Gouvernement Nowgorod.

Die Empfindlichkeit der jungen Aristokratin, die niemals hart angefaßt, von den Eltern stets mit Rücksicht behandelt worden ist, wird im Gefängnis auf eine harte Probe gestellt. Da liegt Vera Sassulitsch in ihrer halbdunklen Zelle, deren kleines Fenster zur Hälfte mit schwarzer Farbe bestrichen ist, auf Brettern, mit dünnem Filz bezogen, ohne Decke und Kopfkissen. Um sich zu zerstreuen, deklamiert sie revolutionäre Gedichte von Kondrati Rylejew, dem prominenten Teilnehmer an den Dekabristenaufständen, da springt die Tür auf, und der Kosak schreit: »Hier soll Stille herrschen! Es ist verboten, zu sprechen! Ich werde dich in Ketten legen lassen!«

Vera Sassulitsch macht geltend, daß sie die Kettenstrafe bereits hinter sich habe, er schließt sie dennoch an die Kette an.

Sie ist zur Einzelhaft verdammt, da haben es die Verbrecher besser: Die dürfen sogar zu fünft in der Zelle sitzen, und selbst in Sibirien soll es angenehmer sein: Die Zwangsarbeit bringt wenigstens Unterbrechung in dieses tödliche Einerlei.

Am schlimmsten ist die Zeit in Soligalic, als sie erfahren muß, daß ihre Haft aufgrund von Netschajews mörderischen Verbrechen verlängert wird. Nun besetzt sie die Wut ganz. Nicht die Wut auf Netschajew, sondern auf den Staat. Den Zaren und die Richter. Sie ist am Rand der Verzweiflung, sich selbst überlassen. Vor sich Zeit, endlose, unabsehbare Zeit.

Niemals zuvor hat sie ein so ereignisloses und doch dramatisches Leben geführt.

Ausgesetztsein und Verlorensein, Hoffnungslosigkeit. Eine Welt ohne Licht und ohne Farben, ohne ein Wort. Ekel. Auch in Sankt Petersburg, wohin man sie anschließend bringt, sind die Zellen kalt und dunkel, auf dem Fußboden stehen Pfützen. Sie ist fast ein Kind, rechtlos, jemand, für den es keine Gesetze gibt, man schubst sie herum, unschlüssig, wie mit ihr zu verfahren ist.

Bislang hat sie immer in der Familie oder mit Gruppen gelebt, nie allein. Sie hatte nie Zeit, weil es soviel zu organisieren und zu diskutieren gab.

Erzwungene Einsamkeit. Zeit pur. Der Mund wie abgefallen, verfault. Ihre Muskeln hören auf zu sein. Ihre Augen: Die Fülle des Lebens ist fort. Eine schwarze Wolkendecke die Lider. Die Sonne verstummt. Schwarze Tage, schwarze Nächte. Und draußen Weiße Nächte, wie sie durch einen Spalt sehen kann.

Verrinnende Zeit. Nutzlose Zeit?

Die Kraft, sie sich wiederzuholen.

Lebenskraft und unerschütterliche Gesundheit bewahren sie davor, krank zu werden, ihre Religiosität und das dunkle Gefühl einer Berufung halten sie bei Kräften. Es ist nicht ihre Art, untätig zu sein oder gar in Selbstmitleid zu versinken.

Da sitzt sie nun, die Stimme der Feldherrnhalle nasal, steinernes Antlitz, und widmet sich ihrer lebenslangen Aufgabe, sich zu rechtfertigen – was der Glaube mit den Menschen anstellt! Sie sieht sich als Opfer und Sündenbock. Als Outcast und Tramp bildet sie eine kalte Mauer um sich.

Doch Vera hört nicht auf, darüber nachzudenken. Was ist ihr individuelles Leiden gegen den Geburtsschmerz der Unterprivilegierten und Unterjochten? Leben sie nicht ihr ganzes Leben in einer Strafanstalt, unterworfen einem quälenden Sog?

Sie holt Geschehenes und Gelesenes erneut in ihr Gedächtnis. Sie rekapituliert, wie es zur aufständischen Situation in Rußland gekommen ist, richtet ihren Blick auf die russische Geschichte und durchforscht die Vergangenheit. Sie staunt über die stattliche Menge, die sie von ihrer Mutter weiß.

Die russische Gesellschaft, denkt Vera Sassulitsch weiter, hat sich längst ad absurdum geführt und ist dort angelangt, wo sie für ihre eigene Auflösung plädiert. Wie weit sich ihr Land von der Menschlichkeit entfernt und ein feindseliges bürokratisches Labyrinth errichtet hat, in dem der einzelne verloren ist.

Sie läßt sich in ihrem engen Gefängnis vom weiten Atem der Geschichte treiben und springt in ihren Gedanken zum Aufstand der Dekabristen im Jahr 1825 – benannt nach dem Monat Dezember – der ersten Generation russischer Revolutionäre, die die Aufhebung der Leibeigenschaft forderten. Diese Männer waren aus den höchsten Kreisen der Gesellschaft hervorgegangen, dem »bereuenden Adel«. Dieser Ausdruck, von der Mutter betont, befremdlich in seiner selbstkritischen Zwiespältigkeit, hat sie als Kind fasziniert, es formte ihre Moral. Also läßt sich, das ist ihr neu, Adel und Macht durchaus trennen, Adel bedeutet keineswegs moralische Überlegenheit. Der Adel kann schuldig werden so gut wie jedermann, und er vermag sich von historischen Irrtümern nicht nur zu lösen, er kann seine Fehler sogar bereuen.

Wie sie es schafft, ohne ein einziges Gespräch, trotz Ameisenkribbeln der Glieder und aufreibendem Kopfschmerz, mit neuer Kraft dieser schrecklichen Zeit zu entkommen, vermag niemand zu sagen. Einzig ihr Durst nach positivem Wissen muß der Grund sein, daß sie weiterdenkt und sich selbst befragt, daß sie furchtlos ihr Denken umstürzt und sich von der Idee der Agitation des Bauern inspirieren läßt. Sie debattiert in Gedanken mit sich selbst, stellt Fragen, widerspricht, billigt, faßt Beschlüsse, korrigiert, organisiert und ermuntert, sie läßt sich vom revolutionären Atem der Lawrowschen Gedanken treiben, stößt Verstiegenes zurück und saugt auf, was in der Luft liegt. Sie beschließt, dem Aufruf Lawrows, der dem »Executivkomitee des Volkswillens« gemäß rät, ins Volk zu gehen, zu folgen. Sie wird, trotz ihrer Bedenken, nach der Freilassung mit Lawrow zusammenarbeiten.

Sie hält die Revolution in sich wach. Als sie kurz nach ihrer Entlassung die erschütternde Nachricht von der brutalen Auspeitschung des politischen Gefangenen Jemeljan Bogoljubow durch den Stadthauptmann Trepow hört, ist sie entschlossen, dies zu rächen. Der Häftling, Mitstreiter im Kampf gegen die Unterjochenden, der zum Gruß vor dem Stadthauptmann seine Kopfbedeckung nicht abgenommen hatte, wurde in aller Öffentlichkeit grausam ausgepeitscht, was ihn zum geistigen und körperlichen Krüppel machte. Der Vorfall hatte große Empörung verursacht, und selbst die Zarin und die Frau des Thronfolgers waren schockiert. Doch obwohl eine gerichtliche Kommission ernannt wurde, um den Fall zu untersuchen, und Trepow selbst eine Verwaltungskommission damit beauftragte – man kam angeblich zu keinem Ergebnis.

Der Geist der Revolte hat in ihr eher zu- als abgenommen. Sie hatte es entbehrt, handeln zu können – nun ist ihre Stunde gekommen, und sie ist glücklich über ihr wiedergekehrtes Engagement.

Am 24. Januar 1878, einem kalten Wintermorgen, geht Vera Sassulitsch durch die Straßen von Sankt Petersburg zum Moskauer Bahnhof in der Innenstadt. Geht mit sicherem Schritt und doch wie in eine Wolke eingehüllt, ganz ihrem Vorhaben hingegeben, tritt auf die weißen Platten der Bürgersteige und das graue Kopfsteinpflaster, Stein an Stein. Vorbei an neuen fünfstöckigen Häusern mit hervorspringenden Balkonen, die einstöckigen sollen abgerissen werden. Noch ist kein Pferdehuf zu hören, der auf dem Pflaster donnert. Andere Straßen haben Holzpflaster, da sind die Pferdehufe weniger zu hören. In der großen Halle des noch gänzlich verlassenen pompösen Bahnhofs – vor nicht einmal dreißig Jahren erbaut, eine perfekte Kopie des Bahnhofs in Moskau – zieht sie sich um und vertauscht ihren ärmlichen Umhang mit dem eleganten Mantel ihrer Mutter, darüber legt sie ein großes Tuch, unter dem sie eine Tasche versteckt, auf den Kopf setzt sie sich einen neuen Hut. Die alte Bekleidung läßt sie nach kurzem Innehalten liegen. Sie weiß, sie wird nicht mehr zurückkehren, um die Sachen zu holen.

Vera Sassulitsch bewegt sich, ohne schön zu sein, mit großer Anmut und wird wegen der Grazie ihrer Manieren in der Petersburger Buchbinderei und Druckerei für Frauenzeitschriften, wo sie arbeitet, geschätzt. Über ihr Äußeres macht sie sich wenig Gedanken. Das junge Mädchen trägt unter dem Mantel so etwas wie eine Schuluniform: ein geschlossenes schwarzes Kleid mit Stehkragen, um den ein weißer runder Kragen, von einem schwarzen Samtband eingefaßt, gelegt ist; über dem Stehkragen blitzt ein weißes Krägelchen mit umgelegten Kanten. Ihr schulterlanges, glattes Haar ist schwarz. Sie trägt Mittelscheitel. Sie hebt ihre schön geschwungenen Augenbrauen, rümpft die gutgeschnittene, nicht zu kleine Nase über dem sensiblen, fein geformten Mund. Die dunklen Augen haben einen fast rachsüchtigen Glanz, ihr lebhafter Blick zeigt eine seltene Mischung aus Sanftmut und Entschlossenheit. Er hat etwas Dunkles, Schweres, ja Wildes, und enthüllt einen Zwiespalt, der sich allmählich vorbereitet und manchmal schon drohend angekündigt hat.

Sie hat ein Ziel, das ist zu sehen.

Wie eine Verbrecherin blickt sie sich noch einmal um. Ein paar Menschen gehen zur Straßenbahn, zwei verwickeln sich in einen

Disput um die einzige Pferdedroschke, die vor dem Bahnhof steht: Sankt Petersburg erwacht.

Rasch geht sie an der Isaakskathedrale vorbei Richtung Ministerium. Sie fühlt eine Art entsetztes Staunen über ihre Aufgebrachtheit und Bereitschaft zur Gewalt. Es ist ja klar, sagt sie sich, daß ich angesichts des schreienden Unrechts, das man begangen hat, heute nicht mehr die von vorher bin. Ich möchte den sehen, der nach fünf Jahren Festungshaft und Verbannung nicht vor Wut und Rachsucht kocht! Man hat mich angekettet, man hat mich hungern lassen, geschlagen!

Kurz vor neun Uhr trifft sie am blutfarbenen, palastähnlichen Amtssitz des Stadthauptmanns, des ehemaligen Polizeimeisters Trepow, ein, verharrt kurz vor einer der Säulen und blickt hoch zu den gußeisernen Balkons. Sie läßt ihre Augen über den Hof wandern und die breite Marmortreppe. Der Türsteher blickt sie aufmerksam an. Als sie einer Bewegung entnimmt, daß der Stadthauptmann wohl im Anmarsch ist, wendet sie sich an den strammstehenden, wachhabenden Offizier mit der Frage, ob Trepow nun persönlich empfange. Zu ihrer Beruhigung erfährt sie, daß er gleich erscheinen wird. Der Offizier weist auf die zehn Bittsteller, die bereits warten.

Sie hat keine Angst.

Der Adjutant, schreibt sie in ihren Erinnerungen, *führte uns in den nächsten Raum und stellte uns der Reihe nach auf. Ich war die erste. Im gleichen Augenblick kam Trepow auch schon mit seinen Offizieren, Angestellten und Sekretären, die Akten und Kästen schleppen.*

Er ging direkt auf mich zu.

Er ist nicht groß, dick, kurzatmig, mit teigigem Gesicht und ordenbedeckter Brust. Er wirkt übellaunig. Einen Augenblick lang ist sie verwirrt. In ihrem Blick liegt Abscheu, als sehe sie ein Ungeheuer vor sich; sie senkt die Lider.

Ich hatte vorgehabt, zu schießen, schreibt sie, *während Trepow mit meinem Nachbarn beschäftigt war. Nun war ich plötzlich zuerst an der Reihe.*

Es macht nichts, ich kann ja schießen, wenn er weitergeht, rief ich mir innerlich zu. Ich wurde wieder ganz ruhig.

Was wünschen Sie?

Ein Leumundszeugnis.

Er machte sich eine kurze Notiz und wandte sich dem Nächsten zu.

Sie holt den Revolver unter dem großen Tuch hervor, das sie um Kopf und Schultern gewunden hat. Ihre Hand ist ruhig, schießen hat sie gelernt. Endlich nähert sie sich der Erfüllung ihrer Sehnsucht, daß sie ein wenig dazu beitragen kann, eine gerechtere Welt zu erreichen. Sie will glaubwürdig bleiben. Vor allem vor sich selbst.

Ja, sie hat sich bewußt dazu entschieden. Der Protest, die Empörung ist in ihren Augen das, was den Menschen erst zum Menschen macht. Etwas wie ein Tupfer Gold, den Maler gern in ihre Bilder einarbeiten.

Plötzlich war der Revolver in meiner Hand. Ich drückte ab – nichts geschah. Die Waffe hatte versagt.

Ein Muskel an ihrem Auge zuckt, im selben Augenblick tritt in die müden Augen Trepows der lebendige Ausdruck einer schrecklichen uralten Angst. In seinem umwölkten Blick liegt eine Frage, die nicht mehr mit einer Antwort rechnet.

Das sind vielleicht nur drei Sekunden, und doch richtet sich ihr ganzes Leben auf diesen Blick, all ihre Verzweiflung über den Zustand ihres Landes, ihre Hoffnung auf ein besseres Rußland und die Heilsbotschaft des Sozialismus. Aber sie hat noch etwas gesehen, das sie im Augenblick nicht festhalten kann.

Sie denkt nichts mehr.

Mir stockte der Herzschlag, schreibt sie weiter, *ich drückte noch einmal ab, und jetzt löste sich der Schuß. Jetzt werden sie dich schlagen, dachte ich.*

Aber nichts geschah.

Ich warf meinen Revolver auf den Boden. Das hatte ich mir fest vorgenommen, damit im Tumult nicht noch ein weiterer Schuß losging und jemand verletzt wurde.

Ich stand da und wartete. Die Verbrecherin war wie versteinert, hieß es später im Polizeibericht. Schließlich stürzten sich die Offiziere aus Trepows Gefolge auf mich.

In ihrem Gedächtnis klafft vorübergehend eine Lücke, nur der Schatten einer Erinnerung bleibt zurück, die Erinnerung an ihre Schüsse und die Zeit dazwischen.

Sie spürt die besitzergreifende Bewegung der Offiziere und gibt sich hin, als sei ihr das vertraut, reicht ihnen sanft ihre Hände und läßt sich fesseln. Sie fühlt sich erleichtert, gerettet. Sie hat es geschafft. Ihre eifrige Hilfsbereitschaft läßt erkennen, daß ihre Festnahme für sie von großer Bedeutung ist. Sie ist bereit, für ihre Tat zu büßen – ohne sich geschlagen zu geben.

So fängt sie in jungen Jahren ihre Karriere als Revolutionärin an.

Mit diesem Schuß eröffnet sie den russischen Terrorismus.

Bei ihrer Verhaftung gibt sie an, der Grund für ihren Schuß sei die Mißhandlung des politischen Gefangenen, des Studenten Bogoljubow, gewesen.

Vera Sassulitsch spielt hinfort eine große Rolle unter jenen Menschen, die Freiheit mit allen Mitteln erreichen wollen. Sie fühlt sich fähig zu jedem Opfer, jeder Tat. Was ihr schon von Jugend an vorschwebte, eine religiöse und politische Teilhaberschaft, da ist sie endlich angekommen.

Der Prozeß

So gerät Vera Sassulitsch durch den spektakulären Prozeß, der am 1. April 1878 vor einem Geschworenengericht gegen sie eröffnet wird, unversehens in den Mittelpunkt des gesellschaftlichen Interesses. Die Sympathie für die junge Frau ist noch gewachsen.

Als die Geschworenen gefragt werden, ob Vera Sassulitsch Trepow eine Schußwunde beigebracht habe, geschieht Unerwartetes: Die Geschworenen verneinen einmütig, Vera wird freigesprochen. Offensichtlich findet keiner von ihnen, daß die brutale Behandlung eines jungen Mädchens, dessen Leben von mysteriösen Wendungen zerstört worden war, angemessen war. Ihre einfachen Worte, daß sie keine andere Möglichkeit sah, obwohl es schrecklich sei, die Hand gegen einen anderen Menschen zu erheben, überzeugte. Der Jurist Aleksandrov wies in seiner Rede vor dem Gericht auf das außergewöhnliche Schicksal Vera Sassulitschs hin, das sie dazu brachte, sich mit der menschenunwürdigen Behandlung Bogoljubows zu identifizieren. Für sie sei ein politischer Häftling sie selbst. Vera Sassulitsch habe alles geopfert, ihre Freiheit, den Rest ihres zerstörten Lebens.

Jubel ertönt, auch Justizbeamte und hochgestellte Persönlichkeiten sollen geklatscht haben, Dostojewski, Graf Straganow, Turgenev, Tolstoi und ausländische Beobachter, Senatoren und Rechtswissenschaftler waren im Publikum. Vera Sassulitsch wird freigelassen, entkommt einem Krawall auf der Straße und versteckt sich in einer orthopädischen Klinik, wo sie vier Monate bleibt. Die Mutter, von Veras Bekanntem, Klemenc verständigt, bringt ihr ein wenig Geld vorbei. Die Zeit nach dem Prozeß war für sie qualvoll. Es fiel ihr schwer, sich an die Freiheit zu gewöhnen, umso mehr, als man sie in den ersten Tagen nach dem Freispruch als Sensation herumgereicht hatte. Sie fühlte sich *einsamer als im Untersuchungsgefängnis*, schrieb sie in ihrer Lebensgeschichte, und die großen Zimmer beengten sie, versetzten sie in Panik. Erste Fluchtpläne entstanden. Zusammen mit Klemenc, mit dem sie die vier Monate in der Klinik verbracht hatte, floh sie nach Berlin, wo sie genau einen Tag nach dem Attentat auf Kaiser Wilhelm I. eintraf und sich ihre Freunde weigerten, sie aufzunehmen. Dafür fand sie später harte Worte und wunderte sich über diese Verhaltensweise.

Sie beschäftigt sich intensiv mit den ökonomischen Verhältnissen in Rußland und wendet sich an Marx und Engels, der zur Lage in Rußland geschrieben hat, in Rußland sei der politische Mord *das einzige Mittel, das intelligente, anständige und charakterfeste Menschen haben, um sich gegen die Agenten eines unerhörten Despotismus zu verteidigen.*

Klemenc brachte sie in ein verstecktes Chalet im Rhônetal. Schließlich flieht sie in die Schweiz, lernt dort den Anarchisten und Autor Lev Dejč, Leo Deutsch, kennen und lieben, eine Liebe, der nur kurze Dauer beschieden ist. Denn Leo gerät in die Fänge der Geheimpolizei und wird nach Sibirien verbannt. Exilmüde, verzweifelt und nahe dem Zusammenbruch kehrt Vera Sassulitsch nach Rußland zurück, schreibt Artikel gegen den Terrorismus und über die russische revolutionäre Bewegung, veröffentlicht in der Zeitung *Der Sozialdemokrat*, einer zwischen 1879 und 1890 international bedeutenden Zeitschrift, »Literarische Notizen«. Sie setzt sich nicht nur mit russischer Literatur auseinander, sondern schreibt während eines London-Aufenthalts, der bis 1897 währte, die Bibliothek des British Museum nutzend, über Voltaire und Jean-Jacques Rousseau – ein großes Werk, obgleich sie darin Rousseau zum Materialisten erklärt. Es sind Kampfschriften und als solche zu lesen.

Illegal kehrt sie nach Rußland zurück. *Ihre schreckliche Aufrichtigkeit, dazu ihre zerrütteten Nerven machen aus ihr eine Dulderin, Märtyrerin*, schreibt der Autor Pavel Aksel'rod an den Kollegen Georgi Plechanow.

Sie trifft Lenin, der aus der Verbannung zurückkehrt, sie lebt auf, als sie mit Lenin in München, London und Genf *Iskra*, Funke, und *Zarja*, Morgenröte, herausgibt, und übt großen Einfluß auf ihn aus.

Es ist der Höhepunkt ihres politischen Lebens, und sie nennt Lenin, den sie 1899 in Sankt Petersburg kennengelernt hat, *einen schlichten und offenen Menschen, der überhaupt nicht schwer zu ergründen ist.*

Lenin wohnt seit September 1900 unter dem Decknamen Meyer in der Kaiserstraße 53 – heute 46 – in München, später mit seiner Frau Nadeschda Krupskaja.

Nach der Amnestie vom 30. Oktober 1905 trifft sie Leo Deutsch in Sankt Petersburg. Was Vera Sassulitsch erwartet hatte, geschieht: die demokratische Februarrevolution von 1917. Am 5. März findet sie sich im ehemaligen Plenarsaal der Reichsduma ein. »Von dem Empfang, der ihr zuteil wurde«, schreibt der Journalist Suchanow, »erdröhnten die Mauern.«

Ein Leben, gelebt als Geschichte, darüber habe ich viel nachgedacht, die Stimme artikuliert ein wenig erschöpft.

Etwas, das auch in mir zur Sprache kam. Ich konnte es wahrnehmen, wie aus dem Dunkel der Feldherrnhalle hie und da Ereignisse aus ihrem Leben aufblitzten, auf deren Verwirklichung sie von Kindheit an hingearbeitet hatte.

Und noch etwas gilt es zu klären, eine Frage, die Vera Sassulitsch zerreißt, und immer wieder schiebt sie die Antwort auf. Ihr religiöses Empfinden umkreist beharrlich jenen hilflosen, von Todesangst erfüllten Blick, den sie im Auge Trepows gesehen hat, als sie die Schußwaffe auf ihn richtete. Ein Mitgefühl, das sich direkt auf ihrem Körper ausbreitet, ohne über ihren Kopf zu gehen. Wie eigentlich kam sie dazu, es für ihr Recht zu halten, das Todesurteil an Trepow eigenhändig zu vollstrecken? Wo war der Angelpunkt für ihre Moral? Es war ein Akt, den sie Gott dem Schöpfer wegnehmen wollte, ein Akt christlicher Unzulänglichkeit. In ihren Augen hat sie sich mit dieser herrschsüchtigen Tat entehrt, auch wenn das Volk sie als Traumgestalt mitten unter Unterjochten sieht. Diese überraschenden Gedanken, begleitet von einem heftigen Ah! der Stimme, geräuschvollen und ungeordneten Rufen des Staunens, brachte mich in Bewegung auf der Bühne der Halle. Ich lief, atemlos, strauchelte, stolperte, als bewege ich mich in einer heftigen Tanzsequenz.

Sie hätte ihrer unbegrenzten Empfänglichkeit für das Stöhnen der Leidenden Zügel anlegen müssen, ruft die Stimme. Ein monströser Egoismus findet immer irgendeinen sich zur Rache anbietenden Täter. Sie hat ohne Skrupel ihre Selbstliebe befriedigt. Nun straft sie ihre Scham.

Vera Sassulitschs offenes Gesicht mit dem kühnen Blick verdunkelt sich. Das zu viele Daran-Denken erschöpft. Sie glaubt, daß ihr Verstand sie vor lauter Verzweiflung im Stich gelassen hatte. Dieses Streben nach Selbstaufopferung sieht sie nun mit Skepsis.

Sie hat einen langen Weg voller Widersprüche, gepflastert mit Depressionen und voll tiefster Verzweiflung, aber auch voll kämpferischer Energie und Widerstandskraft hinter sich, eine schmerzhafte Wandlung von der Marxistin zur Sozialistin. Jetzt lebt sie als Sekretärin Lenins in München. Lenin, der ihre, wie er sagt, heroische Vergangenheit bewundert. Er lebt unter wechselnden Adressen mit fremdem Paß in Schwabing und gibt eine Zeitung heraus. Sie arbeitet als Sekretärin mit ihm an seiner Schrift *Was tun?*, die in einem Stuttgarter Verlag herauskommt. Sie vertieft ihr Verhältnis zur Geschichte Deutschlands, zur deutschen Sprache.

Nie, was immer geschah, war sie heimatlos, nie wurde sie, auch wenn sie Rußland verlassen mußte, zur herumirrenden Terroristin, immer trug alles, was sie tat und schrieb, nicht nur zur Veränderung der Situation ihres Vaterlandes bei, sondern auch zur Wandlung ihrer Person. Ihr ging es nie um die Auflösung ihres Landes, immer um die Rettung der Armen und Unterdrückten. Passivität kannte sie nicht, immer kämpfte sie. Sie wußte um die Gefahr, sich zu verlieren: an die vergiftende Wut auf die Obrigkeit, die Wut auf Ketten und blutige Striemen verursachende Reisigbündel, an die geheimnisvolle Tiefe ihrer russischen Seele, die sie zur Beschützerin der Bürger machen will und die ihre nervliche Energie bis zum Äußersten verbraucht.

Endlich verläßt sie ihr psychischer Müll und wächst ihre Selbstbeherrschung. Ihre Vergangenheit wird konkret. *Aber auch die Möglichkeit, etwas neu und anders zu machen.*

Bemerkenswert, wie erfolgreich Vera Sassulitsch die Philosophie in Leben umgesetzt hat. Wie sie der großen Herausforderung der Epoche des 19. Jahrhunderts, dem Anarchismus, kraftvoll begegnet ist. Hier öffnet sich ein neuer Glaube, weht ein freier Geist. Hier geht es um eine neue Humanität. Um die Befreiung der Welt von Königtum, Christentum und Männlichkeitswahn. Sie hofft, daß sie künftig in der Lage ist, ihren Erkenntnissen zu folgen.

Sie hat nicht vor, zur Symbolfigur des russischen Terrorismus zu gerinnen. Sie hat über ihre Tat viel nachgedacht und sie bereut.

Fasziniert von ihrer Gewissensarbeit, die sie zu einem anderen Menschen machte, wollte ich zur Zeit der RAF zusammen mit dem Filmemacher und Juristen Norbert Kückelmann einen Film über sie machen, recherchierte und schrieb ein Exposé. Doch die Sender reagierten ablehnend.

Erleichtert verläßt sie die Feldherrnhalle. Wirklich, ein seltsamer Wiederholzwang, der sie immer wieder hierhertreibt.

Wo Lenin nur bleibt? Sie sind zum Tee geladen.

Der neue Siegfried

Der Boden ist bereitet für den Führer der nationalsozialistischen Partei Adolf Hitler, der wiederholt die Errichtung einer Diktatur fordert. Und während ich im Kriegsarchiv die Akten Otto von Lossows studiere, denke ich: Man soll nicht nur keine Väter, auch keine Großväter und Großonkel haben, die Opfer der Zeitgeschichte sind. Dramatisch geballte, schicksalsschwere Stunden haben die Cousins erlebt, und doch haben sie die beiden nicht zusammengeführt. Kein einziges Mal taucht der Name des anderen in ihren Aufzeichnungen auf, Familienkontakt gab es kaum. Aber man spürt: Da ist in Gestalt von Otto ein Militärkarrierist, der seinem Cousin Ernst Ruhm und Ehre streitig macht. Da ist einer, den sein Ehrgeiz in die Irre führt, und einer, der abseits steht. Beide waren genötigt, Zeuge von grausamen Kriegen zu sein – für zwei Menschen, aufgewachsen mit einer Pflichtidee, gab es kein Entweichen. Ständig mußten sie sich den Anordnungen des Staates fügen, sich den stupidesten Befehlen unterordnen. Sie durften sich kaum Atempausen erlauben – Ernst von Lossow nahm sie sich, gejagt und gehetzt, indem er erkrankte. Diagnose: allgemeine Nervenschwäche, Gliederzittern – Symptome des Giftgaskrieges oder der überforderten Psyche?

Und doch haben beide mehr Geschichte erlebt als irgendeiner ihrer adeligen Ahnen.

Das mediale Aggregat im marmorierten Stein der Feldherrnhalle an meinem Rücken versteht sich offenbar als Lautsprecher *in nuce* und hebt rhythmisch, im Marschtakt und mit betontem Zungen-R, an, Otto von Lossow zu deklamieren:

Germania

Erwacht! Ein neuer Siegfried brach durchs Feuer,
Wehrhaft, doch unbewehrt und ungetarnt.
Er löste durch den Ring,
Daß Schweißung ihm allein gelang.
Auch Walhalls Dämmerung.

Nichts als emphatische Leere, geschrieben in *Dei Volunta* mit bluttropfender Feder. Bezeichnend für seine Natur, daß er Gedichte unter »Gottes Freiwilligendienst« verbucht. Auch Otto von Lossow erwartet, überrumpelt vom »Willen zur Machtwerdung« der aktiven Propaganda der »Hauptstelle Rednerwesen«, die Heldengestalt, den »neuen Siegfried« und »Nibelungenenkel« Adolf Hitler – so Emanuel Geibel in einem Gedicht. Rudolf Heß meint, »der deutsche Diktator« müsse das Nationalbewußtsein »erst wieder wecken, heranzüchten«. Die straff organisierten Soldaten waren ein williger Resonanzraum für den energischen, mit antrainierter mächtiger Befehlsstimme ausgerüsteten Befehlshaber von Lossow. Das fing schon früh an: Wecken, Appell, Kirchgang, Gefallenenehrung am Kriegerdenkmal, Propagandamarsch durch die Stadt, Aufmarsch mit öffentlicher Kundgebung etc. Dazu mitunter Sportfeste, Standkonzerte, nächtliche Fackelmärsche und Zapfenstreiche.

Ich bin mir meiner Abwehr alldem gegenüber ebenso bewußt, wie ich weiß, unter welch verhängnisvollen Bedingungen der Verfasser des schmählichen Lossow-Gedichts geformt und erzogen wurde und sich selbst befragte. Die Cousins schrieben ihre Tagebücher und Gedichte mitten im Krieg oder nach einem verlorenen Krieg, verloren, weil die Empathie, die Mitmenschlichkeit verlorenging, die sich bis heute nicht vollständig erneuerte, wir spüren es gerade jetzt. Zwischen dem Zuwenig, das uns unsere Väter hinterließen, und unserem ärmlichen Vermächtnis für unsere Kinder und Enkel besteht ein historischer Zusammenhang.

Leben und Zeitgeschichte verzahnen sich. Beider Denken ist besessen vom deutschen Fatum, und paradigmatisch wie ihr Soldatentum ist ihr Leben. Sie sind in ihrer Gegensätzlichkeit kein Einzelfall. Sie sind auch nicht originell. Otto ist prominenter und hat mit größerer Deutlichkeit seinen Denkstil und seine Geistesverfassung formuliert (und gelebt), die für die Geschichte Deutschlands charakteristisch und verhängnisvoll war. Ernst von Lossows Leben hingegen spiegelt sich in seiner Krankheitsgeschichte. Schon als Kind empfand er sich als isoliert, wie auch in der Ehe, in der meine Großmutter dominierte. Er ist weniger durchsetzt vom Männlichkeitsdünkel als sein Vetter, aber er leidet doch an seiner Erfolglosigkeit, seinem Scheitern. Wo Otto affektbesetzt und aggressiv reagiert, antwortet Ernst diffus mit sanftmütiger Verletzlichkeit. Wo Otto sich durchsetzt, schreckt Ernst aus dem Schlaf hoch, weil er im Traum »Zu Befehl!« gesagt hat. Dafür, weil er als »schwachnervig«, »weichherzig« und »überspannt« gilt (»Es ist für mich unerträglich, lebendes Vieh in Not schreien zu hören«) – für ihn nährt das seine Verzweiflung an einen Gott, der dies zuläßt –, erhält er den Königlichen Kronen-Orden IV. Klasse: »Seine Majestät der Kaiser und König haben Euer Hochwohlgeboren Allerhöchst ihre Photographie im Rahmen zu verleihen geruht.« Der Österreicher würde sagen: »A'n Dreck und a Photographie.«

Ich habe noch in Erinnerung, wie meine Großmutter nach der »Linnerin« in Walburgskirchen rief, um ihn mit ihrer Hilfe im Bett umzudrehen, und wie geduldig lächelnd er das ertrug. Als meine Großmutter ihren ersten Mann verließ, um mit Ernst zusammenzuleben, mußten sie sich auf das Land zurückziehen, wo sie niemand kannte. Heiraten konnten sie erst Jahre später, als ihr erster Mann gestorben war: Die Frau eines Ulanen mußte ledig oder Witwe und durfte nicht geschieden sein.

Es stellt sich heraus, daß die Cousins ähnlich gedacht haben, sie haben die gleiche Struktur, sie wurden beide zu militärischem Zwangsverhalten erzogen, sind beide deformiert, sind beide krank. Verloren schwebten die beiden von Lossows zwischen den Nationen, ob diese nun bereits bestanden oder im Entstehen waren.

Sie schrieben ihre Tagebücher zwischen den Schlachten oder in der Fremde und ohne den mindesten Literaturbehelf. Nirgends konnten sie sich Hilfe holen, sie lebten seltsam abgesondert – die Kriege trennten sie von jeglicher Kultur wie vor Hunderten von Jahren. Von ihrer Vergangenheit hatten sie nur das, was sie im Gedächtnis trugen. Nur eins hatten sie gelernt: Verlorenem nachzutrauern, das gibt ihren Notizen und Erinnerungen jenes Wehmütige und Sehnsüchtige, das uns heute nachsichtig lächeln läßt.

Beide entstammten dem märkischen Uradel, Ernst, 1873 in Regensburg als Sohn eines Hauptmanns, Otto 1868 in Hof an der Saale als Sohn eines Landrats geboren. Ernst bringt es zum Oberleutnant, Otto zum Generalleutnant.

Die Familien waren arm, ihr einziges Kapital: der Adelstitel, der den Heilsweg wies: Militärkarriere. Eine Art von Exil. Verzweiflung, Eiseskälte, Isolation, manische Ordnung, klappernde Zähne, aufrechte Haltung, ausgehungert und schlecht ernährt. Es mußte eine merkwürdige Vorstellung vom Menschen sein, die hinter solcher Militärkarriere steht. Ein Leben hinter verschlossenen Türen. Mythenschmiede. Genährtes Zusammengehörigkeitsgefühl. Wahrnehmungsstörungen. Politischer Romantizismus. Ertüchtigung bis zur Unerschütterlichkeit. Kaum Zeit zum Denken. Spiritueller Despotimus. Formelhaftigkeit. Bürgerhaß. Moralisches Ethos. Aristokratisches Ressentiment, das auf die Angeheiratete überspringt. Ernst selbst sieht seine Erziehung kritisch: *Falsche Erziehung von Haus aus, in der Schule und in der Korporation – das sind die Stricke, über die man ein ganzes Leben fällt.*

Keine Zeit verlieren mit Gefühlen. Statuarische Gesichter. Steife Seelen. Was übrig bleibt, sind Masken. Heraus kamen hochgetrimmte, hochgezüchtete Zweimetermänner, Schuhgröße 45, mit dem Wunsch nach einem männlichen Gefährten, typische Folge der Abgeschlossenheit des Ortes, was zur baldigen Verheiratung mit einer braven Gattin führte. Die weibliche Intelligenz hat dafür die Frigidität geschaffen: verschlossene Türen.

Ernst absolviert das humanistische Gymnasium und tritt 1894 als Avantageur in das Königlich-Bayerische 1. Ulanen-Regiment in Bamberg ein. Sein Lebensmotto nach Goethe: »Zu suchen, sich mild zu erhalten, ist wohl das Einzigste, was man tun kann« – damit macht man keine Militärkarriere.

Und da erblickt meine uniformgeile Großmutter den hochgewachsenen Mann, der täglich an ihrem Fenster in der Hainstraße in Bamberg vorbeireitet.

Was für ein schöner Mann! Was für eine prachtvolle Uniform mit dem roten Vorstoß, den gelben Knöpfen, den silbernen Schuppenepauletten, und dieses königliche Blau! Noch mit neunzig Jahren gerät sie in einen Zustand erotischer Erregung, wenn sie von seinen vollen Lippen, den blauen Augen, dem schmalen Kopf, von der Tschapka erhöht, spricht, und diese Erregung wird noch gesteigert, wenn sie seinen verstohlenen Blick hoch zu ihrem Fenster erinnert, wie es in ihr brodelte, wenn ihre Blicke sich trafen.

Der höhnisch abgewiesene Versuch der Annäherung des Militärs, dem man die Schuld am Krieg zuwies, ans Volk, das sozial eigentlich für ihn nicht existierte, hat ihn gekränkt, man sah generell in den »Offizieren« den eigentlichen Peiniger, dabei hatten sie ebenso gelitten und geblutet wie die einfachen Soldaten. Doch mit einem solchen Entrüstungssturm hatte niemand gerechnet. Man sah nicht den Menschen, sondern erblickte im Offizier das Symbol des Wilhelminischen Kaiserreichs.

Aufgrund der Abdankung des Kaisers hat Otto von Lossow zeitweise seinen Rücktritt erwogen – nun irritiert ihn die Verhängung des Ausnahmezustands in Bayern, eine Konfliktsituation für von Lossow, die sich für ihn zu einem reichsweiten Bedrohungspotential ausgedehnt hat. Als er sich weigert, den *Völkischen Beobachter* wegen eines Artikels, der den Reichskanzler verunglimpft, zu verbieten, verliert er seinen Posten. Dafür setzt ihn die bayerische Regierung als bayerischen Landeskommandanten ein.

Er wird neben Hans von Seißer zum wichtigsten Gesprächspartner Hitlers und ist, so gibt er im Prozeß von 1924 an, einer wahren Welle von Besuchen Hitlers ausgesetzt. Hitlers angeblich mitreißende Beredsamkeit sieht er kritisch, sie schwäche sich rasch ab: Je öfter er Hitler hörte, umso mehr mehr wurde ihm bewußt, daß die langen Reden doch fast immer das gleiche enthielten. Im allgemeinen führt Hitler bei derartigen Gesprächen allein das Wort. Einwendungen sind schwer zu machen, sie sind auch vergeblich. Von Lossow bezog sich des weiteren auf Hitlers Eindruck, er sei *sehr niedergedrückt* gewesen, und stellte klar, »daß man auch einen anderen Eindruck haben konnte, nämlich den, daß die Geduld des Generals Lossow … ziemlich erschöpft war … und daß er durch seine Haltung dies andeuten wollte«. Doch Hitler war nicht in der Lage, das zu erkennen.

Enttäuscht von der Niederlage des Deutschen Reiches im Ersten Weltkrieg, steht Otto von Lossow vor der dem Bayerischen Heere gewidmeten Feldherrnhalle, und seine Gedanken umkreisen das Kriegsende 1918. Wie Kardinal Michael von Faulhaber erlebt er es als historischen Einschnitt, er bleibt vom Ausbruch des Patriotismus nicht unberührt und hält Vaterlandsliebe für seine »sittliche Pflicht«. Bei einem Frontbesuch als Feldprobst im März 1915 bei Metz beteuert Faulhaber, daß Deutschland den Krieg nicht verursacht habe, »als es dann aber sein mußte, als die heiligen Rechte des Vaterlands nicht preisgegeben werden durften, da haben wir uns unter die Fahnen des obersten Kriegsherrn geschart«. Diesen »obersten Kriegsherrn« gibt es auch für Otto von Lossow. Nach Faulhabers Überzeugung würde »dieser Feldzug in der Kriegsthematik für uns das Schulbeispiel eines gerechten Kriegs werden.« Von Lossow sieht es ähnlich.

Bewundernd und fast neidvoll ruht von Lossows Blick auf dem Denkmal für General Wrede. Dabei könnte sich seine Karriere durchaus an der Wredes messen: Teilnahme an der Niederschlagung des Boxeraufstandes 1899 in Nordchina, dem Kampf der acht alliierten Staaten gegen die Bewegung der Verbände für Gerechtigkeit und Harmonie, der mit der Niederlage Chinas endete. Militärisches Mitglied des Bayerischen Senats beim Reichsmilitärgericht. Als Oberstleutnant im osmanischen Generalstab Teilnahme an den Balkankriegen und an der Schlacht bei Lüle Burgas, der größten Schlacht in Europa zwischen dem Deutsch-Französischen Krieg und dem Ersten Weltkrieg, in dem von Lossow im 1. Reserve-Korps an der Westfront diente.

Eine einzige Katastrophe von Unausweichlichkeiten auf dem blutigen Feld der Ehre, eine ständige Bedrohung die Kettenreaktionen dieses Lebenslaufs, die schlimmsten Kombinationen für ein verfehltes Leben, mit höchsten Ruhmestiteln bedacht – soll ich wirklich damit meine Zeit vertun?

In dem Augenblick, als ich dabei bin, aufzugeben und den Backsteinbau des Kriegsarchivs in der Infanteriestraße verlassen will, weil ich von Lossow für einen eiskalten und öden Miltärkarrieristen halte, fällt mein Auge auf eine Bleistiftnotiz aus dem Jahr 1913, die mich aufrüttelt. War es Zeichen seiner Menschlichkeit, heroische Selbsttäuschung oder eine Verzweiflungsmaßnahme, daß er gegen die Völkermordpolitik des Jungtürkenregimes gegenüber den Armeniern protestierte, die er als *eine neue Form des Massenmords* erkannte? Immerhin: Er hat nicht geschwiegen zu dem, was im Mai 1915 in Istanbul per Gesetz beschlossen wurde, hat die Menschen gesehen, die bei Aleppo von der gärenden Masse mit kalter Grausamkeit in die mesepotamische Wüste getrieben wurden, wo sie den Tod fanden – der Beginn des Untergangs der Welt.

Er nannte das beim Namen. In seinen Aufzeichnungen.

Eine neue Form des Massenmords, die ganze armenische Nation durch völlige Abschließung verhungern zu lassen ...

War das ein Akt wirklichen Engagements in seinem Leben, politische Romantik – oder eine peinliche Panne, die man übel ächtete?

Darüber läßt sich nachdenken. Zu billig, ihn als ein undurchsichtiges Wesen abzustempeln. Ich frage mich, hat er das nur vermerkt oder hat er sich an jemanden gewandt? Hat er seinen Protest öffentlich gemacht? Davon kein Wort. Er war noch jung, stimmungsabhängig, möglicherweise schockiert. War er entscheidungsunfähig, letztlich passiv, zu echter Aktion nicht bereit? Wurde deshalb der Erste Weltkrieg verloren, weil seine Generation – die Generation Hitlers – zu Inkonsequenz und Passivität neigte?

Ich finde im Archiv einige Zeugnisse, die aussagen, daß diese Äußerungen Folgen hatten. Von Lossow sprach den Wunsch aus, das Kommando an der Westfront abzuleisten: *Der Kgl. Bayer. Generalmajor und Deutscher Militärbevollmächtigte bei der Botschaft in Konstantinopel wird seiner Stellung enthoben und dem Kgl. Bayer. Kriegsministerium zur Verfügung gestellt.*

Da, einige Zeilen weiter, tritt mir unvermittelt die andere Seite Otto von Lossows entgegen, ich stutze und schrecke auf. Was steckt noch hinter der Fassade des militärischen Gentleman, was für ein Schauerstück, wenn er mit grenzenloser Verachtung in seinen Aufzeichnungen mit dem Titel»Gedanken über Reformen in der Türkei« über die Türken spricht, denen er nicht nur eine *schwache Kampfmoral* bescheinigt, er schreibt:

Die Türken sind ein Sklavenvolk, das nur mit eiserner Zuchtrute, mit eiserner Faust, mit der Knute regiert und zu Ordnung, Zucht, Arbeit und Disziplin erzogen werden kann.

Solch rassistischen und gewalttätigen Aussagen vom Abkömmling einer traditionsreichen Familie, die Adel und Kultur für sich in Anspruch nimmt? Ich mag nicht mehr weiterlesen, hole mir einen Kaffee, trinke ihn rasch im dafür vorgesehenen Raum und setze mich doch seufzend wieder vor meine Akten im Kriegsarchiv, registriere seinen Unterdrückungsmechanismus ebenso wie seine Begeisterung für die neuen Explosivwaffen und ihr unbändiges, vernichtendes Zerstören, den maßlos teuren »Friedensapparat«, seine Verachtung für die unzulänglich ausgerüsteten Türken mit ihren altmodischen Schießgewehren. Das Ehrgefühl sei unter den Offizieren fast nicht entwickelt, die Lust am Reiten verschwunden. Die Mannschaften, fast alle ohne Schulbildung, seien geistig träge, leichtgläubig und leicht zu beeinflussen, könnten sich kaum einen einfachen Auftrag merken, seien *an Ordnung und straffe Staatszucht nicht gewöhnt.* Sie hätten keinen Sinn für Patriotismus und wären *nicht für eine große Idee und für das Vaterland zu begeistern.*

Aber er hat Hoffnung: *Immerhin ist es theoretisch möglich, schon aus dem jetzigen Soldatenmaterial und noch mehr aus einer späteren besseren Generation brauchbare Soldaten zu machen, wenn sie 3 Jahre lang durch ein sehr gutes Ausbildungspersonal fleißig und gewissenhaft abgerichtet werden.* Die Wiedergeburt des türkischen Volkes sei also theoretisch möglich.

Man dürfe sich jedoch in keiner Weise den Türken anbieten. *Sie müssen an uns bittend – und zwar sehr bittend – herankommen, auch dann empfiehlt sich zunächst ein reserviertes Verhalten. Die Türken müssen es als Gnade empfinden, wenn wir uns bereitfinden, ihnen zu helfen.*

Von Lossow äußert sich kritisch zu Berichten in deutschen Zeitungen, die Türkei sei *mit Ehren* aus dem Krieg um Adrianopol hervorgegangen, und spricht von einer *jämmerlichen Soldateska.* Man dürfe der Türkei nicht mit Schmeicheleien kommen, auch wenn es noch so schmerzlich und traurig sei.

Schließlich gibt er noch seine Kriegserfahrungen zum besten – die Technik ist zwar des Teufels, aber sie fasziniert. Sein Hobby sind Infanterie- und Maschinengewehre, und nach seiner Wertschätzung wäre er der größte aller Generäle gewesen, hätte er die *moralische Wirkung* dieser Geschoße positiv umgesetzt. Denn zu seinem Bedauern empfand er ihre moralische Wirkung *als unangenehm, wenn auch nicht in dem Maße wie die des Schrapnells.* Er findet es abträglich, *daß das Pfeifen des vorüberfliegenden Geschoßes bei Offizieren und Soldaten, sogar bei Tieren automatisch eine kleine Verbeugung, ein Sichducken auslöst,* was er als sinnlos empfindet, denn dann sei es schon vorbei, und ein Ausweichen gäbe es nicht. *Für mich ist kein Zweifel, daß ein Teil der Soldaten (die moralisch Schwächeren) im Kriege den Kopf zum Schießen nicht oder nicht genügend erheben, ihre Schüsse also mehr oder weniger ungezielt abgeben.* Er schoß offenbar mit seinen fast zwei Metern hocherhobenen Hauptes. Er nennt die Kugel *eine Törin,* das Bajonett einen *braven Burschen* und warnt bei Angriffen vor der Verführung durch das *schöne Bild.* Er huldigt Offizieren und Generälen, die sich beim Angriff an die Spitze der Sturmbewegung stellen:

Fallen dabei einige der höheren Führer, so ist das kein Unglück, wenn man die Schlacht gewinnt. Ich halte den moralischen Einfluß solchen persönlichen Beispiels für einen außerordentlich großen!

Ich bewundere seine schwungvolle, schöngeistige Schrift, die im Gegensatz zur brutalen Aussage steht, ganz im Sinne des damaligen Erfolgsautors Edwin Erich Dwinger oder des nationalen Theologen Walter Flex, der den Krieg als *sittliche Idee* und Schöpfungschaos versteht und das Vorsterben noch vor das Vorleben stellt. Für ihn ist jeder für die Nation Gefallene ein christlicher Heiliger, ein *Blutzeuge* oder *Märtyrer* – ein Begriff, den Ricarda Huch für die Männer des 20. Juli übernimmt.

Ich betrachte die beigelegten Skizzen und Landkarten mit den eingezeichneten Windmühlen, den Dünen, Bäumen, Winkerflaggen, Küstenwachtürmen, dem Schilf, den Wegen, den schräg seitlich eingefügten Vermerken – auf Pergament festgehaltene, sorgsam gefaltete und in Folie eingeschlagene genaue Geländekarten, denn die türkischen Karten schienen ihm schlecht und unbrauchbar. Wann hat er angesichts der anstrengenden Schlachten, vor denen sie nur von zehn Uhr nachts an vier Stunden schliefen, ehe sie um zwei Uhr aufbrachen, das geschafft?

All diese Dokumente ringe ich dem mit Bauarbeiten und der Installation von neuen Glasfaserkabeln blockierten Kriegsarchiv ab, ehe erneut die Internetstecker gezogen werden. Hier herrscht ein militärisch strenges Reglement: kein Glas Wasser an den Arbeitsplatz, keine Füllfeder, nur einen Bleistift für Notizen. Erbetene Fotokopien müssen mit vorgeschnittenen, gefalzten Papierstreifen angemerkt werden.

Warum urteilt Otto mit solch unerbittlicher Härte über das türkische Volk? Überfiel den ordnungsliebenden Deutschen angesichts der sorglos mit dem Säbel rasselnden Türken jene Anarchismus-Angst, die heute die deutschen Bürger den Flüchtlingen entgegenbringen? Die permanente innere Bedrohung, ausgelöst vom Willen, anderen Schmerz zuzufügen, erlebt in der äußeren Bedrohung einen Spiegeleffekt.

Er hat es mit der Angst zu tun bekommen.

Wie kaum ein anderer hat er die Ambivalenz des deutschen Militärs freigelegt. Im selben Jahr wurde er zum Militärattaché bei der Deutschen Botschaft in Konstantinopel und als Generalmajor zum Militärbevollmächtigten ernannt. Beförderung als Beschwichtigung? Er wurde zum Vermittler von Rüstungsaufträgen für die deutsche Industrie – offenbar war er nicht zu zart besaitet, solche Aufträge zu übernehmen. War ihm neben seinem christlich-germanischen Idealismus doch ein ziemlicher Wirklichkeitssinn zu eigen, was seine Lyrik nicht gerade zeigt?

Wahrscheinlich hatte er auch mit dem Freischärler Gerhard Roßbach zu tun, der endlich seine Brigade schlagkräftig machen und sie bei den kommenden Kämpfen durchgreifen lassen wollte. Doch Roß-bachs Kämpen brachten die zu einem Spottpreis erstandenen Pisto-len als besonderen Gelegenheitskauf zum Oberkommando und stri-chen Prämie und Dank des Führers ein.

Nach Kriegsende wurde von Lossow Befehlshaber des Wehrkreises VII, 1921 Kommandeur der in Bayern stationierten Reichswehr unter Hans von Seeckt. 1923 ist er Kommandeur der in Bayern stationierten Division der Reichswehr und damit bayerischer Landeskommandant. Der Schwindel, der ihn jedes Mal ergreift, wenn ihn das Wort Aus-nahmezustand streift. Der Ausnahmezustand in diesem schreckli-chen Jahr 1923, der auch sein Leben betrifft, sagt meine Großmutter, denn er hatte das Schicksal Bayerns in der Hand.

Beinahe hätte Otto sich bekreuzigt und hält in der Bewegung inne. Er kommt aus streng protestantischem Haus und gehört seit seinem achtzehnten Lebensjahr der Bayerischen Armee an: Man hat ihn von Grund auf diszipliniert. Zärtlichkeiten hat er nicht gekannt. In seinen Aufzeichnungen kein sanftes Wort. Hat er jemals zu seiner Frau »mein Liebling« gesagt? Unvorstellbar.

Meine Gedanken nehmen mich gefangen. Ich denke an den ver-storbenen Gefährten und wie er trotz seiner Krankheit nie die Liebe vergaß. Wozu brauchen wir diese Bezeichnungen, warum brauchen wir Liebesworte? Was fügen Buchstaben und Laute, die nur für Ety-mologen etwas mit dem Gegenstand zu tun haben, dessen Anschau-lichkeit hinzu? Warum befriedigt nicht der Anblick selbst, die Farbe, der Geruch, die Beschaffenheit? Offenbar verbirgt sich in den ge-schriebenen Worten ein Mangel, den schon das Kind empfindet, und ich erinnere mich, wie ich lange das Wort »Baum« besah, um heraus-zukriegen, warum im selben Augenblick ein Baum vor meinen Au-gen stand. Doch was geschah mit den Dingen, die für den gedächt-niskranken Geliebten für immer zum Schweigen verurteilt waren, verloren sie mit ihren Benennungen ihr Wesen, starben sie mit ihrem Namen?

Was für ein unbeschreiblicher Verlust das gewesen war für einen Mann wie meinen Gefährten, der mit dem Wort gearbeitet und die Dinge zum Leben gebracht hatte.

Seine Entmachtung durch das schwindende Wort. Und mit dem Wort stirbt die Welt. Es stirbt das Grün der Wiesen und der Bäume, das Rauschen des Windes, das Zwitschern der Vögel. Nur die Bezeichnungen der Liebe, die hat er bis zuletzt nicht vergessen, sie hielten ihn am Leben. Meine Liebste. Mein Liebling. Mein Schatz. Meine Geliebte. Mein Liebchen.

Auch das bedeutet der Zeit trotzen: ein Kosewort. Meine Geliebte. Eine Summe von Leben.

Wunschworte und Worte der Möglichkeit, der Bitte, des Danks und der Erfüllung. Dabei blieb er, mit großer Beharrlichkeit. Also wußte er noch um ihren Sinn?

Ich habe nie daran gezweifelt.

Seine fast kindliche Utopie von einer Welt der Liebe.

Für die Liebe war Otto von Lossow sicher nicht geschaffen, und sein Gorgonenblick hat sich wohl kaum auf die Frau eingelassen. Er war fürs Kämpfen bestimmt, fürs Jagen, Kriegführen, für drückende Pflichten, schweigend eingenommenes Essen, für nächtliches Unterkieferknacken, für losgelassene Maschinengewehre, für die unseligen Ungeschliffenheiten und desexualisierenden Grobheiten des Soldatentums, für artilleristische Probleme, für unermüdliche Kontakte mit Geheimdiensten und Spionen, für die draufgängerische Negation des Todes. Im Sinne Wagners, glaubt dieser »Raubvogel hinter Gitterstäben«, wie er sich nennt, »daß er besser im Kampf fallen müßte«. Er fühlt sich fast krank, von Fieber geschüttelt – die Nerven des Aristokraten.

»Ausnahmezustand« – jede Faser seines Körpers rebelliert gegen dieses Wort. Er braucht seine Ordnung. Auf einen Ausnahmezustand ist er wirklich nicht vorbereitet. Was heißt das? Notverordnungen und Sondermaßnahmen oder mehr? Schafft Hitler ein totalitäres

System, oder existiert es bereits? (Daß Hitler es beibehalten wird bis zu seinem Tod, darauf kommt er nicht.) Wird die Verfassung geändert? Die Rechtsordnung suspendiert?

Er fühlt sich zerrissen. Einerseits ist er der Rechtsordnung verpflichtet, andererseits steht er außerhalb. Er lebt auf der Grenze zwischen Recht und Politik. Gibt es Pläne, den Reichstag aufzulösen, oder sucht man einen Zustand zu erreichen, in dem man das Recht schützen kann? Das sehe Hitler nicht ähnlich: Er schüttelt den Kopf. Wackelt die erprobte Statik des politischen Systems, gar seine Stellung? Er fühlt sich innerlich entwurzelt und heimatlos. In seiner Phantasie überrascht ihn ein ausschweifender Wirrwarr politischer Verwerfungen, die er nachts in sein Tagebuch schreibt, in dem er akribisch notiert, was sein Leben ausmacht. Ihm schaudert beim Gedanken an ein mögliches Verlieren. Er ist zutiefst beunruhigt und desorientiert, erfüllt von Grauen und Bestürzung. Es ist schrecklich und unverdient. Er verliert alles, was er in mühsamer Kleinarbeit erworben hat, Haltung, Gleichgewicht, Festigkeit, den deutschen Schritt, das preußische Rückgrat. Schon spürt er, wie er zusammensackt, wie sein Fuß am Boden schleift.

Otto von Lossow ist eine preußische Natur und braucht das gewohnte Zusammenspiel der Staatlichkeit. Er schüttelt diese niederdrückenden Wahnvorstellungen eines verschreckten Nationalisten ab und panzert sich mit Kampfesmut.

Mit Kinkerlitzchen gibt sich Otto von Lossow nicht ab, wie sie sein Cousin Ernst notiert, der selbst »die Pferde, die ich geritten«, mit Jahreszahlen und Namen aufführt: Vespasian, Crimhilde, Brutus, Annaliese, Curfürst, Cluse, Zulu, Bacchus, Bacchantin, Dienstmann, Enzian, Wrangel, Bellacunza aus der Familie Gebsattel, Eunuch, Feldwache, Rataplan, Scheich, Quartiermacher, Heros, Operette, Rabatte aus der Familie derer von Podewils, Quadratwurzel, Ohnegleichen, Pollack, Mogul, Kundry, Effendi, Kaffer, Schwips, Cliquot, Voltaire, Zola, Romulus, Machiavelli – es sind Hunderte, die Ernst von Lossows

Leben begleiten und deren Namen etwas über den humorigen Geisteszustand des Reiters aussagen.

Noch ist alles in Ordnung, ist die Existenz seines Staates nicht gefährdet, noch erfüllt er seine Grundfunktionen, noch hat er seine Stellung. Er ist hineingewachsen in die Staatsführung, man hat ihn geachtet und hofiert. Er gehört zur *beau monde*, ist Untergebenen gegenüber gern ein wenig dünkelhaft, kennt den *Faust I* auswendig, die Namen der Sterne am Nachthimmel, die er volltrunken mit der Laterne sucht, er zitiert Machiavelli, da Vinci, Franziskus von Assisi, Rudolf Hans Bartsch, Haushofer, Löns, Longfellow ... Ist nun sein gesamtes hochgebildetes, deutschlandtreues Lebenskonzept, das nur den Freund-Feind-Mechanismus kennt, in Gefahr, zerstört zu werden?

Er strafft seinen Rücken. Natürlich leidet seine Haltung deshalb nicht im geringsten. Er wirkt nicht unsympathisch, aber ernst und hohl – irgendetwas an ihm stimmt nicht. Zwar ist er ehrlich bestrebt, sich zu einem inneren Verhältnis zum Volk hinabzubewegen, aber ganz gelingt es ihm nicht. Er beharrt auf seinem strahlenden Bild des höheren deutschen Wesens. Davon verspricht er sich Heilung, Trost, Schutz und Ordnung.

Jetzt weht ein anderer Wind. Ein Netz von Verschwörungen überzieht ganz Deutschland. Sie werden die Meinungsfreiheit einschränken, und er wird jüdische Familien aus Bayern ausweisen. Die Münchner planen einen Marsch nach Berlin. Vorbild: Mussolinis Marsch nach Rom.

Der Leiter des »Heimatdienstes Bayern«, Kommerzienrat Eugen Zentz, hatte die Idee, den fünften Jahrestag der Novemberrevolution – auch für von Lossow ein unseliger Termin – zu einer Vertrauenskundgebung für den neuen mächtigen Mann Bayerns, für von Kahr, umzufunktionieren. Der Andrang der vaterländischen Prominenz war immens, man mußte den Bürgerbräukeller mieten.

Währenddessen brandmarkte Kardinal Faulhaber die Weimarer Republik 1922 in einer Rede auf dem Königsplatz und riskierte in der Allerseelenpredigt kurz vor dem Putsch ein paar vage Sätze zum wachsenden Antisemitismus und den Ausweisungen der Juden, daß Klassenhaß und Rassenhaß mit der christlichen Weltanschauung nicht in Einklang zu bringen seien, wie der Katholik Heinz Hürten in der *Zeitschrift für bayerische Landesgeschichte* zur Thematik »Kardinal Faulhaber und die Juden« schreibt. Doch empfiehlt es sich, abzuwarten, was das auf zwölf Jahre angelegte Projekt der Deutschen Forschungsgemeinschaft unter Andreas Wirsching und Hubert Wolf erbringt, welche die widersprüchlichen, in der Gabelsberger-Kurzschrift verfassten Tagebuchnotizen in mühsamer Kleinarbeit transkribieren.

Jesuitisch nannte meine Großmutter manche der Faulhaberschen »Klarstellungen«. Ähnlich verschwommen drückt sich der Kardinalstaatssekretär Pacelli, der spätere Pius XII. aus, wenn er an Faulhaber schreibt, daß die persönliche Haltung Hitlers alles nicht ganz hoffnungslos erscheinen lasse. Dabei bereitet Hitler längst eine Kampagne gegen die Kirche vor, und eines war für Hitler längst *klar entschieden*: »Über den Menschen im Jenseits mögen die Kirchen verfügen, über den deutschen Menschen im Diesseits verfügt die deutsche Nation durch ihre Führer.«

Faulhaber gilt nicht nur als wichtiger Akteur, der viel reiste und internationale Kontakte pflegte, er war auch ein aufmerksamer Beobachter, von dem man sich Aufschluß über die Vorgänge in Bayern zwischen 1918 und 1933 erhofft.

～

Otto von Lossow zieht seine Bauchmuskulatur ein. Er muß ein starker, innerlich gefestigter Mensch sein, um den täglichen Niederungen und Demütigungen gewachsen zu sein. Seine Zermürbung darf keiner sehen. Nun ist die gesamte exekutive Gewalt an Gustav Ritter von Kahr übergegangen. Von Lossow hat Angst, daß sein Ruf zerstört werden könnte. Es kommt nicht von ungefähr, daß man gerade ihm befahl, den *Völkischen Beobachter* zu verbieten.

Ach, die lokalen Berliner Herren! Er ist doch nicht ihr Gefolgsmann! Er kann das Wesen dieses Staates nicht erkennen und lehnt ihn ab. Sein Männlichkeitsideal ist mit einem Ordnungsideal gekoppelt, das sich hartnäckig an Obrigkeiten reibt. In seinem Tagebuch charakterisiert er am 23. Januar 1933 seine Siegfried-Natur:

Ich war kein Freigeist, aber ein sehr freier Geist. Ohne Revolutionär zu sein, stand ich mit der Autorität auf gespanntem Fuß.

Soweit sie von Staats wegen, von unkörperlichem Symbol ausgeübt wurde, fand mich die Autorität in ihren Reihen, bereit, sie zu verteidigen.

Aber dem höchsten Würdenträger als Einzelperson gegenüber neigte ich zu einer gewissen Störrischkeit, die sehr leicht zu offener Rebellion führen konnte, wenn der Charakter des Bonzen mir nicht behagte. Dies entsprang meinem zu großen Idealismus.

Als einmal in meiner Vorstellung der Nimbus auch von diesen Halbgöttern gefallen war und sie sich sterblich gezeigt hatten, da mußte ich meiner Schürfernatur zufolge entdecken, daß sie da und dort leichter wogen als ein braver einfacher Mann.

Aussagen eines moralisch verqueren Charakters, der »unkörperlichen Symbolen«, also Gesetzesverordnungen und schriftlichen Befehlen Gehorsam erweist, nicht jedoch einem fehlerhaften Sterblichen. Diese würgende Blockade ist einer der Erklärungsversuche für seine Karriere, von metaphysischen Knotenpunkten gebrochen. Tief in sich die Sehnsucht nach Führung, quer dazu die Wut, sobald sich einer anmaßt, ihm etwas zu befehlen. Widerpart geben und Berlin seine Macht zeigen! Seinen Widerstand empfindet er als lustvoll, er stärkt seine Autorität. Er kommt dem Befehl nicht nach, wirft das Schreiben in den Papierkorb, reckt sich und genießt das Nachglühen dieser nicht erfüllten Aufgabe.

Berlin, um Otto von Lossows Nähe zu Hitler wissend, der um dessen Zuneigung buhlt, holt zu einem entscheidenden Stoß aus – von Lossow wertet es als groben Scherz: Friedrich Ebert enthebt ihn prompt seines Amtes. Phh – die schwächlichen Köpfe der Sozialdemokraten in Berlin! Von Lossow fühlt Haß und Wut, erwägt im Affekt nur kurz den Rücktritt, negiert den Befehl und – bleibt. In seinem Trotz fließen zwei Ängste zusammen: die Angst, daß Berlin seine Unterdrückung gelingt, und die Angst vor Sanktionen wegen seiner Weigerung. Was Bayern betrifft, scheint er richtigzuliegen: Er wird mit der gesamten 7. Reichswehrdivision von der Bayerischen Regierung übernommen.

Seine Geradlinigkeit und sein Einsatz für die gute Sache der NSDAP haben sich gelohnt. Er bildet gemeinsam mit Gustav Ritter von Kahr und Polizeioberst Hans Ritter von Seißer ein Triumvirat und arbeitet mit an der Errichtung einer Diktatur. Er wird wieder für Ruhe und Ordnung in Bayern sorgen. Mit Eifer macht er sich ans Werk. Nun will er selbst an die Spitze.

Als am Abend des 8. November 1923 von Kahr mit von Lossow und Polizeioberst von Seißer eintraf, war der Bürgerbräusaal bereits wegen Überfüllung gesperrt. Es herrschte eine aufgeladene Stimmung – die Inflation hatte ihren Höhepunkt erreicht.

Von Kahr hatte mit seiner Rede begonnen, als Hitler einen Schuß mit seiner Pistole in die Decke abgab. Von Lossow hatte jedoch durch seine Spitzel von dem Plan erfahren und den Befehl ausgegeben, die Garnison dürfe allein den Befehlen des Stadtkommandanten von Danner gehorchen. Der öffnete nun den Geheimbefehl und setzte Reichswehreinheiten und bayrische Polizei ein, um den Marsch nach Berlin an der Feldherrnhalle zu stoppen.

Nach zweihundertfünfzig Metern war Schluß. Der Aufstand endete im Kugelhagel der Polizei.

Viel haben sie nicht im Kopf, die Blindwütigen, die am Marsch auf die Feldherrnhalle am 9. November teilnehmen. Da ist Hans Frank, bald Hitlers persönlicher Rechtsberater und Anwalt in vierzig Prozessen, höchster Jurist im Hitlerstaat und später der »Schlächter von Polen«, der 1933 die Gleichschaltung der Justiz in Bayern und bald in ganz Deutschland organisieren wird. Er lebt mit seiner Familie auf einem Bauernhof am Schliersee. Er ist von Hitler so fasziniert, daß er zwischen freien und servilen Akten nicht mehr unterscheiden kann. In seinen »Leitsätzen über Stellung und Aufgaben des Richters« von 1936 heißt es: Es ist nicht seine Aufgabe, einer über der Volksgemeinschaft stehenden Rechtsordnung zur Anwendung zu verhelfen oder allgemeine Wertvorstellungen durchzusetzen, vielmehr hat er die konkrete völkische Gemeinschaftsordnung zu wahren, Schädlinge auszumerzen, gemeinschaftswidriges Verhalten zu ahnden und Streit unter Gemeinschaftsmitgliedern zu schlichten.

Im Oktober 1939 übernahm Frank, intimer Kenner von Hitlers Abstammung, der wohl Einsicht in die Dokumente Hitlers hatte, das Amt als Generalgouverneur der von der Wehrmacht besetzten Teile Polens. Er herrschte als »deutscher Herrenmensch« im »Wawel«, der Residenz bei Krakau, befehligte eine Unzahl von Bediensteten und plünderte systematisch die Kunstschätze des Landes. Deutsche Wissenschaftler übernahmen auf sein Geheiß die Universitäten, die polnischen Professoren wurden in KZs verschleppt. Am 3. Oktober 1939 verkündete Frank in einem Brief mit Worten von maßloser Unmenschlichkeit: *Danach kommt nur eine Ausnutzung des Landes durch rücksichtslose Ausschlachtung, Abtransport aller für die deutsche Kriegswirtschaft wichtigen Vorräte, Rohstoffe, Maschinen, Fabrikationseinrichtungen usw., Heranziehung der Arbeitskräfte zum Einsatz im Reich, Drosselung der gesamten Wirtschaft Polens auf das für die notdürftigste Lebenserhaltung der Bevölkerung unbedingt notwendige Minimum, Schließung aller Bildungsanstalten … Ein Nachwuchs der polnischen Intelligenzschicht sollte gewaltsam verhindert werden.* Franks Stil ist von fatalem Zynismus, wenn er im Dezember 1940 offen zugibt, es mache *Freude, endlich einmal die jüdische Rasse körperlich angehen zu können.*

Sein Machtbereich: die KZs Belzec, Sobibór, Treblinka, Majdanek, und er betrachtete seine Aufgabe im Dezember 1949 skrupellos:

Ich habe freilich in einem Jahr weder sämtliche Läuse noch sämtliche Juden beseitigen können. Aber im Laufe der Zeit wird sich das schon erreichen lassen ...

1941 bekräftigte er bei einer Sitzung in Krakau:

Wir müssen die Juden vernichten.

Sein Sohn Niklas, später Redakteur beim *Stern*, publizierte *Der Vater*, ein Buch, in dem er mit seinem Vater ins Gericht ging. Gefragt, warum er stets ein Foto seines gehenkten Vaters mit sich trage, antwortete er:»Damit ich sicher bin, daß er tot ist.«

Hans Frank wurde im Nürnberger Prozeß gegen die Hauptkriegsverbrecher zum Tod durch den Strang verurteilt und 1946 hingerichtet.

Auch Richard Kolb, unübertroffener Mitläufer und später SS-Hauptsturmführer, ist beim Tumult an der Feldherrnhalle dabei und wird somit zum»Blutordensträger« ernannt werden, jener Mann, der Ricarda Huch und ihren Schwiegersohn Franz Böhm ein Verfahren wegen Verstoßes gegen das Heimtückegesetz anhängen und die Einlieferung Böhms ins KZ beantragen wird. Kolb war einer der ersten, der der NSDAP beitrat sowie nach deren Gründung auch der SA, und kam als Redakteur der *Bayerischen Radiozeitung* – nicht zuletzt aufgrund seiner Schrift *Schicksalsstunde des Rundfunks* – zum Rundfunk, avancierte 1933 zum Sendeleiter der Funk-Stunde Berlin in der Masurenallee, nachdem er dem Intendanten Hans Flesch Postenschacherei vorgeworfen hatte.

Er war der typische deutsche Kleinbürger, der sich mit List und Tücke nach oben boxte, und er scheute vor Verleumdungen nicht zurück. Den Höhepunkt seiner Karriere erlebte er kurz nach seiner Reportage von den Fackelzügen zur»Machtergreifung«, als ihn Goebbels 1933 als Intendanten im Münchner Funkhaus einführte und betonte, daß er Kolb viele Anregungen verdanke, die in die Tat umgesetzt worden seien. In seiner Rede betonte Kolb:

Wenn die nationale Bewegung in den letzten Wochen so rasch an-
wuchs und ungeheure Fortschritte machte, so hat der Rundfunk einen
großen Teil verdient daran. Denn das Miterleben einer Rede des Führers
wuchs über die Tausende jeweils im Saale Anwesenden hinaus auf die
ungezählte Masse der Hörer ... Heute ist der Rundfunk keine Erschei-
nung für sich, losgelöst vom Schicksal des deutschen Volkes, sondern ein
Instrument desselben ...

Und damit nicht genug, sei jeder, der am Rundfunk mitbauen und
mithelfen darf, ein Diener des neuen Staates und des Volkes.

Im selben Jahr drängte es ihn, die Betrachtungen *Der faustische*
Mensch zum besten zu geben:

Es wird so viel geschrieben für und gegen die deutsche Rasse. Man
sucht zu beweisen, daß es eine eigentliche deutsche Rasse nicht gäbe.

Was das Schlimmste war, man leugnete den deutschen Menschen,
seine Einheit und den gemeinsamen Rhythmus seines Blutes, sein ge-
meinsames Schicksal und seine hohe ethische Mission.

In der Hierarchie der NS-Prominenz behauptete Kolb parasiten-
haft seinen Platz ganz oben, positionierte sich also beim Marsch auf
die Feldherrnhalle in einer Linie mit Hitler und Hermann Göring.
1937 erhielt Kolb einen Lehrauftrag und eine Professur für Wehrkun-
de und Wehrphilosophie in Jena, wo er dann Ricarda Huch und ihren
Schwiegersohn denunzierte.

1945 nahm er sich im Lazarett Bad Reichenhall das Leben.

Michael Freiherr von Godin, Sohn eines bayerischen Majors und
Kämmerers, der nach der Teilnahme am Ersten Weltkrieg in die Bayerische Landespolizei eingetreten war und als Leiter des Münchner
Polizeipräsidiums die Polizeieinheit leitete, gehörte notgedrungen
zum Trupp. Als Leutnant einer Landespolizeieinheit verhaftete er am
9. November 1923 in weiser Voraussicht im Polizeipräsidium München den Juristen und Polizeipräsidenten Ernst Pöhner, der bayri-
scher Ministerpräsident werden sollte, und Wilhelm Frick, massiv

beteiligt am Aufbau des NS-Staates, der rechtsradikale Gruppierungen wie die »Ordnungszelle Bayern« und Freikorps unterstützte, später als Reichsminister des Inneren massiv an der Umsetzung der Rassenpolitik beteiligt war. So hielt er zwei entscheidende Führerpersönlichkeiten vom Geschehen fern, gegen die später beim Nürnberger Prozeß das Todesurteil gesprochen wurde, ehe er den Aufmarsch der bewaffneten Putschisten am Odeonsplatz mit Schußwaffeneinsatz zerstreute. Damit gibt Michael Freiherr von Godin den Schießbefehl, der den Marsch der Nationalsozialisten gewaltsam auflöst, und so endete Hitlers Versuch, sich an die Macht zu putschen. Gesichert sei dies jedoch nicht. Sicher sei nur, daß zwei Polizisten getroffen zu Boden sanken. Als Erwin von Scheubner-Richter tödlich getroffen wird, reißt er Hitler, der sich bei ihm eingehängt hatte, mit sich, worauf Hitler sich den Arm auskugelt. Der britische Historiker Ian Kershaw meint, daß die Weltgeschichte anders verlaufen wäre, hätte die Kugel dreißig Zentimeter weiter rechts getroffen. Aus Rache, so sein Zellengenosse Erwein von Aretin, wurde Godin 1933 in Dachau in Schutzhaft genommen und 1934 entlassen. Demnach hielt Hitler von Godin durchaus für denjenigen, der den Kugelhagel eröffnet hatte. Hitlers Plan, die »Affäre Lossow« für sich zu nutzen, war damit gescheitert. Hitlers beinahe tägliche Besuche bei von Lossow hatten jenen wie auch von Kahr davon überzeugt, daß Hitler nicht Manns genug war, sein Vorhaben zu verwirklichen. Hitler, dessen Nimbus von ihm abgefallen war und der sich sterblich gezeigt hatte – ein Grund für von Lossow, sich ihm zu verweigern.

Das Triumvirat distanziert sich von der Zusage, mit Hitler zu kooperieren. Hitler wird deshalb von Kahr später von der SS erschießen lassen.

Sechzehn Putschisten auf dem Weg vom Bürgerbräukeller zum Kriegsministerium werden im Chaos der Schießerei ausgerechnet vor der Feldherrnhalle erschossen. Nach von Godin entspann sich etwa zwanzig bis fünfundzwanzig Sekunden ein regelrechter Feuerkampf.

Aus dem Palais Preysing und aus der Konditorei Rottenhöfer wurden er und seine Truppe von den Hitlertruppen mit starkem Feuer überrascht. Gegen diesen Gegner nahm der »Zug Demmelmeyer«, genannt nach deren Anführer, den Feuerkampf auf, und in einer Zeitspanne von höchstens dreißig Sekunden ergriffen die Hitlertruppen die regellose Flucht. Ein Fiasko, der gescheiterte Putsch, der eine zersetzende Wirkung auf die völkischen Verbände ausübte, die sich spalteten. Godin ging ins Exil in die Schweiz, kehrte erst 1945 zusammen mit Wilhelm Hoegner, dem späteren Bayerischen Ministerpräsidenten, zurück, wurde zum Präsidenten der Bayerischen Landespolizei auf Lebenszeit benannt und blieb es bis 1959.

Wilhelm Hoegner

Das Leben des Politikers, Juristen und Staatsanwalts Wilhelm Hoegner, 1887 in München geboren, wird vom Krieg und seinen Folgen bestimmt. Nie konnte er sich zur Ruhe setzen, vielleicht wollte er das nicht, und vielleicht erlag er auch dem Gesetz der eigenen Wichtigkeit. Sein Leben lang hat er es mit Politikern, Diplomaten und Beamten zu tun gehabt, und er arbeitete täglich zehn bis zwölf Stunden.

Wobei er die meisten Stunden in Konferenzzimmern und in spartanischen, kalten Arbeitszimmern verbrachte und zuhörte, wie sich Kollegen um eine Formulierung stritten. Er lauschte den Rechthabereien verquerer Männlichkeiten, erlebte Demonstrationen von Schwäche und Vorbehalten. Gipsköpfe, deren Spracharmut etwas Bestürzendes hat. Verdient hat er nicht viel, dafür bekam er nach und nach politisches Gewicht. Ruhm in der Nachwelt, das zu sagen, wäre übertrieben, mit Sicherheit einen Platz in den Geschichtsbüchern, das schon, deshalb hat er wohl auch seine 1959 erschienene Autobiographie *Der schwierige Außenseiter. Erinnerungen eines bayerischen Sozialdemokraten* geschrieben, wobei er sich der Eitelkeiten enthält. Schwierig und Außenseiter, beides war er sicher, und beides ist ein berufliches Manko in einem Land, in dem man Jasager liebt. Und beides ist man, sobald man eine eigene Meinung hat und die auch kundtut, was seine Partei, wir wissen es, nicht immer schätzt. Diese Partei ist immer besorgt, daß keiner aus der Reihe tanzt, und ihre herausragenden Außenseiter können wir an einer Hand aufzählen. Die Parteigenossen, diese bornierten Geister, hätten allen Anlaß gehabt, mit ihm zu punkten. Wen haben wir schon in Bayern von Format, der es mit Franz Josef Strauß hätte aufnehmen können, gar einen mit Visionen? So fristet nun Hoegner sein Leben weiterhin im Verborgenen, als SPD-Partisan.

Er schildert die Vorgänge um den Hitlerputsch – er war dabei – eindringlich. Schließlich hatte er 1924 als Landtagsabgeordneter einen Untersuchungsausschuß zum Hitlerputsch durchgesetzt und war dessen Berichterstatter. Folgerichtig wurde er 1933 aus dem Staatsdienst entlassen, emigrierte nach Tirol und arbeitete als Sekretär der Sozialdemokratischen Arbeiterpartei, 1934 wählte er das Exil in der Schweiz.

Aus der Distanz gelang es Hoegner, eine exakte Diagnose des Zustands seines Landes zu gewinnen, und er verfügte über hellseherische Fähigkeiten hinsichtlich dessen Zukunft. Mit Geschick und Kraft entwarf er 1939/40 in der Schweiz eine Reichsverfassung – eine grandiose Aufgabe für einen Mann der Politik –, und er verfaßte zwischen 1943 und 1945 einen »Vorschlag für die Neugliederung Deutschlands« und formulierte Gesetzestexte für die Errichtung eines bayerischen Staates im Rahmen eines föderalistischen Systems. Anfang Juni 1945 kehrte er nach Deutschland zurück und leitete den Wiederaufbau der Justizverwaltung des Oberlandesgerichts München.

Hoegner, zweifellos einer der begabtesten deutschen Politiker, der zudem eine reine Weste hatte, kam in einen Staat, dessen Bürger immer noch die Gehorsamspflicht übten, die, nahe am Verhungern, ihr Leben für eine Kartoffel riskierten und sich schwer taten mit den Voraussetzungen zur Demokratie. Ein Land amputierter Kirchtürme und zerschmetterter Regierungspaläste. Die Nachkriegszeit hatte ihre eigenen Gesetze. Eines davon forderte, daß die Großmutter eine Flüchtlingsfamilie aus Brünn aufnehmen muß, was sie zur Verzweiflung bringt. Ich erinnere manch böses Wort, und mit ihrem Sauber-keitswahn brachte sie ihre »Fremdlinge«, die sie nie beim Namen nannte, auf.

Und immer ist der Klodeckel offen, sagte sie, und ich wiederhole: Wozu ist ein Klodeckel da? Da zeigten sich die Grenzen ihrer Toleranz.

Ende 1945 ernannte die amerikanische Besatzungsbehörde Hoegner zum Bayerischen Ministerpräsidenten, den sie nur achselzuckend akzeptierte. Ein SPDler, sagte sie, als handle es sich um einen Verstoß gegen ihre innere Ordnung.

Meine Großmutter weiß, wie es sich wirklich zugetragen hat. Der angeblich mißglückte Putsch, sagt sie, der war ja gar nicht mißglückt, der Hitler hat doch nur geblufft ... Dabei ist es eine ziemliche Verharmlosung, von Putsch zu sprechen, so Otto Gritschneder in seinem Bericht *Bewährungsfrist für den Terroristen Adolf H. – Der Hitler-Putsch und die bayrische Justiz.* Hitler hatte völlig übersehen, daß Ende Oktober die Chancen für einen Putsch geschwunden waren. Er drang in den Saal ein, stieg auf einen Stuhl und schoß gegen die Decke. Es war eine ziemlich abgefeimte, kriminelle Aktion Hitlers, der von Kahr, Seißer und von Lossow kidnappte, indem er sie ins Nebenzimmer des Bürgerbräukellers drängte und mit vorgehaltener Pistole ihre Zustimmung erpresste. Die Staatsanwaltschaft München hat sorgfältig ermittelt und festgehalten, daß Hitler gleich nach dem Betreten des Nebenzimmers mit seiner Pistole fuchtelnd gerufen habe: »Niemand verläßt lebend das Zimmer ohne meine Erlaubnis!« Und er verkündete von Kahr, die Bayerische Regierung sei abgesetzt, die Reichsregierung gebildet. »Eine beschämende Szene, wie sie sich in der bayrischen Geschichte kein zweites Mal findet«, so Gritschneder.

Die gekidnappten von Kahr, Seißer und von Lossow seien nur zum Schein auf Hitler eingegangen, um ihre Bewegungsfreiheit wiederzugewinnen, und verließen um 10.30 Uhr den Bürgerbräukeller, um umgehend Maßnahmen zur Niederschlagung des Putsches zu ergreifen.

»Ich erklärte Lossow«, so zitiert der Schriftsteller und Journalist Leo Lania Adolf Hitler, »ich könne mich nur unter der Bedingung Exzellenz von Kahr anschließen, wenn der politische Kampf ausschließlich in meine Hände gelegt werde. Das war nicht frech und unbescheiden von mir, ich bin vielmehr der Meinung, wenn ein Mann weiß, daß er eine Sache kann, so darf er nicht bescheiden sein. – Staatskunst kann man nicht lernen, man muß dazu geboren sein.«

Beim Prozeß gegen Hitler wird auch Otto von Lossow angeklagt, aber nicht vernommen. Er spricht mit gelassener, fast gleichgültiger Miene von sich in gebührender Distanz und gibt an, einer wahren *Welle* von Besuchen Hitlers ausgesetzt gewesen zu sein, und er merkte, *daß die langen Reden doch fast immer das gleiche enthielten, im allgemeinen führt Hitler bei derartigen Gesprächen allein das Wort. Einwendungen sind schwer zu machen, sie sind auch vergeblich.* Daß Hitler ihn als *niedergedrückt* empfunden habe, erklärt er sich so, daß dieses lange Gerede Hitlers nicht auszuhalten gewesen sei, dies habe seine Haltung kundgetan.

Otto von Lossow verliert seine Stellung als Landeskommandant. Laut Lania hat die kalkulierte Widersetzlichkeit von Lossows noch weitreichende Folgen. Weder das Blatt noch die bayrischen Behörden zogen Schlüsse daraus. Der neue Befehl aus Berlin, diesmal an von Lossow gerichtet, stieß ebenso auf taube Ohren. Berlin enthebt ihn seines Postens: Lossow kapituliert dennoch nicht, und von Kahr erhebt ihn im Gegenzug zum Generalstaatskommissar, vereidigt seine Truppen auf von Lossow.

So wurde der Bruch zum Reich vollzogen. Wie soll es nun weitergehen? Bewaffnete, Schützengräben, Kanonen und Panzer: Der Vormarsch der bayerischen Truppen ist nicht mehr aufzuhalten, von Kahr steckt in der Sackgasse.

In Landsberg, wo Hitler seine Gefängnisstrafe wegen Hochverrats verbüßt, schreibt er *Mein Kampf*, das hingeschluderte, fehlerhafte, lieblose Werk eines irren Terroristen und Heimatzerstörers, ein düsteres Zeichen für das Fehlen einer liebevollen Zugewandtheit zu seinem Volk. Lust auf Berührung mit dem Volk hatte er nur, wenn es um seine Wichtigkeit ging, ansonsten blieb ihm das Land fremd, er wurde nicht heimisch. Er drehte und wendete alles und vernachlässigte, was ihm nicht lag. Er ereiferte sich mit seinem Schollengerede, beeilte sich, sein Auftrittspensum zu erfüllen, und der kämpferische Nationalismus seiner Sprache trennte ihn von den Menschen.

Um sich versammelte der als Hochverräter Verurteilte in Landsberg seinen Chauffeur Emil Maurice und Rudolf Heß und Feinde der Republik und der Demokratie. Ein verkommener Kreis von Radaubrüdern, Gelegenheitsgeschäftemachern, Hochstaplern und Abenteurern, die sich die Klinke in die Hand gaben und aus denen er später einen Teil seiner Führer rekrutierte – von Isolationshaft konnte wirklich nicht die Rede sein.

Als am 13. Dezember Staatsanwalt Hans Ehard, dem die Untersuchung gegen die Putschisten oblag, Hitler in Landsberg befragen wollte, weigerte er sich, etwas zu Protokoll zu geben. Hitler war bewußt, welche Schwachstellen seine Biographie bot – den Aufenthalt im Wiener Männerverein, die Stellungsflucht in Österreich, seine seltsame Rolle während der Räterepublik und seine absurden beruflichen Pläne – im Zusammenhang mußte auch sein Putsch merkwürdig erscheinen.

Hochverrat, so Hitler, habe er keineswegs betrieben, und zugleich offenbarte er damit seine Verteidigungsstrategie. Und stellte sich vor Gericht als Opfer von Machenschaften dar, für die er keine Verantwortung trage. In seiner Stunden währenden Rede machte Hitler klar: »Diese ganze Zeit haben Lossow, Kahr und Seißer mit uns das gleiche Ziel gehabt, nämlich die Reichsregierung zu beseitigen in ihrer heutigen internationalen und parlamentarischen Einstellung und an ihre

Stelle eine nationalistische, absolut antiparlamentarische nationale Regierung zu setzen, ein Direktorium.« Er bedauerte, »daß man uns damals nicht Kenntnis gab von dieser besonderen Lossowschen Staatsstreichauffassung«. Am Ende ließ sich das Gericht dazu verführen, sich über gesetzliche Bestimmungen hinwegzusetzen und die Haft auf sechs Monate zur Bewährung auszusetzen, obwohl Hitler eigentlich keine weitere Bewährung zustand. Der *Bayerische Kurier* sprach von einer »Justizkatastrophe«. Die rechtsextremen Organe feierten Hitler als Helden. Hitler kehrte nach Landsberg zurück und erhielt komfortable Haftbedingungen.

Vom allmorgendlichen Arbeitsfrühstück unter der Hakenkreuzfahne im »Feldherrnflügel« der Festung – wie es angeblich stattfand, das ebenso Ritual geworden sei wie Schafkopfen und Tarock, von Darbietungen der Stimmungsmacher nebst kräftigem Alkoholgenuß, wie es angeblich lange verschollene Dokumente aus der Frühzeit der NSDAP deutlich machen und wie es der achtundneunzigjährige Psychologe und Strafanstaltsoberlehrer a. D. Alois Maria Ott den *Spiegel*-Mitarbeitern 1998 berichtete, schreibt der Historiker Peter Longerich nichts. Er meidet die alten *Legenden* und arbeitet mit den Ergebnissen der neuen Forschung. So bleibt es auch ein Mythos, daß Exzellenz Erich Ludendorff, mitangeklagt und mitgefangen, Held der Schlacht von Tannenberg, das Versammlungszimmer der Gefängnisleitung gewährt wurde und man es mit den gediegenen Möbeln eines Anstaltsjuristen möblierte, ehe man die Verdienstvollen »auf Ehrenwort« bis zum Prozeß nach Hause schickte. Der Edelmann Graf von Arco auf Valley, der im Februar 1919 Ministerpräsident Eisner erschossen hatte, mußte angeblich seine noble Zelle für Hitler räumen, einen Mann, anspruchslos, wie es hieß, »uneigennützig, höflich«, dazu »von guter Selbstzucht und Beherrschung«, kurz »Vorbild für seine Haftgenossen«.

Hitler fand in Landsberg genug Zeit, sich mit dem Thema Rassenhygiene zu beschäftigen und seinen Malthusianismus auszuarbeiten, die Lehre von der Bevölkerungsfalle nach Thomas Robert Malthus, wonach Armut, Hunger und Krankheit drohten, wenn sich die Bevölkerung, nicht aber die Nahrungsmittel vermehrten.

Mit seinen Gelagen besänftigte Hitler seine schwere Krise. »Das Volk ist ein Pack«, soll er ausgerufen haben, »ich bin fertig.« Mit »weißlichgelblichen Schaumflocken auf dem Mund«, so der Psychologe Ott, hätte Hitler verkündet, wenn er einen Revolver hätte, würde er sich erschießen, und beschloß den Hungerstreik, worauf man ihn zwangsernährte.

Das Bild, das Ott von Hitler zeichnete, ist wenig schmeichelhaft: Er sah in ihm einen finsterblickenden untersetzten bürgerlichen Durchschnittsmenschen mit maniert in die Stirn gekämmtem schwarzem Haar und der sattsam bekannten gestutzten Bartfliege, einen »Hysteriker« und »krankhaften Psychopathen mit einem »Hang zu magischmystischer Denkweise«.

Allein fünfhundert Besuche alter Kampfgenossen weist die Namensliste aus. Dennoch bekam er Bewährung und war nach acht Monaten wieder frei, trotz warnender Anträge von Polizei und Staatsanwaltschaft sowie den beschwörenden Hinweisen im von Wilhelm Hoegner verfaßten, 1631 Seiten umfassenden Bericht des Landtagsausschusses zum Prozeß. In der ausführlichen Stellungnahme der Münchner Polizeidirektion hieß es, die vorzeitige Entlassung Hitlers wäre eine »ständige Gefahr für die Sicherheit des Staates«. Man sei sicher, daß »nach dem Temperament und der Energie, mit der Hitler seine Ziele verfolgt, bestimmt anzunehmen sei, daß er dieses Ziel auch nach der Entlassung aus der Strafhaft nicht aufgeben und daß er eine ständige Gefahr für die innere und äußere Sicherheit des Staates bilden wird«. Man beschrieb ausführlich Hitlers wirkliche Gefährlichkeit, hatte er doch schon zuvor die Beweise dafür geliefert. Die Polizei malte ahnungsvoll aus, was Deutschland nach der Freilassung Hitlers zu erwarten habe: Er würde die abgesplitterten Teile der völkischen Bewegung sammeln und seiner NSDAP zuführen, Ausschreitungen wären an der Tagesordnung, kurz: »Ich beantrage deshalb, die Bewilligung einer Bewährungsfrist abzulehnen«, so der Erste Staatsanwalt Landgerichtsbezirk München I, Stenglein.

Rätselhaft, daß Polizei- und Gerichtserlasse, mit denen man sich viel Mühe machte, fruchtlos blieben, das konnte nur eine Ursache haben: Es war nichts als Täuschung, denn die Apparate waren bereits völkisch verseucht und das Ganze nur Verschleierungstaktik. Nach vielem Hin und Her – beste Zeugnisse des Haftanstaltsdirektors wechselten sich mit Warnungen der Staatsanwaltschaft ab – verfügte das Oberste Landgericht im Dezember 1924 die vorzeitige Entlassung Hitlers. Der Bericht Wilhelm Hoegners blieb ohne Wirkung.

Am 27. Februar 1925 spricht Hitler auf einer Großveranstaltung der neuen NSDAP im Bürgerbräukeller, anschließend geht er auf Redetour.

Am 30. Januar 1933 leistet Hitler als Reichskanzler den Eid auf die Weimarer Verfassung.

Otto von Lossow, dieser moralisch zwiespältige Charakter, verfaßt sein Abschiedsgesuch und verschwindet 1924 von der politischen Bühne. Zuvor plädiert er noch für eine Angora-Regierung seines »Heimatlandes Bayern« nach türkischem Vorbild. Er bedauert *den erschreckenden Mangel an Köpfen, die für die politische Führung in Betracht kommen,* und plädiert für *die Notwendigkeit, den breiten Massen, denen die marxistische Lehre und ähnliches genommen werden solle, einen anderen Inhalt für ihre geistige Einstellung zu geben.* Der Inhalt kann nur die Lehre Hitlers sein.

Er zieht sich völlig aus dem öffentlichen Leben zurück und bemüht sich, in geschliffenem Stil und mit schön geschwungener Feder im Tagebuch sein krauses Leben in Ordnung zu bringen. Dazu liest er in seinem Flex, der vom beispielhaften Vorleben faselte, das »Vorsterben« sei nur ein Teil davon.

In seinen Aufzeichnungen finde ich den Satz: *Auf meine Weise – es ist vollbracht!*

Sein Cousin Ernst stirbt, geschwächt von der Schüttellähmung, 1947 in den Armen meiner Großmutter, die es mit Hilfe eines Attestes ihres Arztes geschafft hat, daß die zermürbte Familie aus Brünn in einer anderen Wohnung Zuflucht fand.

Der Außenseiter

Es gibt sie, Menschen, die aus dem verdammten Labyrinth herausfinden, ohne im KZ oder Leichenhaus zu landen. Menschen, die eine Leidenschaft für halsbrecherische Alleingänge entwickeln, die ihre Visionen bewahren und die sich nicht vom Zähneklappern ihrer Kollegen einschüchtern lassen, bereit für den letzten Streich, die Täuschung, das Vergnügen, alles aufs Spiel zu setzen. 1932 überschreitet der wissensdurstige Journalist die bayrische Grenze, um den Führer kennenzulernen, geht ins Oberkommando der Reichsleitung in der Schellingstraße 39 zur Schriftleitung des *Völkischen Beobachters*, dann ein paar Häuser weiter in der Schellingstraße 50 zur Reichsleitung, gibt sich als italienischer Faschist und Parteigänger Mussolinis aus und spioniert Hitler aus, zeichnet auf, was er herauskriegt, und schreibt sein Buch *Der Hitler-Ludendorff-Prozeß*: der Journalist und Schriftsteller Leo Lania.

~

Der mit seiner dunklen Brille und dem artig gescheitelten Haar unauffällig wirkende Mann steht vor der Feldherrnhalle, die Zeitung *Heimatland* in der Hand, und schnüffelt. Die Zeitung dünstet Blut- und Bodensatz aus. Er spuckt aus und schneuzt seinen Abscheu in sein Taschentuch. Er blättert um und sucht das Impressum. Also auf zur Sendlinger Straße, wo er einer Sekretärin listig Informationen entlockt. Seine innere Wahl wird immer für eine leidenschaftliche Hölle und gegen ein fades Paradies ausfallen, und so beschließt er, unverfroren in den NS-Rummelplatz einzudringen und sich in die Nähe des zähnefletschenden Ungeheuers zu begeben.

Er muß Hitler, diese Ratte mit der gräßlichen, tobsüchtigen Stimme, einer Stimme spiritueller Verarmung, die nichts von Kultur verrät, aufspüren, muß ihn in Reinkultur erleben! Nach der Adresse des *Völkischen Beobachters*, des offiziellen Organs der nationalsozialistischen Hitlerpartei, direkt zu fragen, bot sich nicht an, denn ... *in München war es nicht rätlich aufzufallen.* So begab er sich zur Schriftleitung der von Offizieren redigierten NS-Propaganda-Zeitung *Heimatland*, die der Volksgemeinschaft, dem Heldentum und der Heimat huldigte, und nach längerem Zögern verriet ihm die dortige Sekretärin, daß *der Herr Hauptmann* mit dem *Herrn Kapitänleutnant* zu Hitler gegangen sei, den er am besten im *Oberkommando* Schellingstraße 39 treffe, aber sie bitte, nicht zu verraten, daß sie ihm die Adresse gegeben habe.

Er landet in der *stillen Vorstadtgasse*, in deren Geschäften Hitlerporträts in Lebensgröße prangen, und schließlich in der Redaktion, besetzt von schwerbewaffneten Jünglingen, und läßt sich von Hitler selbst sein außenpolitisches Programm erklären, das ein Großdeutschland propagiert, mit Österreich und der Tschechoslowakei. Anders stehe es mit Südtirol: Man dürfe nicht sentimental sein und müsse aus politischen Gründen – Mussolini sei schließlich ein Verbündeter – darauf verzichten.

Und weiter, fragte Lania, wie wird es sein in der nächsten Gegenwart?

Von Kahr wird in Kürze am Ende seines Lateins sein, er sei kein Diktator, nur ein braver Staatsbeamter ...

Ungeniert werden in Lanias Gegenwart Telefonate geführt, Waffenbestellungen getätigt und Uniformen bestellt. Wie die ihre Dinger drehen! Wie dreist die Schieber ein und aus gehen! Das ergänzt sich mit seinen Recherchen zur Nazi-Bewegung. Der heute vergessene Journalist hatte bereits 1924 seine Erfahrungen mit dem aufkommenden Faschismus in *Die Totengräber Deutschlands* festgehalten, um ein dumpfes Volk zum Nachdenken zu bringen.

Und die vielen mageren Spitzel! Komplizierte Geschäfte, deren Kenntnis zu vermitteln der Zweck seiner heimlichen Aufzeichnungen ist. Dieser undurchsichtige Herr Teutschbein aus Hannover, ein Herr Lohmee, der sich als Schwede ausgibt, die sich allesamt bereit erklären, *die Ware* zu kaufen, die hundert Millionen dem Rechtsanwalt Hein in Scheinen hinblättern, und kaum ist das geschehen, kommen drei Kriminalbeamte mit einer Beschlagnahmeverfügung und sackeln alles ein. Dann äußern sich noch verschiedene Referenten zu der Sache, bis die Angelegenheit immer undurchsichtiger wird. Schließlich wird alles sang- und klanglos abgebrochen, das Geld wandert in die völkischen Geheimbünde, die Waffen werden als *schwarze Bestände* konfisziert und schwimmen in Lastschiffen bald italienwärts auf hoher See.

Bombengeschäfte, am Tresen abgewickelt zwecks strengster Diskretion. Nationen, die infantil mit dem Feuer spielen. Teure Waffen, mit denen kaum militärischer Ruhm zu ernten ist, da sie danebenschießen und schließlich als Altmetall in Kellerdepots landen.

Kommandos erschallen, die Tür wird aufgerissen, Hitler verspricht Lania leutselig ein *Date*, das wird Lanias berühmtes Interview mit Hitler. Er folgert, daß Hitler und Ludendorff noch die theatralischen Effekte von Mussolinis Marsch auf Rom im Kopf haben und Parallelen ziehen – besteht in ihren Augen hier nicht die gleiche Situation? Sie dürften nicht länger warten. Es müßte, versetzt sich Lania in ihre Gedankengänge, doch ein Kinderspiel sein, die Hakenkreuzfahne auf den Zinnen des Berliner Schlosses zu hissen.

Lania, der vife Journalist, der, vergleichbar Curzio Malaparte, für Mussolini arbeitete und dem Führerkreise ebensowenig fremd waren, kriegt bald mit, daß Hitler und die Seinen nicht kapieren, wie anders die Situation in Deutschland ist: Der Geldstrom ist versiegt, die Industrie war mit den Streikenden zu einer Einigung gelangt – *der Faschismus hatte seine Schuldigkeit getan, nun mochte er sich trollen.* Und die Hakenkreuzler verstehen ohnedies nicht, worum es geht.

Das Fazit:

So ist der Putsch vom 8. November 1923, der als entscheidender Kampf um die Macht gedacht war und in wenigen Stunden als Revolte im Bürgerbräukeller endete, das wichtigste politische Ereignis in Deutschland seit der Revolution, schreibt Lania. *Er ist ein Markstein für eine politische Entwicklung, die mit ihm ihren Abschluß gefunden hat, und erst die späteren Monate machten seine Bedeutung für den sozialen und politischen Umschichtungsprozeß in Deutschland ganz klar.*

Wir verdanken Lania, in Charkow als Sohn eines deutsch-russischen Arztes und einer Österreicherin geboren, die nach dem Tod seines Vaters nach Wien zurückkehrte, zudem die genaue Dokumentation *Der Hitler-Ludendorff-Prozeß*, bereits 1925 im Verlag Die Schmiede erschienen. Seine Recherche beginnt parterre, bei den Kleinbürgern, die er beim *Düngergeruch des bayrischen Kuhstalls in Miesbach* oder im königlichen Hofbräuhaus studiert: *An den langen Tischen müde, verhärmte, elend gekleidete Gestalten. Ein niederschmetternd-trauriges Bild. Die Männer dösen dumpf, schläfrig in dem Tabaksqualm, der wie eine schwere Wolke über dem riesigen Saal hängt. Boden, Bänke, Tische starren vor Schmutz.*

Lania kommt mit einem Metallarbeiter ins Gespräch, der seit Wochen arbeitslos ist: Er will von keiner Partei etwas wissen.

Aber Hitler wird es schaffen, noch in diesem Winter. Das ist ein Kerl!

Es waren nicht wenige, die so dachten. Sie bildeten Hitlers Gefolgschaft. *Das große, vielmillionenköpfige Heer des deutschen Kleinbürgertums – durch Not, Hunger und Unzufriedenheit mit den bestehenden Verhältnissen aus seiner Ruhe und althergebrachten Ordnung aufgerüttelt –, das nunmehr in Bewegung geraten ist.* So Lania.

Dann die Mitglieder der zusammengebrochenen Armee, frustriert vom Entrüstungssturm, der sie überrollte, und schließlich die traditionslose Studentenschaft, die längst vergessen hat, daß sie siebzig Jahre zuvor noch zusammen mit den Arbeitern für Demokratie und Republik auf die Barrikaden ging. Jetzt lautet ihr Schlachtruf: *Mit Wotan, für Diktator und Vaterland, gegen die Juden, gegen die Marxisten, Sozialisten und Kommunisten, gegen das »jüdische« Kapital!* Kurz, es lohnte sich, Hitler kennenzulernen.

Am besten dazu geeignet ist dann der Prozeß, den Lania ein verwickeltes »Seminar über Hochverrat« betitelt. Das Bühnenbild: die Angeklagten an kleinen Tischen, daneben die Verteidiger. Ein paar Bänke für die Zeugen, ein paar Reihen für die gründlich gesiebten Zuschauer. In den letzten Reihen die Presse. Man ist unter sich, im deutschnationalen Element.

Vier Arten von Hochverrat standen zur Debatte. Da war der Verrat von Kahrs und von Lossows gegen Hitler, der Hitlers und Ludendorffs an von Kahrs Putsch, ein Hochverrat gegen die Bayrische Regierung und einer gegen das Generalkommissariat.

Während des Prozesses in München, bei dem Hitler des Hochverrats bezichtigt wird, spricht Hitler vier Stunden lang, *sagt eigentlich immer wieder dasselbe.* Er ist im Cutaway, trägt das Eiserne Kreuz 1. Klasse. *In seiner Kleidung, seiner Sprache, seinen Gesten, seinem ganzen Auftreten liegt etwas Subalternes, Unfreies. Der Kragen ist ein wenig zu hoch, der schwarze Rock zu stramm gezogen, seine Haltung um eine Nuance zu akkurat. Sieht so ein Diktator aus?*

So gelingt es ihm, sich vom Angeklagten zum Kläger hochzustilisieren.

Ab Mitte der zwanziger Jahre schreibt Lania für Theater und Film, verfaßt die Wirtschaftskomödie über die Erdölindustrie *Konjunktu*r und das Drehbuch zur Verfilmung von Brechts *Dreigroschenoper.* 1932 emigriert er, um der drohenden Machtübernahme Hitlers zu entfliehen, über Prag nach Österreich und 1933 nach Frankreich, von dort über Spanien und Portugal in die Vereinigten Staaten, und verarbeitet seine Flucht im Band *The Darkest Hour* und arbeitet für die Propaganda-Institution Office of War. 1939, nach dem Kriegsausbruch, meldet sich Lania zum Wehrdienst, bezahlt das jedoch mit mehrmonatiger Inhaftierung. 1940 flieht er nach Südfrankreich, landet in einem französischen Internierungslager in Audierne, emigriert über Spanien und Portugal in die Vereinigten Staaten. Mitte der fünfziger Jahre siedelt er nach München über, schreibt eine Hemingway-Biographie und hilft Willy Brandt bei seiner Autobiographie. Er stirbt 1961 in München.

Von verblüffender Aktualität sein noch einmal verlegtes, exklusiv ausgestattetes Buch mit dem witzigen Titel *Gewehre auf Reisen*, das 1923 mit einem Vorwort von Kurz Tucholsky im Malik-Verlag erschienen war, in dem er den deutschen Waffenschmuggel anprangert, geheime Dokumente der Hersteller, Händler, Handlanger veröffentlicht und detailliert die Rolle von Politik, Verteidigungsministern und -ministerien, von Industriebossen, Agenten und der Justiz aufdeckt. Wollte man den heutigen Waffenschmuggel darstellen, so weist er ein ähnliches System auf, man müßte nur die Namen auswechseln – von legalen Lieferungen an Katar, von Kampfpanzern Leopard 2, Waffenlieferungen des G36-Gewehrs nebst Munition und Ausstattungen in den Krisenstaat Mexiko einmal abgesehen.

Ein von der ersten bis zur letzten Zeile fesselndes Buch, das die eiskalten Herrscher über Leben und Tod entlarvt.

Lania war stets der Meinung, daß die Aufgabe eines Journalisten sei, das auszusprechen und in Erfahrung zu bringen, was das Volk nicht weiß, in gewissem Sinn Sprecher seiner Nation zu sein. Das ist schwierig und gefährlich und wird wenig anerkannt.

Denn oft geschieht es, daß ebendiese Nation die Haltung des Schriftstellers nicht versteht, sie als Bekundung leerer und unnötiger Zuchtlosigkeit auslegt, fast wie einen Verrat am eigenen Land, schrieb Curzio Malaparte in seinem Roman *Kaputt*.

Was treiben die Leute eigentlich mit den Waffen? Sie handeln damit. Und zu welchem Ende? *Zu einem blutigen Ende,* stellt Kurt Tucholsky in der *Weltbühne* 1923 fest, und er hat leider recht, wenn er schreibt: »Aber es ist gewiß, daß das Land in seiner jetzigen, völlig unveränderten Geisteshaltung wieder in eine Katastrophe hineintaumeln wird, genau wie im Jahr 1914: dummstolz, ahnungslos, mit flatternden Idealen und einem in den Landesfarben angestrichenen Brett vor dem Kopf. Dann gehen wieder Gewehre auf Reisen.«

Vielleicht diesmal per Drohne.

Der Rebell

Fortschritte der Waffen, der chemischen Gifte und der Kernforschung, gefördert von einem Despoten: Das sind die schmerzhaften Splitter eines gescheiterten Putschisten, *der eine milde Festungshaft mit dem Blutbuch* Mein Kampf *verließ. Das Kleinbürgertum ist verarmt: Ein Kohlrabi kostet fünfzig Millionen.* Wir wollen ewig leben, ewig feiern!*, schreien die Unsterblichkeitsüberzeugten und werfen sich in den* Golden Twentie-Tanz, in Wahrheit *ihr Grab.*

Oskar Maria Graf, gerade dem Terror der mißgünstigen, beengenden und rohen Dorfgemeinschaft in Berg am Starnberger See entkommen und in die Stadt München geflohen, von der er sich Unterstützung erhofft, stählt beim Anblick der repräsentativen Feldherrnhalle, erbaut für »verdiente Heerführer«, sein Rebellentum und blättert in seinem Band *Frühzeit*, einer Vorarbeit zu seiner Autobiographie *Wir sind Gefangene*, die in der »Roten Romanserie« erscheinen wird. Die Nächte verbringt er für dreißig Mark im Monat im bescheidenen Hotel Kronprinz in der Zweigstraße. Bislang hat er seine Erlebnisse nur bei Geselligkeiten als Erzähler zum besten gegeben, doch Zuhörer Wieland Herzfelde vom Malik-Verlag hat ihn dazu überredet, ein Buch daraus zu formen. Er zieht sein Notizbuch hervor und macht sich Notizen für einen zweiten Teil – er wird unter dem Titel *Schritt für Schritt* und später mit dem ersten Teil vereint erscheinen.

Der einstige Bäckerlehrling und gerade noch davongekommene Revoluzzer sucht die Theatinerkirche und die Halle im Wechsel auf, um seine zwiespältigen Erfahrungen zu überprüfen, auf der Suche nach einem neu zu erlangenden Menschenvertrauen. Auch das eine Erfahrung, daß Menschen in die Kirche kommen, die dort Hilfe bei ihren Streitigkeiten suchen – als wäre das eine Art historischer Beichtstuhl.

Doch Grafs Erwartungen, in der Stadt auf mehr Verständnis als im Dorf zu stoßen, werden enttäuscht. Niemand interessiert sich für seine Arbeit, er muß minderwertige Dienste verrichten, um etwas zu verdienen, und lebt unter elendiglichen Verhältnissen, notiert schließlich in heruntergekommenen Unterkünften, auf den Knien seine Schriften, und sucht Nähe bei linkspolitischen Gruppierungen. Das mobilisiert seine Aufmüpfigkeit, von der er nie mehr ablassen wird. Seltsam, gerade der Erste Weltkrieg, dessen üblen Schlachten er sich durch vorgetäuschtes Irresein entzog – er schrieb darüber in *Einer gegen alle –*, gab ihm neue Kraft. Das blutige Ende der Revolution mit den niedergemetzelten Arbeiterbataillonen befreit ihn aus seinem Eingesperrtsein: *Sie sind alle Hunde gewesen wie ich, haben ihr Leben lang kuschen und sich ducken müssen, und jetzt, weil sie beißen wollen, schlägt man sie tot.*

Er blickt sich um. Etwas an diesem ruhmgekrönten Raum macht ihn noch aufsässiger, er trommelt wütend mit seinen harten Fäusten auf den marmorierten Stein, und der Zorn verdrängt seine würgende Not. Plötzlich fühlt er einen heftigen Luftstrom, der aus dem Felsen dringt, und es ertönt eine mächtige Stimme, der er sich gnadenlos ausgeliefert fühlt. Was ist da los in München, brüllen hier die Steine? Das ist ja der wahre Stimmdynamit, und rauh und knarrend schreit er dagegen an. Die Fähigkeit, seine Stimmlippen im Kehlkopf zum Schwingen zu bringen, hat er als Schäfer mit seinen Schafen und

Kühen und beim Jodeln bis aufs äußerste trainiert, und den Radius systematisch erhöht. So gelingt es ihm, was noch keiner schaffte, die Stimme der Feldherrnhalle verdutzt zum Schweigen zu bringen.

Ab und zu las er mit großem Interesse die Artikel von Kurt Eisner in der *Münchner Post*. Eisners Schicksal wird ihn später dazu anregen, eine Erzählung über ihn zu schreiben. Wenn er Eisner liest, fühlt er sich nicht allein, weil er weiß, daß die Gefühle der Besten in Bayern und Deutschland mit ihm sind.

In der Fremde, in New York, zog es ihn nach Hause, und so schrieb er dort *Das Leben meiner Mutter*, eingebettet in die Geschichte einer oberbayrischen Bauernfamilie und verknüpft mit seinem eigenen Werdegang. Er erzählt darin *von der stillen und unentwegten Arbeit, von der standhaften Geduld und der friedfertigen, gelassenen Liebe* und von erdhafter Gebundenheit, aus der sich der Autor löst, um sich bei einer Gruppe von Anarchisten um Erich Mühsam beinahe zu verlieren.

Der kräftig gebaute Mann in der Lederhose, der etwas Bäuerliches hat, spuckt aus. Ach, die Höhe generalsmäßiger Vergangenheit! Aus Kriegsgeschossen in Bronze gegossen, haben die beiden Generäle eins gemeinsam: Sie sind fixiert in Unbeweglichkeit, stumm, nicht zu ertasten, nicht zu schmecken. Sie haben die körperliche Tüchtigkeit einseitiger Sportsleute, haben Sittlichkeit und Sport maschinenartig verehrt, suchten stets, ihr kleines Alltagsselbst zu verwirklichen, und waren doch nur Mittel zum Zweck.

Oskar Maria Graf kommt sich vor wie ein Feldherr, der vor einer Reihe von Buchsbäumen salutiert. Wütend denkt er an 1848, als *unsere biederen, ehrlichen Demokraten ein einiges, wirklich freies Deutschland haben machen wollen, da haben dieselben deutschen Fürsten, die uns jetzt immer von »vaterländischer Opferfreudigkeit« was vorfaseln, da haben diese Schufte auch diese harmlose Revolution zusammengehauen und niederkartätschen lassen – und wohlgemerkt von Soldaten, die nichts anderes waren als du und ich! Das Schreckliche*

ist doch, daß sich eben immer Menschen hergegeben haben zum Solda-
tenmachen …

Seitdem glaubt Graf, *halb ein Bauer, halb ein Arbeiter und vielleicht auch ein bißchen ein zerfahrener Intellektueller,* nicht mehr an eine Revolution bei uns:

Mir hat auch einmal so ein Militärschädel jede Selbständigkeit aus den Knochen geschlagen und aus dem Hirn herausgeprügelt. Das verliert sich nicht so schnell … Das Volk, das sind die Schwachen, das sind die, die mißtrauisch sind, wenn man ihnen so die Ohren vollredet von Freiheit und Gerechtigkeit – das Volk ist wirklich wie meine Mutter daheim! … Die hat sich den Glauben an die Menschen abgewöhnt …

Er wendet seinen Blick abrupt von der Feldherrnhalle ab. Die Vergangenheit ist ein Scharlatan. Selbst die Ächtung hat man ihm, dem rebellischen Sozialisten, versagt. Nicht einmal bei der Bücherverbrennung hat man seiner gedacht, das hat ihn im Innersten getroffen. Er ist wutentbrannt zu seinem Schreibtisch geeilt und hat einen Brief an die Machthaber verfaßt:

Verbrennt mich! schrieb er:

Verbrennt mich!

Jeder Schritt, der ihn vom Denkmal wegbringt, erhöht sein Gefühl für die Jetztzeit. Nun läuft er fast. Ihn treibt der Biß der Gegenwart und lenkt seinen Verstand in die entgegengesetzte Richtung.

Idioten hinter ihm.

Die Asphaltcowboys

Juden und Regimegegner verlassen das Land. Das neue »Lichtspielge-
setz« und die Zensur propagieren einen »gesunden« und »würdigen«
neuen deutschen Menschen. Doch Brecht und Bronnen beharren auf
ihrer eigenen Vorstellung. Tatsächlich werden sie das Theater revolu-
tionieren und die Gesellschaft verändern, nicht nur in München.

Der erste Eindruck, als sie im Frühjahr 1923 von Berlin nach
München kamen: *Hakenkreuze, Uniformen, provokante Plakate, knal-
liges Geschrei*, so mein Vater, der Schriftsteller Arnolt Bronnen. Zwei
magere, hungernde junge Männer durchstreifen die Stadt, gehen in
den Circus Krone, wo *der Viehentfessler Schicklgruber seine widerli-
chen Trapezakte* vollführt, und besteigen die Feldherrnhalle. Auch da,
mehr noch als sonst braune Hemden, funkelnde Aufmärsche, tragische Brüllaffen und blauer Himmel. Und von fern Hitlers Stimme per
Lautsprecher, damit kann er seine organisatorischen und medialen
Fähigkeiten bis zum Exzess ausschöpfen. Massenveranstaltungen
werden choreographisch stilisiert, um die Menge zu mobilisieren.
Hannah Arendt spricht in ihrem Buch über totalitäre Herrschaft von
der *Bewegungssüchtigkeit totalitärer Herrschaften, die sich nur halten
können, solange sie in Bewegung bleiben und alles um sich herum in
Bewegung setzen.* »Ihr habt die Stimme eines Mannes vernommen,
und sie schlug an eure Herzen, sie hat euch geweckt, und ihr seid die-

ser Stimme gefolgt.« So beschreibt Hitler später selbstgefällig seine Rolle auf dem Parteitag 1936 in Nürnberg.

Hitler weiß sehr wohl, meldet wichtigtuerisch die Stimme, verkleidet als Rednerstimme, daß seine Wirkung nicht nachhaltig ist, er darf niemals verstummen. Das Volk, seine Adressaten, vergißt Parolen und merkt sie sich nur, wenn sie wiedergekäut werden, um die Hörgemeinschaft anzutreiben.

Insofern ist Hitler der Schöpfer internationaler moderner Propaganda, ob bei Wahlkämpfen, bei Massenveranstaltungen oder beim Fußball. Kein Politiker, der nicht rednerzentriert auftritt, kann sich seiner Wirkung sicher sein. Hitler hat es vorgemacht, indem er Schauspielunterricht nahm, und nicht wenige Politiker machen es ihm nach, engagieren Schauspieler als Rede- und Auftrittscoach für Funk- und Fernsehauftritte, üben das Frage- und Antwortspiel, bis es sitzt.

Brecht merkt sich diese Stimmpolitik und wird sie nutzen. Bronnens Art und Weise, das zu übernehmen, nähert sich der Kopie. Sie sind nicht wie die meisten Deutschen auf der Suche nach einer nationalen Rettergestalt. Aber beide sind neugierig auf Adolf Hitler, der sich innerhalb eines Jahres zum politischen Führer hinstilisiert hatte. Ein Kleinbürger mit schlechten Manieren, unpassend gekleidet mit Reitgamaschen, Velourhut, Reitpeitsche, Schäferhund und einem Gürtel mit Revolver, nicht zuletzt mit rotlackiertem Benz, der ins Münchner Großbürgertum Eintritt fand und als »deutscher Mussolini« gehandelt wurde.

Das späte Frühjahr 1923, noch luftig und nicht allzu heiß, scheint die geeignete Zeit für Massenaufmärsche, in denen *der 34jährige Anstreicher aus Braunau brillierte und dessen Gefährlichkeit damals nur wenige durchschauten.* (Bronnen) Die beiden »Asphaltcowboys«: Bertolt Brecht, dessen Stück *Trommeln in der Nacht* Falkenberg gerade an den Kammerspielen zur Uraufführung gebracht hat, und sein Freund Arnolt Bronnen nutzen diese Marsch-Choreographien für ihre Theaterszenen. Sie schleichen aufsässig um die Feldherrnhalle herum und streiten über das Brechtsche Stück, in dem die Arbeiter gegen die Räte, Enoch, der Held der »Trommeln«, gegen die Revolution auftritt, und Bronnen fragt sich, ob Brecht von der Revolution oder die Revolution von Brecht enttäuscht sei. Wir sehen sie durch ein abweisendes München trippeln, die Krägen hochgeschlagen, mit knurrenden Mägen und immer heftig diskutierend. Zwei Bürgersöhne, ins »kalte Chicago« verschlagen, mit der Frage beschäftigt, wie mit der proletarischen Klasse nicht nur literarisch Umgang zu pflegen sei.

Mir gefallen die beiden zu zweit besser als jeder allein. Seit Jahren liegt ein unvollendetes Theaterstück über das Duo bei meinen Akten – aber ich habe mich nicht wieder daran gewagt.

Das Bürgerliche an beiden, gegen das sie ein Leben lang ankämpfen. Nach dem Ersten Weltkrieg trifft Bronnen die soziale Deklassierung tief:

Der Neuankömmling zählte zu den Verlierern, doch das war er schon so gewohnt, seit er in den Krieg gezogen, an der Front verwundet, vom Feinde gefangen, ohne Chancen heimgekehrt und ohne Hoffnung aus der österreichischen Heimat ausgewandert war, um nun, mit nicht viel mehr Hoffnung, in der nördlichen Fremde zu vegetieren.

Beide stecken voller Pläne, genießen das Glück ihrer Anfänge. Beide haben zu schreiben begonnen, beide sind ohne Geld, beide zielen auf Ruhm. Zwei Autoren, mitnichten im Elfenbeinturm, denen es an der Zeit zu sein scheint, daß das Leben endlich herausrückt, wonach sie streben: den Lorbeerkranz und später die Marmorbüste. Beide wollen Erfolg. Beide haben noch keinen Erfolg. Beide haben begriffen, daß Erfolg bedeutet, sich von den anderen abzuheben. Das üben sie zusammen nach Leibeskräften.

Brecht, Sohn des Direktors der Haindlschen Papierfabrik in Augsburg, plant schon als Neunzehnjähriger *ein Stück über Alexander den Großen – Ich will, daß es unsterblich wird –* und genießt *in bajuwarischer Schaufreude das Spektakuläre, die Massenregie und Massenauftritte des Hitler-Klüngels.* Erste Fassung *Baal,* der Protest gegen bürgerliche Ideologie, gegen Pflicht fürs Vaterland, Leben als Entbehrung und Opfertod. Durch List und väterliche Protektion vom Militärdienst suspendierter höherer Sohn, der ein bißchen studiert. Voyeur der Geschichte, zwischen Gleichgültigkeit und Rückzug in die Welt der Phantasie, der gleichwohl den Jugendfreund und Deserteur Georg Prem bei sich versteckt.

Bronnen: Außenseiter seit der Kindheit in Wien, der 1913 *Das Recht auf Jugend* schreibt, der Jugendbewegte, Einsame, Sich-Zerfressende, Verstärkung suchend am kämpferischen Busen von Siegfried Bernfeld, der eine groß aufgezogene Organisation gegen die Welt der Alten, den »Sprechsaal Wiener Mittelschüler«, gegründet hat.

Transferiert von der Innsbrucker Offiziersschule zum 3. Kaiserjägerregiment, findet er sich 1916 unversehens bei der Thronfolgeroffensive an vorderster Front. Kehlkopfdurchschuß, Stimmverlust, Gefangenschaft. Mein Vater sprach sein Leben lang mit heiserer Stimme.

Frühling 1921. Die beiden treffen aufeinander in der Wohnung des jüdischen Schriftstellers Otto Zarek in Berlin, wo Brecht, schmal, blaß, abstehendes Wirbelhaar, die *Erinnerung an die Marie A.* krächzend, zur Gitarre singt. Brecht, planmäßig vergammelt, flache Ledermütze, Lederjacke, Bronnen in notdürftig zum Zivilen umgeschneiderter Militärkluft.

Berliner Bohemehinterzimmer. Bronnen, der Neuankömmling, ein großer schlanker Mann mit Monokel und fliehendem Haaransatz, kümmert sich nicht um das Getümmel, starrt den Sänger an, einen dürren Menschen, stacheliges, dunkles, nach vorn gekämmtes Haar, aus dem strähnige Halme aufstehen. Billige Stahlbrille, kleine Ohren, zarter Mund.

Irgendwer sang. Irgendwer hatte die kleine, feuchte Zigarre weggelegt, hatte die auf seinen Schenkeln liegende Gitarre gegen seinen hohlen Bauch gedrückt, hatte mit einer krächzenden, konsonantischen Stimme zu intonieren begonnen … Er hatte noch nie einen Menschen gesehen.

Er hatte das Gefühl der Erkenntnis: in diesem Menschen dort schlägt das
Herz dieser Zeit. Er hatte das Schülergefühl: Liebe, große Liebe in der
Welt, gib mir den zum Freund.

Bronnen ist voll Bewunderung, aber auch Eifersucht auf den erfolgreicheren Freund, der binnen kurzem alle kennt, die wichtig sind.

Wir hören sie über Dramaturgie diskutieren – es lag beiden daran, deutlich zu machen, daß ein neues Drama existiere und daß »Drama« etwas anderes sei als das, was die Bühnen von den alten Autoren brächten. So hatte Arthur Schnitzler sich beschwert und im Tagebuch »das lausbübische Verhalten der deutschen Dichter Brecht und Bronnen während der Vorstellung« moniert. Sie rekapitulieren stets aufs Neue den Münchner Juniabend im Circus Krone und scherzen rülpsend über Presse-Funde. So meinte ein gewisser Georg Schott 1924, Hitler spreche mit »Worten, die ihm ein Gott gab auszusprechen«, und ein gewisser Karl Kindt wußte, daß Deutschland »aus dem Grabe stieg, erweckt von der Stimme eines Propheten«.

Brecht, wie stets mit Schirmmütze und Lederkluft, Bronnen in bemühter Eleganz, weißer Anzug, Weste; feines Hemd, beide mit »Wille zum Typ« (Elisabeth Hauptmann) sich bewegend, in sorgloser Strizzihaftigkeit.

Brecht spricht von Hitler, der den Massen vom Speisezettel aus nahekäme, indem er an die gemeinsamen Erbsen, den Speck, das Erdäpfelgulasch appelliere – so ergebe sich aus dem gemeinsamen Fraß der gemeinsame Rülpser. Sie erwägen München als Standort, kommen jedoch wieder davon ab:

Lieber Arnolt,
ich bin gestern hierhergerollt, als ich kam, unangemeldet, mitten
in der Nacht und sah, daß Maschinengewehre aufgestellt waren.
Es herrscht ein aufreizender Ton hier und ich werde nicht lang hier

ruhig essen und trinken können. Gegenwärtig beschäftigt mich also immer noch das Studium des Problems, wie Du Dich hier zwischen 2 Linien wohl fühlen könntest. Soll ich mich in München nach einer Wohnung für Dich umschaun?

Bitte schreib mir also gleich, was Du von München meinst!

Bert

In einer kleinen Erzählung schildert Brecht im März oder April 1942 eine Begegnung mit Hitler im Hofgarten. Dort sitzen in einem Café Schriftsteller und Theaterleute zusammen, und Brecht registriert genau die Banalität eines *ziemlich gewöhnlich aussehenden Menschen mit einer häßlich fliehenden Stirn, a local agitator, a certain Adolf Hitler.* Diesen Eindruck verknüpft er mit einer späteren Erinnerung an den Auftritt des *fähigen Schauspielers,* der Unterricht beim Hofschauspieler Fritz Basil genommen hat: *Es war sehr klug von Hitler, der aus einer Kleinstadt in Österreich kam, Sprechunterricht zu nehmen und zu lernen, wie man Heiserkeit vermeidet. Wie wir hörten, lernte er, was er mit seinen Händen beim Reden und öffentlichen Auftritten machen solle, wie er wichtig erscheinen könne und wie er großartige Gesten auszuführen und zu gehen habe.* Und Brecht stellt fest, Hitler spreche *immer ein wenig ungehalten, im Tonfall eines Mannes, den man offensichtlich aus reiner Bosheit zu Unrecht angeklagt hat.*

Fazit: *Seine Schauspielerei war überzeugend.*

Wenn Brecht, wie spürbar ist, diese Geschichte für die amerikanische Presse ein wenig hingestriegelt hat, so nehme ich ihm das nicht übel. Er hätte so gern in Amerika ein wenig Erfolg gehabt.

Kleine Nebelwolken entweichen ihren Mündern, während sie in der Maximilianstraße ihre Wut auf das bürgerliche München herausstoßen:

mit dem steifen hut ist es nichts hier mensch
oh java java java

und diese kavalkaden von trüben hundsföttchen
und hitler auf dem monopterus auf moses iglstein scheißend
und die lackieranstalt in der augustenstraße ...

Kontrapunktisch zum Glück des Anfangs eine unerquickliche Realität, von Hunger, miesen Untermietzimmern, aufkommender Brutalität geprägt, eine Welt der Kälte. Ihr Verhältnis zum Geschehenen, das sich hier offenbart, demonstriert einen genau eingehaltenen Sicherheitsabstand. Das scheint unerläßlich zu sein für beide, um ihre Gegenwart von der Vergangenheit zu trennen. Beide wissen, daß sie keineswegs vorhaben, es den »Altvorderen« nachzutun. Doch während Bronnen genau dies tun wird, obwohl er diesen Drang mit allen Mitteln bekämpft, wird Brecht lernen, wie man es vermeidet. Und Brecht macht gern den Lehrmeister in allen Lebenslagen, auch dann, als ihn Bronnen in der Charité besucht:

Empfehle dir dich dazuzulegen
nichts lehrreicheres für einen jungen dramatiker als ein großer
krankensaal.

Bronnen fühlt sich rasch überkommuniziert und zeigt Ermüdungserscheinungen:
Brecht vervielfachte sich dauernd, und selbst wenn man ihn allein in
ein Zimmer sperrte, konnte man sicher sein, beim Aufsperren einen bis
zum Rand mit Brechts angefüllten Raum vorzufinden.
Ich sehe sie durchs graue, dreckige, riesige Berlin und durchs hitlerverseuchte München trippeln, zwei gebeugte Rücken, die Köpfe eingezogen, die Jackenkragen hochgeschlagen, die Hände in den Taschen, mit knurrenden Mägen – damit begänne mein Bühnenstück, so ich's denn schriebe.
Bronnen: *Sie hatten einen gemeinsamen Standpunkt. Beide lehnten alles ab, was bis zu dieser Stunde gedacht, geschrieben, gedruckt worden*

war, einschließlich ihrer eigenen Erzeugnisse, beide aber gaben allem, was nach dieser Stunde produziert werden mochte, die größten Chancen, und auch hier schlossen sie ihre zukünftigen Erzeugnisse großzügig ein.

Sie beschließen:
Wir werden gemeinsam in die Theater und zu den Proben gehen, wir werden die Regisseure studieren, werden lernen, wie man es nicht macht. Wir werden die Autoren entlarven ...

Wir hören sie krakeelen und protestieren, zwei Ganoven, die sich nicht mal eine Buskarte kaufen können, sehen sie Miezen anfallen, Opfer ihrer halbgaren Frauenbilder, und die jeweilige Freundin des Freundes gelb vor Eifersucht beschimpfen:

Bronnen: *die schiache Mariann ...*
Brecht: *die säuerliche alte Jumpfer ...*

lieber arnolt
vielen dank für das telegramm
mit den trommeln ist es gutgegangen
es regnete nicht ins theater
ich bin nur mehr
haut und haar
es ist gut, daß du eine wohnung hast
ist es auch warm dort
die füße untern tisch
und den tabak in die nase
und eine freche fotze geführt

In ihrer Schaufreude, Theaterbesessenheit und ihrer jugendlichen Anarchie haben sie sich berührt, aber nicht nur da. Die Spielform Homoerotik gehört zu ihrer Theaterkulisse und fließt ein. Brecht lebt in offenen Beziehungen, und da haben Experimente mit dem eigenen

Geschlecht nichts Befremdliches. Bronnen, der junge Monokelträger, der nach seinem Überraschungserfolg mit dem Bühnenstück *Vatermord* hinter Himmelsbläue seine Unsicherheit verbirgt, der Bonvivant, der einen teuren Wanderer fährt, Frauen und Dogge neben sich, überbesorgt: Wo wohnt er, was ißt er, wer wäscht ihm die Wäsche?

Brecht:

mir ist der magen schwach mamma
nimm meinen segen zu diesem allem mein sohn
trinkst du auch genügend kakao ...

Zwischen ihnen wächst eine erotische Spannung, wie sie in der Berliner Nachkriegsatmosphäre zwischen »Jünglingsmännern« nicht selten ist. Sie singen sich an:

oh du augenwonne seligkeitsschnabel rauchfleisch

Dompteur Brecht nennt Bronnen den »schwarzen Panther«. Die gleichzeitigen Beziehungen beider zu Frauen, die sich wie bei Gerda Müller überschneiden, erhöhen die spröde Zärtlichkeit. Beide spielen in ihren Werken mit homophilem Hautgout.

Bronnen:

Du riechst sagte der Schöne.
Man riecht immer behauptete der Grobe.
Wirst du schrein?
Nein ich will nicht lehnte ruhig der Schöne ab. Mach deinen Dreck
allein.
so pack du meinen und ich pack deinen.
Ich sag doch ich will nicht.
Und das andere?
Was
anderes?
Ich in dich.

Der Schöne richtete sich auf und seine Hände strichen seinen Leib.
Man kann in mich hinein –
Huber sprang vor.

Während Bronnen die *Septembernovelle* schreibt, versucht sich Brecht in *Bargan läßt es sein* im Münchner *Neuen Merkur* mit ähnlicher Thematik: Homoerotik als Spiegel ihrer Beziehung und Opposition? Brecht hat im Winter 1918/19 zur Zeit der Räterepublik um Lion Feuchtwanger geworben, der den großen München-Roman *Erfolg* vorgelegt hat und schreibt, München sei eine schöne, selbstgefällige Stadt, die keine Kritik vertrage, sie wolle verhätschelt, umschmeichelt sein wie eine Diva. Und er arbeitet an seinem Roman *Jud Süß*, dessen Stoff alsbald als antisemitisches Machwerk die Kinos erobern wird. Brechts Bühnenstück *Trommeln in der Nacht*, kurz darauf in Berlin inszeniert, ist auch dort ein großer Erfolg. Damit, wie in der *Dreigroschenoper* und seinen Gedichten, bringt Brecht ein neues Element zur Geltung, den teuflischen Stolz im Herzen all seiner Abenteurer und unbekümmerten Vagabunden, die sich dem eigenen Untergang nicht beugen. Bronnen wiederum erregt Aufsehen mit seinem Stück *Vatermord*:

Fessel (der Vater): Vaterland ist das Land, wo die Väter fronen für ihre Söhne.
  Walter (Sohn): Und sie prügeln.
  Fessel: Und sie ernähren.
  Walter: Und sie einsperren.
  Fessel: Und sie kleiden.
  Walter: Und sie knechten.
  Fessel: Und sie erziehen.
  Walter: Und sie hassen.
  Fessel: Und für sie besorgt sind.

Walter: Und sie zertreten, wenn sie können.
Fessel: Und sie zertreten, wenn sie wollen.
Walter: Will!

Der vermessene Versuch, alles, die Väter, die Ordnung, den Staat, die Welt, die gesamte Menschheit zu zerstören, ein Werk, das in seiner Radikalität über die Werke ähnlicher Thematik hinausgeht, insofern es den Mord am Vater dem Mord am Staat gleichsetzt. Heute sind wir mit solchen Akten des Tötens »weitergekommen«, als Bronnen das Stück schrieb, gab es keine Vorbilder.

Wir wissen mit dem Mord kaum mehr etwas anzufangen, ... weil wir nicht mehr wissen, was wir mit den normativen Einrichtungen anfangen sollen. Mir scheint, daß man noch nicht recht ermessen hat, was mit dem Nationalsozialismus in den okzidentalen Kulturen tatsächlich alles zusammengebrochen ist, sagt Pierre Legendre in seiner *Abhandlung über den Vater.*

Der junge Gefreite der kanadischen Armee drang am 8. Mai 1948 in die Nationalversammlung von Québec ein, um die Regierung zu töten, schoß mit einer Handfeuerwaffe in den Gängen um sich und tötete drei, verletzte acht Menschen.

Doch die Nationalversammlung tagte nicht – der Saal war leer.

Solches hätte auch Bronnen bei seinen spontanen Aktionen passieren können, für die später seine Frau Olga den Kopf hinhielt.

Die Konkurrenz zwischen Brecht und Bronnen manifestiert sich auch in der Namensgebung. Über seinen Namen, der ihm *so wenig gefiel wie mein Gesicht,* hatte Bronnen schon früh nachgedacht:

Ich trug meinen Namen lange in mir, ehe ich ihn niederschrieb: Bronnen. Und dazu meinen Vornamen änderte, erst in Arne, dann in Arnolt. Von da an wußte ich, daß dies mein Name war. Arnolt sagt sich los. Vom Elternhaus, vom Judentum.

Bertold Brecht härtete ebenfalls seinen Vornamen, machte das d zum t.

Brecht und Bronnen: Karl Kraus hat die beiden »die Fasolte« der Literatur genannt, nach den beiden Riesen aus Wagners *Rheingold*. »So ist der Gegensatz ja außerordentlich«, führt Hans Mayer aus, »das kleine Wörtchen ›und‹ trennt sie vollkommen. Brecht ist meiner Meinung nach schon immer ein Gegner des Expressionismus gewesen, bei Bronnen ist von Anfang an alles Emotionsliteratur, er schreibt sich was von der Seele. Brecht will erkennen, darstellen, Bronnen will sich mit etwas meist im Haß auseinandersetzen.«

Ihre Briefe. Der »Herr des Nordmeers« (Bronnen) an den »Herrn des Südmeers« (Brecht), von Bronnen am Ende seines Lebens wieder hervorgeholt. Denn bald gehen die beiden Freunde getrennte Wege und werden sich erst viel später, im Jahr 1954 in Ostberlin, wieder begegnen.

Brecht wird einen Tag nach dem Reichstagsbrand emigrieren, zunächst nach Prag, dann in die Schweiz, dann nach Dänemark und Schweden, schließlich nach Amerika, wo er reserviert und distanziert lebt, erst in Deutschland wird er wieder in die Wirklichkeit eintauchen.

Heut nacht im Traum sah ich Finger, auf mich deutend
Wie auf einen Aussätzigen. Sie waren zerarbeitet und
Sie waren zerbrochen.

Unwissende! schrie ich
Schuldbewußt.

In *Das Leben des Galilei* mahnt der Physiker: ... *und gib auf dich acht, wenn du durch Deutschland kommst mit der Wahrheit unter dem Rock!*

Bronnen, der bereits die Verstrickung spürt, wird *Kampf im Äther* und die Geschichte des faschistischen Freikorpsführers Roßbach schreiben. Vom traumatischen Weltkriegsschock tief geprägt, ist er anfällig für Wortblut und verführbar durch Reinheitsideen. Brecht greift sich das *Kapital* und nimmt Beziehung zur marxistischen Arbeiterschule auf. Seine wendige Intelligenz ist von der Methodik der Dialektik faszinert, während Bronnen bei Thomas Manns »Deutscher Rede« Störmanöver verursacht und Olga, seine Frau, von Goebbels angefeuert, bei der Aufführung von Remarques *Im Westen nichts Neues* im Theater weiße Mäuse losläßt.

Die Wege beider laufen gründlich auseinander. Während Bronnen seinen Oberschlesien-Roman *O.S.* zu Papier bringt, hat Brecht längst seine ironischen »Hitlerchoräle« angestimmt und intoniert, nach der Melodie *Nun danket alle Gott*:

Nun danket alle Gott
Der uns den Hitler sandte
Der aufräumt mit dem Schutt
Im ganzen deutschen Lande.
Aus ist der alte Trott!
Er streicht das Haus neu an.
Drum danket alle Gott
Daß wir den Hitler han!

Als Bronnen es zum Dramaturgen der Reichs-Rundfunk-Gesellschaft gebracht hat, ist Brecht längst emigriert, sucht internationale Kontakte, führt die Zusammenarbeit mit Feuchtwanger fort, kümmert sich um Menschen, die ihm nahestehen, schreibt *Das Leben des Galilei*, *Der kaukasische Kreidekreis*, *Flüchtlingsgespräche*. 1937 wird Bronnen aus der Reichsschrifttumskammer ausgeschlossen, erhält Berufsverbot und geht nach Österreich. Da plant Brecht längst ein Drama über die Hitler-Bewegung und führt mit Bernhard von Brentano einen Briefwechsel über Demokratie. Nach innerer Umkehr im Widerstand, Journalistentätigkeit bei der KP-Zeitung *Die Neue Zeit* in Linz-Urfahr beginnt Bronnen mit seiner Lebensbeichte *Arnolt Bronnen gibt zu Protokoll* und sucht den Neuanfang durch Rechtfertigung:

Mit diesen fünfzig Jahren, Arnolt Bronnen,
erwarben Sie sich grad eine Chance zum
Weiterleben. Der Wert des Restes wird
Den Wert des Ganzen bestimmen.
Der Wert des Ganzen wird davon abhängen, ob Sie,
damals, in ihrem fünfzigsten Jahre, begriffen
haben: daß nur der kulturell schaffen darf,
der seine Menschen-Brüder wahrhaft liebt.

Der Kreis schließt sich. Brecht, der schon im Oktober 1948 auf Einladung des Kulturbundes die DDR bereiste und die ersten Gespräche über ein eigenes Theaterensemble führte, ist mit Helene Weigel nach Ostberlin gegangen.

Brecht unterstützt Bronnens Antrag an den Kulturminister Johannes R. Becher, in die DDR zu übersiedeln, und kündigt die Freundschaft nicht auf. Offenbar war ihm gelungen, was er über Freundschaft notierte:

Eingeordet in das durchprüfte System meiner Beziehungen
Ein elastisches Netz, vermeide ich seit langem
Neue Begegnungen. Emsig bemüht, niemals
Durch Belastungen meine Freunde zu erproben
Oder ihnen besondere
Funktionen zu geben
Halte ich mich an das Mögliche
Solange ich nicht falle
Werde ich nicht das Unmögliche verlangen
Solange ich nicht schwach werde

Offenbar wurde Brecht bei Bronnen schwach.

Im Berliner Ensemble, Zuschauerraum, kurz vor Weihnachten 1955, habe ich die beiden gesehen. Mein Vater war kurz zuvor in die

DDR gekommen und nahm mich zu den Proben der Neufassung des Stücks *Leben des Galilei* – Galilei in der Rolle des Opportunisten – mit. Brecht hatte ein paar Reihen vor uns gesessen – er betrachtete sein Werk lieber aus der Distanz. Er saß da, von Assistenten und Mitarbeitern umgeben, flachste und plauderte. Staub auf der Kleidung, umweht von Bühnengeruch, kam er in der Pause auf uns zu, mein Vater erhob sich eilfertig und machte uns miteinander bekannt. Nicht ohne Stolz führte er mir den Freund vor.

Ich stand zwischen zwei älteren Herren, beide ergraut, mein Vater sich leicht verneigend, mit fremd anmutender Bescheidenheit. Brecht war damals siebenundfünfzig, mein Vater sechzig, zwei Gestalten ohne jenen früheren Glanz, der mich hätte erschauern lassen. Der Blick beider war milder geworden, vorsichtiger, die frühere Aufsässigkeit geschwunden. Sie sprachen über die Bloßstellung der Kirche, über den hageren Schauspieler O. E. Fuhrmann, übergroß, glatzköpfig, dürr, genüßlich der Zeremonie des Ankleidens ausgeliefert, somit den falschen Glanz des Papsttums entlarvend. Ich staunte, mit welcher Aufmerksamkeit Brecht auf Details achtete, auf Schmuck und Pomp, auf prächtigstes Scharlach und blendendes Weiß – die Ausschmückung des päpstlichen Leibes sollte erreichen, daß sich der Zuschauer ihm als etwas Neuem, Befremdlichem näherte.

Unwillkürlich richtete ich meinen Blick auf die beiden. Brecht in geräumigen Jeans, aus Amerika vielleicht, den zwei übereinander umgestülpten grauen Hemden und Tennisschuhen, Bronnen im blauweiß gestreiften Hemd zum grauen Anzug, an den Füßen polierte schwarze Schuhe.

Ich lauschte, hingegeben, wortlos, gehemmt, doch manche Sätze führten eine geheime, erst Jahrzehnte später wieder sichtbar werdende Existenz.

Die Wiederholung dieser Liebesgeschichte, ihre feurige Inspiration in »*Tage mit Bertolt Brecht*« erfüllt ihre Aufgabe, und der alte Bronnen rückt seufzend die beschlagene Brille zurecht. Er geht damit um wie mit einem unverhofften Geschenk, nach Jahren aufgefunden, wickelt es langsam aus und stellt es sorgsam in einen Schrein. Bronnens Suche nach der verlorenen Zeit ist lebensverlängernd, wenn er sich die Schätze an Witz, Empathie und vor allem: Leben wieder holt in einer Zeit schwindender Hoffnungen und Illusionen. Morbidezza und homoerotische Pathetik – Dinge, die es in der DDR nicht gibt. Kurz taucht der Plan auf, gemeinsam ein Bühnenstück *zu schreiben*, doch daraus wird nichts. Während Brecht immer noch unersättlich ist im Aufnehmen neuer Menschen – ein Repräsentant des Staates –, kämpft Bronnen gegen seine Verstrickungen, die Emigranten meiden ihn, er ist isoliert und steht in den Theaterpausen mit seiner dritten Frau Renate unbeachtet in der Ecke. Das zu sehen, tat mir weh.

Schon nach zwei Jahren beginnt Bronnen, die DDR zu hassen, die ihn mundtot macht. Als Resümee trägt er in sein Notizbuch bei DDR ein:

Bühne: Fehlanzeige
Buch: Fehlanzeige

Während Brecht von Aufführung zu Aufführung jagt, bereits zum Monument geronnen, bedient Bronnen in der *Berliner Zeitung* den Kalten Krieg. Die Ausgabe der *Gesammelten Werke* Brechts gerät hingegen in der Zusammenarbeit zwischen Aufbau-Verlag und Suhrkamp zu einer gesamtdeutschen Aktion. Brechts *Lob des Kommunismus* zeitigt seine Wirkung bis in die Achtundsechziger-Zeit.

Er ist vernünftig, jeder versteht ihn. Er ist leicht.
Du bist doch kein Ausbeuter, du kannst ihn begreifen.
Er ist gut für dich, erkundige dich nach ihm.
Die Dummköpfe nennen ihn dumm, und die Schmutzigen nennen ihn schmutzig.
Er ist gegen den Schmutz und gegen die Dummheit.

Die Suche beider nach Neuland in Ostberlin, es bleibt die Sehnsucht nach Revolte und Kumpanei. Die lange ruhende Freundschaft wird nur kurz wieder aufgenommen. Zwei Waisenknaben gegen den Rest der sozialistischen Welt: Das wäre Bronnens Traum, dreißig Jahre danach. Sie planen ein gemeinsames Stück *Warten, aber nicht auf Godot,* doch daraus wird nichts.

Morbidezza und homoerotische Pathetik: Dinge, die es in der DDR nicht gibt, so etwas muß der Sozialismus verdammen. Aus dieser Sehnsucht nach Freiheit, wo auch immer, schreibt Bronnen seine *Tage mit Bertolt Brecht.* Männerbündisches, dahinter frenetische Suche nach Verständnis und väterlicher Wärme. Zwei Männer in der fürchterlichen Spannung jener Zeit der zwanziger Jahre – und nun zwei alt gewordene Männer in den Fünfzigerjahren, gelandet in der keimfreien »Zone«, erschöpft vom ungeheuren Kräfteverschleiß, den die Kämpfe gegen eine starre Bürokratie erfordern – beide gebrochen, beide im letzten Akt ihrer Erdenrolle. Aber es tut gut, sich zu erinnern: an homophiles Erschauern, Übermutssäfte, verbale Opulenz:

du flimmerschurke
du kuheiter
du anisloch …

Bronnen begegnet Brechts Wortliebkosungen noch einmal vor seinem Tod. Bronnens Suche nach der verlorenen Zeit, in der er noch unbeschwert war vom lastenden schuldigen Ich seiner Lebensgeschichte.

Tage mit Bertolt Brecht: Ein Kampf auch gegen das verschwommene, geistlose und verräterische Gesicht der Deutschen Demokratischen Republik. Für ihren marxistischen Glauben haben die beiden Toren ihr letztes bißchen Leben hingegeben, das wissen sie jetzt. Von der funkelnden Vergangenheit haftet nur eine Idee, es bleibt beim hoffnungslosen Normalzustand zweier verblichener, abgewetzter Kater. Beide zu jung gestorben, Brecht 1956 mit achtundfünfzig, Bronnen 1959 mit vierundsechzig Jahren. Doch *Brecht war trotz der Niederlagen siegreich geblieben, Bronnen trotz Siegen gescheitert,* so Bronnen. Letztlich, auch wenn sich Brecht mit seinem Theater am Schiffbauerdamm besser gebettet hat, sind sie in der DDR beide heimatlos, allerdings mit österreichischem Paß, und leben in einem Staat, zum sowjetischen Propagandagespenst geronnen, der niemals ganz ihre Heimat werden konnte. Die Heimat liegt nicht in ihrer Nationalität, ihrem Paß. Sie ist das Bewußtsein eines gemeinsamen Schicksals, das von Hammer-und-Sichel-Symbolik beschnitten wird, ein Betrug, und ihr Schicksal ist das eines großen Teils der ganzen Welt.

Der Rattenfänger

In München geht das mit der Freudlosigkeit ziemlich rasant: Zunahme von unstatthafter Empfindlichkeit von Staatsseite, wenn es um Satirisches oder Exotisches geht. Allüberall Schürhakenkreuze, um die nationalen Feuerstellen hochlodern zu lassen. Reden voller Gemeinplätze, die jeglichen Gedanken rauben und die Kraft, nein zu sagen, schmälern. Beschränkter, lückenloser Nationalismus, der eingrenzt und nicht freiläßt. Vorauseilender Gehorsam der Kirche und der Presse. Und die düsteren Vorboten der deutschen Demenz: Niemand hat es sich träumen lassen, was in jenen Tagen geschieht: Sie haben keine Ahnung, haben nichts gesehen.

Und da marschiert die »Spielschar« des Freikorps von Gerhard Roßbach mit seiner Orchestergruppe auf die Feldherrnhalle zu, wo sie sich aufstellt, um vor den Denkmälern des Generals des Dreißigjährigen Krieges Tilly, der achtunddreißig Schlachten schlug, von denen er nur zwei verlor, und des Generals Wrede, 1822 Oberkommandant der Bayerischen Armee, ehrend ihre alten Kreuzfahrerweisen zu spielen.

Acht Mann ziehen mit Fiedel und Klampfe voran, feldbraune Uniform, Wagner-Mützen, strahlende, kräftige Burschen mit geblecktem Gebiß. Braunhemden, die sich um den Leithammel scharen, germanische Anarchisten mit geblähten Nüstern, süchtig nach jener Gewalt, die die Abwesenheit von Idealen erzeugt. Wenn sie mit klaren Stimmen Walther von der Vogelweides Kreuzfahrerlied, das *Palästina-Lied*, singen, verändern sich ihre Gesichter und senden niedergehaltene Sehnsüchte nach dem christlichen Ursprungsland aus:

Nû lebe ich mir alrêrst werde,
sît mîn sündic ouge sihet
daz hêre lant und ouch die erde,
der man vil der êren gihet.

Der Aufmarsch zieht die Leute an, sie strömen zur Feldherrnhalle. Das Volk, das sich um das Ehrenmal drängt, vernimmt mit Begeisterung die Klänge alter Lieder, geführt von Roßbachs klar klingendem Bariton, der den Hüter der Bürger verkörpern will. Er singt von deutscher Seele: »Der deutsche Spielmann«, »Ach deutsche Frauen, keusch und rein«.

Roßbachs Biographie befindet sich wie die Bronnens unter dem Wetterfleck des Wahnsinns, des Zufalls und menschlicher Unzulänglichkeit, vor einem Hintergrund, der eine Erleuchtung für die war, die ihn sehen konnten – Autor Bronnen sah ihn nicht.

1914 nahm Roßbach als königlich-preußischer Leutnant am Ersten Weltkrieg teil. Schon am Ende dieses Krieges kochte er sein eigenes Süppchen und baute in Graudenz, im heutigen Grudziadz, eine Freiwilligen-Maschinengewehr-Kompanie auf, die Aufgaben der Grenzsicherung übernahm. Freiwillige gab es angesichts der Leere in Soldatenhirnen, die starke Kiefer machte und wilde Sehnsüchte nach Gewalt nebst Wachhund-Gelüsten schürte, genug. Zielstrebige benannten sie in »Sturmabteilung Roßbach« um, die dann in die »Vorläufige Reichswehr« übernommen wurde. Der eigenmächtige Entschluß, mit seiner Einheit ins Baltikum zu ziehen, verursachte den Ausschluß aus der Reichswehr wegen Meuterei. Grund genug für Roßbach, mit »Arbeitsgemeinschaften« ein »Freiwilligen-Regiment Schlesien« zu gründen und damit in den Untergrund zu gehen. Auch beim so genannten Kapp- und Röhm-Putsch war Roßbach dabei und baute – achttausend machten mit – geschickt ein Netzwerk von Tarnorganisationen über ganz Deutschland auf.

Von der Polizei bekämpft und wiederholt verhaftet, während die Reichswehr ihn umwarb, floh er, nach Teilnahme am gescheiterten Hitlerputsch in München, nach Österreich, wo er sich von Hitler abwandte.

Bei einer Wohnungsdurchsuchung wurden homoerotische Fotos beschlagnahmt.

Nach dem Krieg betätigte er sich im Umkreis der Familie Wagner und organisierte mit anderen die Bayreuther Festspiele. 1950 erschien seine Autobiographie *Mein Weg durch die Zeit.*

Öffnete das alles nicht seinem Biographen Bronnen die Augen? Daß er ihn bewundernd porträtiert, zeugt nicht nur von schwerwiegender Beschränktheit, sondern ist frevelhafte Berechnung.

Mit Wohlgefallen ruht Roßbachs Blick auf den wohlgestalteten Burschenwaden. Neben den Löwen stehen Mädchen als lebende Leuchter. Verklärte Gesichter, die in die Kerzen starren. »Oh Deutschland, hoch in Ehren« erklingt nun, »Die Wacht am Rhein«, »Mein deutsches Vaterland«, »Ich hatt' einen Kameraden«, »Das treue deutsche Herz«, »Setzt zusammen die Gewehre, Feldmarschall Blücher« und, von albernen Mädchen grinsend verfolgt, »Es lebe der Reservemann«.

Aber das Erlebnis ist nicht die Musik, schreibt Bronnen in seinem peinlichen Blut-und-Boden-Roman »Roßbach«, *sondern der Geist, der über ihr stand wie über den Musikern.*

Neuformung durch Mobilmachung. Roßbach ist der verklärte Führer, mit seiner »Spielschar« formt er die Einheit der Nation, mobilisiert deren Kern, die einfachen Leute:

Dahinter steckt das teutonische Ziel, aus diesem Reich das Gebiet einer einzigen Herrscher-Rasse zu machen, die in aller Härte des Daseins nichts kennt als Macht und Verantwortung.

Um den Führer Roßbach gruppiert sich *in leuchtenden Farben der deutsche Erneuerungswille.*

Bronnen erzählt vom Aufstieg dieser aus einfachsten Verhältnissen stammenden Führernatur, unbeugsam und ehrgeizig nach oben strebend, der mit seinem Korps Rattenfängerdienste für Hitler leistet. Für ihn vollzieht Roßbach die Verwandlung eines Mannes zum *Prototyp* der »neuen Rasse«, zum Führertum.

Die Gedanken des Führers sind zugleich Tat.
Sie verwandeln zum Beispiel die Moleküle eines wendischen
Bauern zu Molekülen deutscher Nation.

Bronnen in einer Selbstanzeige des Buches in den *Münchner Neuesten Nachrichten.*

In einer Zeit, die verworren ist bis zur letzten Schraube,
die keiner brauchen kann, in einem Land, in dem sich eine
schamlose Zunft verantwortungsloser, dem eigenen Volk
entfremdeter, keiner Rasse, keiner Landschaft verhafteter
Literaten breitmacht, mögen Männer aufstehen, die die Macht
lebendig machen im Dienste der Nation.

Dieser Roßbach mit den tiefliegenden, aber seltsam blicklosen Augen, bedrückt von üppigen buschigen Brauen und bedrohlichen Höckern, atmet Nation, sobald er die Feldherrnhalle erblickt. Er lebt mit »germanischem Innendruck«. Um ihn gruppiert sich »wie leuchtende Kristalle« die Spielschar seiner Musikanten: junge Landarbeiter, »gute, rassige Gesichter, die Stämme Deutschlands«.
Richtig aufgefaßt, sei der Nationalismus nämlich eine Waffe im Kampf um den endgültigen Internationalismus, meint Arnolt Bronnen in seinem Oberschlesien-Roman *O.S.*

Bronnens Buch über Roßbach ist insofern authentisch, als es darin keine Frauen gibt. Sie sind unwichtig, denn sie spielen keine Rolle bei der *deutschen Sache*, und die ist Männersache, martialisch, roh und hart, aggressiv und frauenfeindlich. So trägt Roßbachs Frau keinen Namen. Wir erfahren nur, daß sie an einem Nervenleiden erkrankt ist: *Sie lebte nur noch kurze Zeit.* Auch die zweite Frau ist namenlos. Sie ist Schauspielerin *an Georges Schillertheater. Immerhin Theater.*

Zur Zeit des Hitlerputsches, als Otto von Lossow zwischen den Stühlen saß, kam Oberleutnant Roßbach nach München und versuchte, eine Einigung zwischen Hitler und von Kahr herbeizuführen, was nicht gelang. Roßbach stellt Hitler eine strategische Frage, da ist Hitler hilflos. Der Putsch bricht zusammen.

Die Unfähigkeit Hitlers, das Volk zu mobilisieren, entgeht Bronnen. Wie ihm auch – verworren bis zur letzten Schraube – entgeht, daß er die rhetorisch aufgeblasene Verwurzelung in der Nation mit seiner inneren Verwurzelung bezahlt. Der Preis ist ein Leben in ständiger Reibung, das ihm keine Ruhe läßt.

Der Sozialdemokrat

Wilhelm Hoegner steht neben Freiherr von Godin, den er als politischer Flüchtling in Bern kennengelernt hatte, vor der Feldherrnhalle. Gegen drei Uhr morgens hatten sie den Funkspruch erhalten: »Generalstaatskommissar von Kahr, von Lossow und Seißer lehnen Hitlerputsch ab.«

Wieder hat von Lossow, sagt Hoegner, eine Kehrtwendung gemacht. Noch vor drei Tagen hat er geäußert, er wolle ja marschieren, aber nur, wenn er einundfünfzig Prozent Wahrscheinlichkeit habe.

Und noch vorgestern, ergänzt von Godin, hat er geäußert, er würde die Rechtsdiktatur unterstützen, aber nur bei vernünftiger Vorbereitung.

Die beiden blicken sich ratlos an. Vorwände? Oder Worte eines Ordnungsfanatikers?

Sie wissen nicht, wo von Lossow eigentlich steht.

Gestern, sagt Hoegner, marschierte an mir eine vollbewaffnete SA-Truppe im geschlossenen Zug mit Stahlhelmen vorbei.

Er weist auf die Titelseite der Morgenzeitung, die er in Händen hält. Hitler hat am 8. November die Versammlung im Bürgerbräukeller mit sechshundert Mann überfallen, eine Pistolenkugel an die Saaldecke gejagt und die nationale Revolution ausgerufen, den Reichspräsidenten für abgesetzt erklärt und Ludendorff geheißen, die Leitung der deutschen Nationalarmee zu übernehmen und sich Richtung Berlin in Marsch zu setzen.

»Hitler weiß vom Umschwung der drei«, sagt Godin, »das hat mir gerade einer meiner Leute von der Landespolizei mitgeteilt. Jetzt wollen sie vom Bürgerbräukeller aus einen Propagandamarsch Richtung Innenstadt veranstalten. Wir sind gerüstet, um sie aufzuhalten.«

~

Der Zusammenbruch des Hitlerputsches, ausgelöst durch Godin, wurde von der Bevölkerung beklagt, Angehörige der Landespolizei wurden beschimpft. Als kritischer Beobachter des Hitler-Prozesses (»eine Schändung des Rechts«) in den Landtag gewählt, setzte Hoegner den Einsatz eines Untersuchungsausschusses zum Hitler-Prozeß durch und wurde Berichterstatter im Ausschuß, der zwei Jahre lang nicht eingesetzt wurde: *Man hielt den Nationalsozialimus allgemein für erledigt.*

Erst im Herbst 1927 kamen die Verhandlungen zum Hitlerputsch in Gang. Die von Hoegner benannten Zeugen wurden meist abgelehnt, zum Teil blieb die Öffentlichkeit ausgeschlossen, kommunistische Abgeordnete waren nicht zugelassen. Hoegners Antrag, das Verhalten des Justizministers in dieser Sache für verfassungswidrig zu erklären, wurde abgelehnt.

Hoegner wurde für die Bayern unbequem, weil er den Finger auf die Wunde legte: Die deutsche Justizkrise bestehe letzten Endes in der Volksfremdheit des Rechts, der Weltfremdheit der Richter und der Rechtsfremdheit des Volkes. Auch wenn er die bayrische Justiz, was ihre parteipolitische Färbung betraf, nicht gerade als progressiv betrachtete, so forderte er doch die Einordnung von Recht und Justiz in den geistigen Kulturprozeß der Zeit. Mit der Forderung nach Umarbeitung des bayrischen Landesrechts, die er als das »Gebot der Stunde«

bezeichnete, stand er ziemlich allein da. Im Reichstag hingegen gewann er mit seiner 1930 gehaltenen Rede »Der Volksbetrug der Nationalsozialisten« viele Freunde und Anhänger. Eine Diskrepanz, die sich bis heute in manchem erhalten hat. Die ersten Heimsuchungen der politischen Polizei in seiner Wohnung, die ersten Verfolgungen gegen Mitglieder der Sozialistischen Partei und die ersten Einweisungen ins KZ warnten ihn, dennoch ging er weiterhin in den Landtag, bis man ihn zwang, sein Mandat niederzulegen – andernfalls käme er ins KZ. Die Reichstagssitzung vom 17. Mai 1933 war die letzte, an der er und seine Partei teilnahmen.

Es gibt wenig Männer des öffentlichen Lebens, die sich für ihr Land so einsetzten und mit ihrer ganzen Kraft an seiner Gestaltung beteiligten wie Wilhelm Hoegner.

Die Kirche hingegen blieb wetterwendisch, und Einzelgänger Kardinal Faulhaber trifft Hitler am 4. November 1936 auf dem Obersalzberg. Das Klima war diffus: »Im Anfang der Aussprache herrschte eine Gewitterschwüle, als ob ein schweres Wetter sich entladen werde. Auch während der Aussprache ging es einige Male sehr laut zu.« Faulhaber scheint angetan von Hitlers Rede: »freimütig, vertraulich, gemütvoll, teilweise temperamentvoll«. Hitler redet zwei Stunden, »ohne Unterbrechung«, dann durfte Faulhaber »auf seine Gedankengänge« antworten. Man war sich einig über die »außenpolitische Gefahr des Bolschewismus«. Dann ging es um »erbbiologische Pflichten«, wozu der Kardinal vermerkte: »Ihre Ziele sind, sozial gesehen, überaus schön und hoch, aber statt der körperlichen Verstümmelung müssen andere Abwehrmittel versucht werden, und es gibt ein solches Mittel: die erbkranken Menschen internieren.«

Er schließt mit der tröstlichen Wendung: »Es wird sich ein *modus vivendi* finden lassen, ohne daß man von einem Kampf der Kirche gegen den Staat sprechen muß.« Er resümiert: »Dann kam es mehr und mehr zu einem friedlichen Ausklang.«

Hier setzt ein schreckliches Drama ein, in dem die gesamte Kirche, vom Ministranten bis zum Papst, verwickelt ist. Faulhaber hat nicht die Fähigkeit, nicht den Mut, das Böse, von dem er so oft redet, und das in Form des Hitlersatans nun vor ihm steht, zu beurteilen, wozu er als Christ aufgerufen wäre, zu benennen und zu verurteilen. Mit einem Schlag stürzt das Ansehen christlicher Würdenträger ab, unter Ausflüchten, Schönrednerei und verbalen Ausflüchten.

Wenige Monate nach seiner Rückkehr nach Deutschland 1945 ernannte die amerikanische Besatzungsbehörde Hoegner zum Bayrischen Ministerpräsidenten und beauftragte ihn, die bayrische Verfassung vorzubereiten.

Die Fatalität des Geschehenen und der korrumpierte Zustand der Deutschen mobilisierten seine Moral. Er ließ nichts im Dunkeln, sondern nannte in seinem »Memorandum« die Dinge beim Namen und schälte »die Ursachen des deutschen Staats- und Volksunglücks« seit 1933 heraus:

Das Wiederaufleben des Macht- und Eroberungswillens, die wirtschaftliche Vernichtung und die damit zusammenhängende weltanschauliche und politische Radikalisierung des deutschen Mittelstandes durch die totale Inflation, die verhängnisvolle, bis dahin unvorstellbar große Arbeitslosigkeit infolge der Weltwirtschaftskrise seit 1929, die tragische Krise des europäischen Geisteslebens mit der vermessenen Umwertung seiner Grundlagen (Christentum, Freiheitsgedanke und Humanität), verbunden mit der frechen Propaganda des Kultes der Gewalt und der Vermassung des europäischen Menschen.

Wenn ich das lese und an unser heutiges Geistesleben denke, gerate ich in Bedrängnis. Was würde Hoegner zu unserer heutigen Zeit, wie sie sich meinem Bewußtsein darbietet, sagen? Was hätte aus der Sozialistischen Partei, zwölf Jahre lang von der Geschichte gelöscht, werden können, hätte man sich das klargemacht und gemeinsam einen Neuanfang gewagt?

Was für eine Chance wäre das für Deutschland gewesen, dieser Neuanfang, dieser Wiederaufbau. Hoegners Richtlinien waren umfassend: Errichtung eines Bundesstaats mit Länderkammer, Eingliederung Deutschlands in einen Bund europäischer Staaten, Wiederherstellung der Menschenrechte, freie Wahlen. Darüber hinaus: Aufbau einer leistungsfähigen Demokratie von unten nach oben, Selbstverwaltung der Gemeinden, weitgehende Heranziehung von Laien zur Rechtsprechung, Aufhebung aller nationalsozialistischen Rechtsvorschriften, Sühne und Wiedergutmachung allen NS-Unrechts.

Ein gewaltiges Aufbauwerk und der Versuch, Bayern zu einem Sozialstaat auszugestalten: »In einer solchen Gesellschaftsordnung würden nicht Maschinen und Material, sondern die Menschen am wichtigsten sein. Gegenseitige Hilfe sollte an die Stelle von Neid – und Haßgefühlen treten.« Schon damals forderte Hoegner, was mich erstaunt, die Einführung von Mindestlohn, den Kampf gegen Ausbeutung, auch für das geistige und seelische Wohl der Bürger sollte besser Sorge getragen, die kulturellen (Kunstsammlungen und Bibliotheken) und landschaftlichen Schönheiten zugänglich gemacht werden.

Volksbegehren und Volksentscheid, die Gleichstellung von Bekenntnis- und Gemeinschaftsschule, die gemeindliche Selbstverwaltung – all das geht auf Hoegner, den »Vater der Verfassung des Freistaats Bayern« zurück.

Nach seinem Rücktritt als Ministerpräsident 1947 wurde Hoegner Senatspräsident am Oberlandesgericht München und 1948 bis 1950 Generalstaatsanwalt am Bayrischen Obersten Landesgericht. 1950 wurde er Innenminister und stellvertretender Ministerpräsident im aus CSU und SPD gebildeten Kabinett Hans Ehard. Im September 1961 wurde er in den Deutschen Bundestag gewählt, verzichtete aber Ende des Jahres auf sein Mandat. Er starb 1980 in München.

Sein Enkel Wolfgang Jean Stock, der mir schräg gegenüber wohnt, hat einen kurzen Artikel über seinen Großvater veröffentlicht. Wenn wir uns treffen, sprechen wir ein wenig über seinen Großvater und ich moniere, man habe nicht nur bei der bayerischen SPD seiner vergessen.

Hildegard Kronawitter, nun die Witwe Georg Kronawitters, der ich von meiner Arbeit berichte, spricht mit Begeisterung und Empathie von Hoegner und versorgt mich mit Material.

Hoegner war als Justizminister bei der Hinrichtung der im Nürnberger Prozeß Verurteilten hinzugezogen worden und berichtet vom Niedersausen der Körper in die Versenkung, begleitet von einem Knacken (»Es ging aufs Herz«) und leisem Ächzen (»Dieses leise Ächzen war mit dem Krachen der Falltüre das schrecklichste Erlebnis dieser nächtlichen Hinrichtungen«). Die letzten Worte der Todgeweihten hat Fritz Sauckel festgehalten: *Gott schütze Deutschland und mache Deutschland wieder groß!*

Hoegner hatte »gegen meine Gewohnheit«, schreibt er, diesen Bericht sofort niedergelegt, »weil es sich um den Abschluß eines Zeitabschnitts deutscher Geschichte handelt, den ich in dieser Fürchterlichkeit nicht vorausgeahnt hatte«.

Ein Lehrling

Die Troubadoure und Traviatas sind längst verschwunden, die Dichter verstummt oder emigriert, die deutsche Sprache auf Befehle reduziert. Die Nürnberger Rassengesetze 1935 machen aus Juden Freiwild, es ist der Beginn ihrer vollkommenen Entrechtung. Sie werden wie Regimegegner, Kommunisten, Sozialdemokraten und andere »unerwünschte Elemente« im KZ ermordet.

Die bayrische Volksseele reagiert in einer Mischung aus Mehrdeutigkeit, Peinlichkeit, Wegschauen und Denunziation. Die sechzehn per Zufall vor der Feldherrnhalle getöteten Putschisten werden als Märtyrer gefeiert, an Jahrestagen wird ihrer mit Veranstaltungen gedacht, Rekruten leisten an dieser Stelle ihren Eid, eine Ehrentafel wird angebracht. Die Passanten werden unter Androhung von Strafe gezwungen, der Toten an dieser Stelle mit einem Hitlergruß zu gedenken, und viele wählen den Umweg über die Viscardigasse, die so genannte Drückebergergasse, denn die aufgestellte Ehrenwache ist nicht zimperlich.

An der Münchner Universität bildet sich die Widerstandsgruppe Weiße Rose.

~

Im Keller des Hauses in der Schwabinger Amalienstraße ist es eng geworden. Die Mutter hat ihr Service mit den Rosentassen in altes Zeitungspapier eingewickelt und in einem Paket mit Fetzen verbrämt, unter Vaters Lehnstuhl geschoben. Das alte umfrisierte Radio des Vaters – ursprünglich ein normales Gerät mit zwei Röhren und Niedrigspannung, ohne Kurzwelle, mit dem man nur deutsche Sender empfangen konnte – wurde zwischen alten Ziegeln versteckt. Walter hat schon früh mit seinem Vater Radio Vatikan gehört, wo auch über NS-Verstöße berichtet wurde. Doch in letzter Zeit wollte der Vater nicht mehr, sondern winkte ab und sagte: psst!

Wenn Walter aus dem Kellerfenster blickt, sieht er große Transportwagen, die von den Pinakotheken kommen und Kunstschätze auf Landgüter in die bayrische Provinz evakuieren. Als er neulich von der Ludwigskirche kam, erblickte er auf einem Lastwagen einen riesigen Komodowaran, eine Riesenechse. Also räumen sie auch die Säle der Technischen Universität.

Walter Klingenbeck hat seine Freunde aus der Ludwigskirche mitgenommen. Er ist Schalttechniklehrling bei Rohde und Schwarz, wo er sich mit dem Praktikanten Daniel von Recklinghausen, dem Hochfrequenztechniker Hans Haberl und dem Flugmotorenschlosser Erwin Eidel anfreundete. Ehe sie das Haus in der Amalienstraße 44 gegenüber der Universität betreten, werfen die noch nicht zwanzigjährigen Männer einen bedauernden und melancholischen Blick zurück. Sie sind traurig, weil die Nationalsozialistische Partei die katholische Jungschar St. Ludwig, der sie angehörten, verboten hat. Sie haben es geliebt, im Chor zu singen, ihr Lehrer hat sie mit Tucholsky-Strophen und mutigen Sprüchen versorgt, das war noch das Beste an ihrem Leben, das Tröstlichste, das ihnen geblieben war.

Nun liegt eine Zeit der Leere vor ihnen, Schweigen, Schweigen überall. Zu Hause flüstern die Eltern, wenn sie ihnen Fragen stellen, und bestimmte Wörter sind tabu. Es kostet sie manchmal ihre ganze Überzeugungskraft, ihnen ein paar Informationen zu entreißen. Es herrschen Unsicherheit, wirtschaftliche Not, Angst vor Denunziation, duldsamer Patriotismus und unterdrückte Wut. Die meisten Menschen haben ihre Lektionen gelernt und werden sie so bald nicht wieder vergessen.

Die Privatsphäre ist eingeschränkt, Freizeit wird mit angeblich sozial wichtiger Arbeit ausgefüllt. Die meisten müssen unter der Kuratel von mürrischen, sorgenvollen Erwachsenen leben. Ihre Kindheit und ihre Jugend sind ermordet worden. Am ärmsten sind die dran, die in nationalpolitische Erziehungsanstalten gesteckt werden.

Von Kameraden aus den Gymnasien weiß Walter, daß manche sogar zum Flakhelfereinsatz im Osten verpflichtet wurden, einen davon verschlug es nach Auschwitz, wo er Handlangerdienste an KZ-Insassen vornehmen muß. Walter wird schlecht, wenn er daran denkt. Eine verlorene Kinderwelt, um die die Träume dieser jungen Männer kreisen.

Nur die Lust am Basteln ist ihnen geblieben. Sobald sie im Keller sind, wachen sie auf, holen wirre Kabel von zu Hause aus ihren Hosentaschen und studieren Walters zu einem Radio arrangierte Einzelteile, nehmen alles auseinander, legen die Teile auf einen alten Kissenbezug und gruppieren sie neu. Sie öffnen behutsam den geräumigen Kasten, Vaters Radio, und vergleichen die Anordnung der Drähte. Vielleicht sollten wir es einmal mit Vaters Antenne versuchen, schlägt Walter vor, nimmt eine Klemme, pflanzt die Antenne ein und setzt die Kopfhörer auf.

Ihm stockt der Atem. Plötzlich ein Rauschen, eine Stimme, mit Herzklopfen sucht Walter eine bestimmte Frequenz, es ist die des BBC-Senders, der plötzlich pfeifend, knackend und von Weltuntergangsgeräuschen durchwachsen, mal laut, mal fast unhörbar an sein Ohr dringt.

Wir haben's geschafft!

Mit Tränen in den Augen vernehmen die Freunde die flackernden Töne der ersten Rede Thomas Manns:

Ein deutscher Schriftsteller spricht zu euch, dessen Werk und Person von euren Machthabern verfemt sind und dessen Bücher, selbst wenn sie vom Deutschesten handeln, von Goethe zum Beispiel, nur noch zu fremden, freien Völkern in ihrer Sprache reden können, während sie euch stumm und unbekannt bleiben müssen ...

Dann räumen sie alles auf und verstecken das wertvolle neue Radio. Walter Klingenbeck, in der Hand eine Mappe, begleitet seine Freunde, geht mit ihnen ein Stück die Ludwigstraße hoch und verabschiedet sich am Odeonsplatz. Seine Aufmerksamkeit ist auf ein geheimes Vorhaben gerichtet. Nicht einmal seinen Freunden hat er davon erzählt.

Es wird schon dunkel.

Er geht immer hintenherum über die Viscardigasse, das Drückebergergasserl. Für jeden, der den Hitler-Gruß absolviert, schämt er sich in Grund und Boden.

Sobald die Wache wechselt, schleicht er sich an die Seitenmauer heran, holt aus und wirft seinen Packen mit Kirchenliedern hoch unter die Arkaden. Darunter hat er Flugblätter geschmuggelt, die aus Kurztexten und Bildern bestehen und zum Widerstand gegen Hitler auffordern.

Die Ehrenwächter haben geplaudert und nicht auf ihn geachtet, er atmet auf. Für seine Aktionen ist die Feldherrnhalle ideal. Sie lockt Menschen verschiedener Herkunft an, Menschen aus aller Herren Länder, sie werden helfen, seine Proteste gegen die Nazis zu verbreiten.

Zurück über die Viscardigasse geht Walter Klingenbeck zur Ludwigstraße und blickt vom Tambosi aus auf die Standbilder der Generäle. Generälen, Prinzen und Großbürgern, die ihm das Deutsche Reich ans Herz legen wollen, vertraut er nicht. Mit der Militarisierung – nicht nur in der Kleidung, auch in der Haltung, den eisernen Gesichtern und den steifen Umgangsformen – ist die Welt noch finsterer geworden. Selbst Priestern, Bischöfen und Päpsten gegenüber bleibt er reserviert. Er hält sich an sozialdemokratische Arbeiter. Seit die christliche Jungschar aufgelöst wurde, ist sein Engagement für Revolution und Widerstand gegen Hitler noch gewachsen. Seitdem wartet er sehnsüchtig auf die nächste Rede Thomas Manns, und da er nie weiß, wann sie kommt, hebt jeden Abend aufs neue das Warten vor dem Radio an.

Er weiß von der BBC, was in Auschwitz geschieht, und kann nicht anders, als täglich daran zu denken. Der Pfarrer der Ludwigskirche, der den Chorunterricht leitet, ist bekannt für seine Distanz zum Regime. Mit ihm konnte Walter manchmal über das, was ihn bedrückt, sprechen. Zusammen diskutierten sie über das Geschehen, und wenn er auch noch wenig vom Leben weiß – er hat noch nicht einmal eine Freundin gehabt: Er weiß, daß Entsetzliches geschieht, und sucht Schutz bei der Kirche. Mit seinen Eltern zu reden ist hoffnungslos. Die Mutter schlägt nur die Hände über dem Kopf zusammen, der Vater macht ein Verschwörergesicht, legt meist den Zeigefinger auf die Lippen und flüstert nur psst!. Das zehrt an Walter und füttert seine Verzweiflung.

Seit er seine Protestschriften durch die Stadt trägt, kennt er diese immer besser, und die Gebäude aus der Kurfürsten-, Prinzregenten- und Königszeit machen einen Teil seiner Jugendzeit aus. Gleichgültig ob zu Fuß oder per Rad, immer sieht er die gesamte Stadt samt seinen Bewohnern, die sich meist mit dem System arrangiert haben, und in einer weiteren, phantastischen Vision erblickt er die wenigen, die dagegen sind. Es ist wie im *Topographischen Atlas* von München in seinem Burgfrieden, den Gustav Wenng 1848 gezeichnet hat, wobei er die Häuser in den Straßen mit den Namen ihrer Bewohner und deren Berufe akribisch genau eingetragen hat. Das historiographische Gedächtnis einer Stadt.

Burgfrieden – was für ein tröstliches Wort in einem Land, in dem Lügen und Heuchelei die Regel sind.

Walter Klingenbeck kann sich ausrechnen, was ihm blüht, wenn man ihn entdeckt – dennoch hat er von anderen gehört, die wie er bereit sind, ihr Leben wegzuschenken, von den Geschwistern Scholl, Willi Graf, der im Bach-Chor singt, Christoph Probst und Professor Kurt Huber – seltsam, bei ihnen sieht er es genauer als bei sich selbst, wie ihre Kerze an beiden Seiten brennt.

Nun hört Walter, sooft es geht, zusammen mit seinen Freunden BBC, was streng verboten ist. Sie konkretisieren ihre Regimekritik und versuchen, einen eigenen schwarzen Sender aufzubauen. Es gelingt ihnen tatsächlich zu ihrer großen Freude; sie senden Schlagermusik und oppositionelle Propaganda. Doch länger will Walter diesen Zustand der Hilflosigkeit nicht ertragen, es drängt ihn zu mehr Aktion. Als im Sommer 1941 über BBC der Aufruf ergeht, ein V als Zeichen für Victory zu verbreiten, ergreift er die Gelegenheit und malt es überallhin, erzählt leichtsinnig davon und wird prompt denunziert. Im Alter von siebzehn Jahren wird er inhaftiert, mit neunzehn Jahren durch die Guillotine in Stadelheim ermordet.

Wenige Stunden vor seiner Hinrichtung schrieb er am 5. August 1943 an Hans Haberl: »Lieber Jonny! Vorhin habe ich von Deiner Begnadigung erfahren. Gratuliere. Mein Gesuch ist allerdings abgelehnt worden. Ergo geht's dahin. Nimm's net tragisch. Du bist ja durch. Das ist schon viel wert. Ich habe soeben die Sakramente empfangen und bin jetzt ganz gefaßt. Wenn Du etwas für mich tun willst, bete ein paar Vaterunser. Lebwohl Walter.«

Ich wollte einmal über ihn ein Buch schreiben und besuchte die Schwester seiner Mutter, die damals noch lebte. »Du lieber Himmel!« rief sie erschrocken aus, »schreiben Sie bloß nicht über den Walter! So eine Schande für die Familie – von mir hörn'S kein Wort.«

Seit ich dem Oberbürgermeister Ude einmal von Klingenbeck erzählte und vorschlug, eine Straße nach ihm zu benennen, erinnert der Walter-Klingenbeck-Weg zwischen Ludwigskirche und Staatsbibliothek an ihn.

Er schlägt sie alle

Georg Elser ist großartig in seiner Einfachheit und Beharrlichkeit, die ich bewundere: *Ich habe den Krieg verhindern wollen.* Das ist der noble Attentäter, ein Mann, der auch in der Schuld nicht aufhört, gerecht zu sein und nur an andere denkt. Wenn einer so spricht, ist er ein Mensch, der sich gefunden und keinen Augenblick verloren hat. Einer, der nachgedacht hat und konsequent umsetzt, was er denkt. Der es wagt, sich über das Gesetz zu stellen. Von diesem Augenblick an, als er beschlossen hat, Hitler zu töten, ist er bereit, alles zu tun, um sein Ziel zu erreichen, bereit, sein Leben zu geben, damit Gerechtigkeit in der Welt herrscht und der Plan eines Maßlosen vereitelt wird, der Millionen Menschen vernichten wird. Er hat genau hingeschaut, als die Westmächte den territorialen Forderungen Deutschlands beim Münchner Abkommen im September 1938 nachgaben und die militärischen und propagandistischen Kriegsvorbereitungen entgehen ihm nicht. Er weiß, daß ihm Konzentrationslager und Tod sicher sind, und wir wissen, daß er am Ende die Freiheit im Inneren nie verloren hat, ja, daß er bereits mit diesem Beschluß, Hitler, Göring und Goebbels zu töten, frei ist.

Einer, der uns Mut macht. Keiner von Adel, keiner vom Militär, ein einfacher Schreinergeselle. Plötzlich das jähe Gefühl des Verlusts. Es ist selten geworden, daß einfache Menschen, die eine Meinung haben, mit ihrer Hände Arbeit ausführen, was sie denken, die einfach etwas Revolutionäres schaffen, etwas Neues.

Er tritt auf die Straße. Die Türkenstraße in Schwabing. Spät erst, 1997, hat man einen kleinen Platz an der Türkenstraße nach ihm benannt. Es hat viel Initiative Einzelner verlangt. Elser, der in der Türkenstraße 94 wohnte, ging an dem Platz vorbei, wenn er zum Bürgerbräukeller wollte, der da lag, wo heute der Gasteig liegt, genauer das Hotel Hilton. Meist ging er durch den Englischen Garten zum Bürgerbräukeller, manchmal über den Odeonsplatz.

Er wirkt nicht jung, nicht alt. Fünfunddreißig Jahre. Ergrauendes Haar. Klarer Blick, gerader Gang. Blaues Hemd, dunkle Hose. Er trägt um die linke Schulter einen Leinenbeutel, in dem sich zwei Scheiben Brot, ein Stück Käse und ein Apfel befinden. Sein Essen für den Tag.

Von weitem wirkt er wie ein Mann, der mit ruhigen Schritten durch einen grauen Acker geht, er hat etwas Bäuerisches, ist voll Energie. Seine Zurückhaltung hat etwas mit seinem Selbstbewußtsein zu tun. Er weiß, wer er ist, weiß, was er kann.

Er geht langsam, er hat Zeit. Geht nicht, wie sonst, durch den Englischen Garten. Hält vor der Feldherrnhalle an.

Ein Denkmal für Kriegsherrn. Er denkt nach, ob die Bauherrn dabei ihre eigene Bedeutung erlebten. Oder die, die zu dem Denkmal pilgern. Er haßt Krieg. Krieg ist laut, lärmend, Not, Elend, Zerstörung, Finsternis, Gestank. Der Krieg ist immerwährend im Kopf und in der Kehle Hitlers. Der ist wild darauf, die Ordnung zu erschlagen.

Elser glaubt an die Menschen, glaubt, daß sie Frieden, nicht Krieg wollen, und daran ist nichts Politisches. Das ist einfach die Art, wie er die Dinge sieht.

Er läßt den Marienplatz hinter sich, die Isar, steigt hoch zum Bürgerbräukeller, betritt den spärlich erleuchteten Saal durch die Hintertür. Wie schön, Sie zu sehen, Georg.

Guten Abend.

Die Kellnerinnen dürfen ihn beim Vornamen nennen. Den Nachnamen hat er ihnen nie gesagt. Er nickt, grüßt.

So geht es jeden Tag, seit er beschlossen hat, Hitler zu töten. Jeden Tag nimmt er diesen Weg, um sein Attentat vorzubereiten. Nach dem Krieg hatte man den Bürgerbräukeller als Lebensmittellager, dann als Kantine der US-Armee genutzt, ehe man ihn abriß.

Wer ist dieser Elser? 1903 in Hermaringen im Württembergischen geboren, Sohn eines Holzhändlers mit kleiner Landwirtschaft, die die Mutter betreibt. Kurze Beschäftigung als Möbeltischler und in einer Uhrenfabrik, streckenweise arbeitslos, versucht er erfolglos, das verschuldete Anwesen der Eltern zu retten. Hilfsarbeiter, Gußputzer. Ein ruhiger, in sich gekehrter Mensch, sparsam und anspruchslos, aber selbständig und selbstbewußt – er weiß, was er kann, und will entsprechend entlohnt werden. Einzelgänger, ungesellig, »konnte lange am Tisch sitzen, ohne etwas zu sagen«, so die Historiker Anton Hoch und Lothar Gruchmann in ihrem Buch *Georg Elser. Der Attentäter aus dem Volke*. Aber keineswegs ein Entwurzelter. Seine Liebe zur Musik bringt ihn unter das Volk: Mitglied des Musikvereins, schon als Kind hat er Flöte und Ziehharmonika gelernt, spielte Zither und Baßgeige, da sie für das Orchester in Königsbrunn – jenem bayrischen Ort, in dem Ludwig I. drei Brunnen für Fuhrleute und Wallfahrer hatte errichten lassen – gerade gebraucht wurde. Auf seinen persönlichen Rechten bestand er unerbittlich, was ihn in stetigen Konflikt mit den politischen und sozialen Verhältnissen seiner Zeit, auch mit seinen Schwestern brachte. Er gab seine Stimme der KPD, gehorchte dabei mehr seinem Instinkt, ohne etwas von der nationalsozialistischen Ideologie zu wissen. Er schien genau trennen zu können, was richtig und stabil war und was zu Gewalt und Krieg und Auflösung gesellschaftlicher Ordnung führte, und war entschiedener Gegner eines von Deutschland angezettelten Kriegs.

Er hegt seine innere Ordnung, seinen einfachen, aber klaren Verstand wie eine kleine Heimat inmitten der moralischen Wüste der NS-Zeit. Er hat seine eigene Meinung, das reicht ihm aus. Bis zu seinem Tod ging ihm diese Einheit des Seins nicht verloren. Die Freiheit des Denkens konnte ihm niemand nehmen: Ein völlig unverseuchter Kopf, der gerade mal seine Schreinerzeitung las. Er lehnte den Nationalsozialismus und Hitlers Regime ab. Er hat kein einziges Mal bei einer Feier zum 1. Mai die Fahne gegrüßt und verschwand, sobald eine Rede Hitlers im Radio gesendet wurde.

Und er war genau: »Nach meiner Ansicht haben sich die Verhältnisse der Arbeiterschaft nach der nationalen Revolution in verschiedener Hinsicht verschlechtert.« Das gibt er bei seiner Vernehmung an und begründet es mit Fakten, weist nach, was er verzeichnet hat: »Ich habe im Lauf dieser Zeit festgestellt, daß deswegen die Arbeiterschaft gegen die Regierung eine Wut hat.« Dabei nimmt er sich nicht aus. Er gibt an, sicher gewesen zu sein, daß es beim Münchner Abkommen nicht bleiben würde, »daß Deutschland anderen Ländern gegenüber noch weitere Forderungen stellen und sich andere Länder einverleiben wird und deshalb ein Krieg unvermeidlich ist«, so Hoch und Gruchmann. Im Herbst 1938, als die Sudetenkrise in einen Krieg zu münden schien, war ihm klar, daß es keine andere Lösung gab als die: Hitler und sein Regime mußten von der Bildfläche verschwinden.

Vom Zeitpunkt des Beschlusses an läuft alles in klarer Folgerichtigkeit ab. Er weiß, daß Hitler zum Jahrestag seines Putschversuchs am 8./9. November 1938 im Bürgerbräukeller sprechen wird. Er hat Zugang zum Ort der Veranstaltung und stellt fest, daß er nicht bewacht ist und niemand darauf achtet, wenn er den Ort betritt. Anton Hoch beschreibt genau, wie seine Arbeit verlief: unspektulär und unauffällig, aber beharrlich. In wochenlanger Arbeit präpariert er eine tragende Säule des Saales hinter dem Rednerpodium, um den Sprengkörper aufzunehmen. Dann bedurfte es einer bestimmten Vorrichtung, um den Sprengstoff zu entzünden.

In Königsbronn nahm er eine Stellung in einem Steinbruch an und beobachtete, wie man sprengte, eignete sich Sprengkapseln und Patronen an.

Er sammelte Sprengstoff. Entwendete zweihundertfünfzig Preßstückchen bei der Firma in Königsbronn. Fuhr nach München, nahm die Maße der Säule ab und verfertigte eine Skizze. Seine Bemühungen, eine Anstellung im Bürgerbräukeller zu bekommen, verliefen im Sand. Dann fiel ihm ein großer Stein auf den Fuß und setzte ihn matt. Der Fuß wurde eingegipst – Zeit, sich mit den technischen Details zu befassen. Er baute ein Modell und machte Versuche: Es klappte. Nun die vorauszuplanende Zeit, um die Zündung auszulösen. Hier kam ihm seine Erfahrung mit dem Uhrwerk zu Hilfe, wobei er die Bewegung der Uhr auf den Zündmechanismus übertragen mußte. Zur Sicherheit präparierte er eine zweite Uhr und probte. Auch das gelang. Er entwarf ein Modell und machte Versuche im Obstgarten seiner Eltern in Königsbronn. Es klappte.

Dreißig bis fünfunddreißig Nächte hat er im Bürgerbräukeller verbracht und dort an seinem Werk gearbeitet. Zwischen zwanzig und zweiundzwanzig Uhr nahm er im Wirtschaftsraum ein schlichtes Essen zu sich und versteckte sich anschließend in der Galerie, bis alles abgesperrt war und Ruhe herrschte. Dann erst führte er bis um zwei oder drei Uhr seine Arbeit fort, schlief in seinem Versteck, bis der Saal wieder geöffnet wurde, er mit schmerzenden, verkrampften Gliedern herauskroch und das Haus durch den Hinterausgang zur Kellerstraße verlassen konnte.

Ein Versteckspiel mit sich selbst. Er schmiegte sich an das Holz der Galerie – ein vertrauter Geruch. Winzige Lichtstrahlen drangen durch die verzogenen Bretter und bezeichneten ihm den Ort. Mucksmäuschenstill lag er in seinem Versteck, bis die Nacht vorüber, der Saal leer und verschlossen war.

Herausfordernd klar, der Ablauf, und alles belegbar. Und keine Sekunde, an der er an seinem Auftrag zweifelte. Der ganze Lebensweg überschaubar, daran mußten seine Richter verzweifeln. Es gab keinen einzigen Anhaltspunkt für verschwörerisch vorgebrachte Verleumdungen und angebliche Beziehungen, wie ihm unterstellt wurde. Für all dies erwies sich Elser als absolut ungeeignet. Was übrig bleibt, sind Fiktionen. Nur eins nennt Hoch »den wohl umstrittensten Vorgang während der Vorbereitungen des Attentats«: Am 3. und 4. November wollte er die Uhrwerke einsetzen und sich durch den Hintereingang reinschleichen – er war verschlossen. Am nächsten Tag ging er durch den Haupteingang, mußte aber feststellen, daß der Platz für den Uhrenkasten zu klein war. Er ging zurück, veränderte den Kasten und kehrte abermals durch den Haupteingang zurück, löste eine Eintrittskarte – es gab eine Tanzveranstaltung, die er von der Galerie aus betrachtete – und vollendete sein Werk nach Mitternacht. Um sechs Uhr morgens war er endlich mit der Einstellung der zwei Uhren fertig – er wollte ganz sicher sein und nahm deshalb die beiden präparierten Uhrwerke mit –, trank am Isartor einen Kaffee, zog beim Tischlermeister Brög aus, verließ München, fuhr zu Schwester und Schwager nach Stuttgart, vermachte ihnen seine dürftige Habe. Auf ihre Frage, was er denn vorhabe, antwortete er, er müsse »über den Zaun«, das sei nicht mehr zu ändern.

Bis auf zwei Handwerker, die ihm kleine Teile anfertigen mußten, so steht es im Protokoll, hat er alles allein geschafft, hat alles nach seinem Plan ausgeführt. Bei den Ermittlungen stellte er seine Autorschaft unter Beweis, verfertigte in kurzer Zeit den Plan und baute unter den Augen der Sonderkommission ein Modell nach.

Offenbar war der Saal des Bürgerbräukellers nur sehr nachlässig bewacht worden, einer schob die Verantwortung auf den anderen: die alte Rivalität zwischen Polizei und zivilem Sicherheitsapparat. War sich Hitler seiner in Bayern so sicher?

Jedenfalls, dafür bürgte Elsers Genauigkeit, in der letzten Nacht fand keine Kontrolle des Saales statt.

Was Elser nicht einplanen konnte und was sein exzellent vorbereitetes Attentat zum Scheitern brachte, war der Umstand, daß Hitler den Zeitpunkt der Rede vorverlegte und daß er früher abbrach, da er einen fahrplanmäßigen Nachtzug mit angehängtem Sonderwagen erreichen wollte. So blieb er nicht bei seinen Anhängern wie sonst, sondern endete um 21.17 Uhr und verließ den Saal. Drei Minuten später explodierte die Bombe, um 21.31 fuhr Hitlers Sonderzug ab: Er wollte bald wieder in Berlin sein.

In Nürnberg wurde ihm eine Meldung in den Zug hineingereicht, daß es bei einer Explosion im Bürgerbräukeller acht Tote und sechzig Verletzte gegeben habe. Das erschien ihm völlig unglaubwürdig. Elser erreichte am 8. November um zwanzig Uhr Konstanz, vernahm im Radio des Wessenbergschen Erziehungsheims Hitlers Rede und hielt an. Es muß ihn so tief getroffen haben, daß Hitler noch lebte, daß er die Zollbeamten übersah, die auf ihn zukamen.

Unmittelbar nach seiner Überstellung nach München wurde er »auf Befehl und unter Beteiligung Himmlers« unmenschlich verprügelt, ohne Erfolg: Elser blieb bei seiner Aussage, daß er alles allein verrichtet habe. Hitler wollte es nicht glauben, doch seine Theorie, der englische Geheimdienst stünde dahinter, bewahrheitet sich nicht. Hintermänner wurden nicht gefunden.

Die Tatsache, daß ein Einzelner, ein einfacher Mann es beinahe geschafft hätte, Hitler und Konsorten in die Luft zu sprengen, schien Hitler nicht gerade geeignet, in den Medien publiziert zu werden, Elsers Motiv schon gar nicht.

Elser kam als Sonderhäftling in die KZs Sachsenhausen und Dachau, weil man zunächst einen Schauprozeß plante. Als der Kriegsausgang deutlich machte, daß man Elser dafür nicht mehr verwenden konnte, wurde er am 9. April 1945 umgebracht.

Die Besonderheit seines Falls und seiner Person, die Ausführung seines mit Millionen geteilten Todes, die in Umlauf gesetzten Gerüchte um Hintermänner, die Vorurteile und nicht zuletzt seine bescheidene Herkunft als Tischlergeselle verhinderten seine Anerkennung als »Märtyrer« der Geschichte, wie Ricarda Huch die Männer des 20. Juli nannte. Weder erwähnt Ricarda Huch Elser in ihrem letzten Vorhaben, in einem Buch die »Bilder deutscher Widerstandskämpfer« zu veröffentlichen, und für Günther Weisenborn, Autor von *Der lautlose Aufstand,* war der Aufstand eines Georg Elser wohl zu lautlos. Es gab keinen »Elser-Kreis«, und es gab keine Inge Scholl, die sich daranmachte, Zeitungen und Rundfunk mit Informationen über Elser zu beliefern, sie tat es für die Geschwister Scholl. Und es gab keine Lobby, die sich um Elser bemühte – Hitlers verächtliche Ungläubigkeit schlug Wurzeln. Dieses Schicksal teilt der einfache Schreinergeselle Elser mit dem jungen Schalttechniklehrling Walter Klingenbeck, deren Alleingänge beinahe im Verschweigen untergegangen wären. Solche Helden erschrecken uns eher und wecken unser Mitleid, statt Mitgefühl. Verdammt, wer angesichts solcher Mechanismen an Klassenproblematik denkt.

Für mich hat die Art des Gedenkens immer mit Gegenwart zu tun, mit der Frage, wie gegenwärtig das ist, dessen man sich da erinnert. Und da komme ich zu dem Schluß, daß wir des Wissens um Elsers Tat heute mehr denn je bedürfen.

Kriegsfolgen

Der Zweite Weltkrieg und seine Folgen: Entnazifizierung. Das neue Gesetz, unterzeichnet im Münchner Rathaus, teilt die Bevölkerung in fünf Kategorien ein: Hauptschuldige, Belastete, Minderbelastete, Mitläufer und überwiegend Entlastete. Wiederbewaffnung. Materielle Besessenheit. Rätselhafte spirituelle Verarmung.

Hannah Arendt, die Philosophie in Heidelberg und Marburg studierte, hat ihre Vorlesung an der Ludwig-Maximilians-Universität *Über das Böse* beendet, die mich tief beeindruckt hat, geht die Ludwigstraße hoch und verharrt vor der Feldherrnhalle. Die Jüdin denkt an die Reichen und an die Armen und Schlechtweggekommenen, unterscheidet zwischen Mitleid und Solidarität, die erst dann zu Solidarität wird, wenn sie das reine Mitleid übersteigt. Denkt an ihre Verhaftung 1933, ihre Flucht, sobald wieder freigekommen, nach Paris, ihr Engagement für die zionistische Bewegung, ihre Fahrt nach Palästina, ihre Internierung im französischen Lager Gurs, dem zu entfliehen ihr gelang. Schließlich, 1941, reiste sie per Schiff nach New York, wo sie bis zuletzt blieb und wo sie die amerikanische Staatsbürgerschaft erhielt.

Ihr Doktorvater war Karl Jaspers. In einem Brief an ihn plädierte sie am 30. Juni 1947 für eine Änderung der Zustände: *daß jeder frei wählen kann, wo er seine politischen Verantwortlichkeiten auszu-*

üben gedenkt. Dann wäre die Ahnenforschung hüben und drüben am Ende.

Der Disput zwischen den beiden ging darum, ob sie sich als Deutsche – Jaspers lebte seit 1948 in der Schweiz – bezeichnen müßten. Dazu schrieb Arendt am 19. Februar 1953: *... mir scheint, ich kann versprechen, daß ich in Ihrem Sinne nicht aufhören werde, eine Deutsche zu sein, das heißt, daß ich nichts verleugnen werde, nicht Ihr Deutschland ... nicht die Tradition, in der ich groß wurde, und die Sprache ...*

Hannah Arendt, die politische Philosophin, denkt an die Revolution, denkt an Kurt Eisner, den Anführer der Novemberrevolution 1918 in Bayern, Schriftsteller und Journalist ohne feste Anstellung, der sich zum radikalen Pazifisten, Systemkritiker und Revolutionär wandelte, rekapituliert seine Aussage: Die Revolution ist nicht die Demokratie – sie schafft erst die Demokratie. Sie wird das in dem Buch *Über die Revolution* verwenden. Sie erinnert seine Werke, für sie immer noch gültig. Man darf sich nicht ducken! Man muß sich wehren! Das hat die Mutter ihr schon eingeimpft.

Sie hat entdeckt, daß ein Hauch subtilen Vergnügens zu gewinnen ist, wenn sie sich wieder gut anzieht. Ihr Haar, bereits grau meliert, ist frisch gewaschen, rosafarbener Lippenstift liegt auf ihren Lippen, sie trägt ein elegantes zartgraues Kostüm. Ich spreche sie an und wechsle mit ihr ein paar Sätze über ihre Vorlesung, dann geht sie weiter. Ich wundere mich heute noch, daß ich den Mut dazu fand. Mich beeindrucken ihre subtile Wortwahl und ihre ungewöhnlich schöne, ausdrucksstarke, südliche Kraft und Wärme ausstrahlende Stimme.

Ich folge ihr heimlich bis zur Feldherrnhalle. Sie studiert sie aufmerksam.

Sie will verstehen.

Es ist ein nationales, äußerst patriotisches Denkmal, geht es ihr durch den Kopf, *da wird ein bestimmtes Bild in die Welt gesetzt. Wen*, fragt sie sich, *soll es eigentlich ansprechen? Mich nicht.*

Das wirft sie auf sich selbst zurück. Sie ist in Königsberg geboren, ihre Muttersprache ist Deutsch, sie ist 1933 unter der Prämisse emigriert: nie wieder! Ich will mit dieser Gesellschaft nichts mehr zu tun haben. Sie ist Jüdin. Ist sie eigentlich eine Deutsche? Die Frage des Patriotismus beschäftigt sie seit langem. Und was ihr Nationalgefühl betrifft, so bezieht es sich wohl allein auf die Sprache. Sie hört gern Deutsch und freut sich deshalb, wenn sie in Deutschland ist. Was sie nicht erwartet hatte, daß ein großer Teil der Sprache bereits verwüstet ist, verseucht von den Spuren der Gewalt, daß die Freiheit zu denken immer noch eingeschränkt ist.

Einzig bei Karl Jaspers, mit dem sie ein ständiger Dialog verband, erlebte sie eine *Unbedingtheit des Sprechens: Daß es ein solches Gespräch gibt! Daß man so sprechen kann!* Die deutsche Sprache war das Wesentliche, das sie an diese Nation band:

Ich habe immer bewußt abgelehnt, die Muttersprache zu verlieren, schreibt sie in *Was bleibt, ist die Muttersprache: Es gibt keinen Ersatz für die Muttersprache.* Sie schätzt außerordentlich die Revolutionen des 18. Jahrhunderts, die Ausdruck von freudeerfüllter Erneuerung gewesen seien.

Als Jüdin – *Die jüdische Religion ist eine Nationalreligion,* hält sie in einem Fernsehgespräch mit Günter Gaus fest – erlebt sie durch die Zerstreuung des jüdischen Volkes einen *Weltverlust, etwas sehr Schönes, ein Außerhalb-aller-gesellschaftlichen-Bindungen-Stehen, eine völlige Vorurteilslosigkeit.*

Im Gespräch kommen sie zu dem Schluß, daß die Neuzeit den Gemeinsinn, den Sinn für die Erstrangigkeit des Politischen, entthront hat. Wir erleben, so Arendt, den Triumph eines Menschentyps, der im bloßen Arbeits- und Konsumvorgang sein Genügen findet. Hier offenbare sich eine Weltlosigkeit: *Es liegt einem nichts mehr daran, wie die Welt aussieht. Welt, jetzt viel größer gefaßt als Raum, in dem Dinge öffentlich werden.*

In *Vita activa* stellt sie fest, daß *Einsichten und Erfahrungen politischen Ranges sich mehr und mehr dem Erfahrungshorizont der durchschnittlichen menschlichen Existenz entziehen*. Das Vermögen zu handeln sei heute auf wenige beschränkt.

Die Arbeit des Staatsmannes, der allein kaum Entscheidungen treffen könne, sei nur möglich mit Hilfe von Experten. Sein Urteilen sei ein *höchst mysteriöser Vorgang, in dem sich dann der Gemeinsinn äußere*.

Etwas anzufangen sei ein Wagnis, was daraus würde, wüßten wir nie. Dieses Wagnis sei nur möglich *in einem – schwer zu fassenden, aber grundsätzlichen – Vertrauen in das Menschliche aller Menschen*.

Sie sagt klipp und klar: *Erstens habe ich nie in meinem Leben irgendein Volk oder Kollektiv geliebt, weder das deutsche noch das französische, noch das amerikanische, noch etwa die Arbeiterklasse, noch was es sonst noch gibt*. Sie ist der Meinung, *daß es keinen Patriotismus geben kann ohne ständige Opposition und Kritik*.

Der Marxist

In Westdeutschland ist das Wirtschaftswunder eingezogen, in Ostdeutschland herrschen Mangel und Not, doch viele jüdische Remigranten ziehen es vor, in die SBZ zu ziehen. Beide Staaten suchen in der Deutung des Widerstands moralische Aufbauhilfe und Legitimation.

Der Kalte Krieg nimmt fanatische Züge an. Ab Mitte der sechziger Jahre formiert sich die Achtundsechziger-Generation. Männer und Frauen in Bomberjacken und Dschungelhosen. Grimmige Kriegsgesichter. Die Stirnen gefurcht von der Anstrengung, sich die erotischen Visionen zu bewahren, doch es bleibt bei melancholischem Sex.

Der italienische Dichter Giacomo Leopardi prophezeit, daß eines Tages »der Name der Nationen und der Heimaten selbst allerorten erloschen sein wird, und daß das ganze menschliche Geschlecht sich in so viele Völker zerstreuen wird, wie es Menschen geben wird.« So daß jeder »nur noch sich selber lieben wird«.

∼

Der Schriftsteller Manfred Grunert, geboren in Leipzig, Vater Gießereiarbeiter in Altenburg, hat 1955 in den Westen »rübergemacht« und lebt in München, wo er nach kurzer Tätigkeit in einer Gießerei eine

Redakteursstelle übernommen hat. Sein dunkles Haar ist halblang, er trägt einen schmutzigen Schaffellmantel, Hosen, die er mit einem Klammerhefter gekürzt hat, und einen Leinenbeutel. Zu Hause ist er in einem kahlen Raum, dessen eine Wand mit Silberfolie bedeckt ist, gegenüber Mao- und Che-Plakate.

Es ist das Jahr 1968, sein Jahr. Mit seinem sozialistischen Bewußtsein ist er immer noch erschlagen von dem, was er hier vorfindet: Das ökonomische Angebot, die Vielfalt von dubiosen Informationen, das nährt sein schizophrenes Grundgefühl. Am meisten irritiert ihn, daß die Vorstellung, mit der er herübergekommen ist, nicht stimmt: Es herrschen hier nämlich Verhältnisse, in denen der Einzelmensch verloren ist. Als er aus dem Auffanglager herauskam, stand er in München ganz alleine da – das hat ihn gleich in die Arme der Tupamaros befördert, einer radikal linken Gruppe. Er versteht sich als Teil der APO und ist überzeugt, daß alles, was mit Bewußtsein zu tun hat, die ganze Schicht des Überbaus, eine grundlegend andere Sprache bedingt.

Wer heute von Wiedervereinigung spricht, davon ist er überzeugt, kann nur ein Reaktionär sein. Er hat nicht vor, sich auf einem Wohlstandszipfelchen niederzulassen, und wehrt sich massiv gegen die Forderung der kapitalistischen Gesellschaft, sich anzupassen. Er identifiziert sich kein bißchen mit der hiesigen Gesellschaft und kann sich ein aufs Individuelle bezogenes Leben nicht vorstellen – es interessiert ihn einfach nicht.

Das verstärkt seine Einsamkeit. Das hatte er in der DDR nicht gekannt, daß man Verlorenheits- und Verlassenheitsgefühle entwickeln kann. Immer bestand die Möglichkeit des Austauschs, immer gab es Freunde, heftige Diskussionen.

Er hat Marx, Engels, Stalin gelesen, hat die Vorbehalte gegen das kapitalistische Westdeutschland nie abgelegt und erst im Westen entdeckt, wie richtig der Marxismus eigentlich ist.

Er wendet sich immer entschiedener gegen die kapitalistische Gesellschaft. Dagegen schreibt und lebt er an. Er ist Marxist mit einem ausgeprägten Hang zur Selbstzerstörung. Mehr Marxist als zuvor in der DDR. Botho Strauß spürt, wie es ihm geht:

Kein Deutschland gekannt zeit meines Lebens
Zwei fremde Staaten nur, die mir verboten,
je im Namen eines Volkes der Deutsche zu sein.
Soviel Geschichte, um so zu enden?
Man spüre einmal: das Herz eines Kleists und
die Teilung des Lands. Man denke
doch: welch ein Reunieren
wenn einer, in uns, die Bühne
der Geschichte aufschlüg!

Wir finden uns bei einer Demo. Nach der Demo sitzen wir auf den Treppen der Feldherrnhalle und umarmen und küssen uns. Wir werden ein Paar. Zuvor sah ich ganz normal aus, Strickkleid, gewaschenes Haar. Man sagt, wir beide seien ganz links. So sehen wir auch aus. Wie so etwas auf das Äußere abfärben kann. Auch ich sehe jetzt in meinem schmuddeligen Schaffellmantel so aus. Langes, aufgelöstes Haar und kaum noch Gesicht. Sonnenbrille. Schwarze Stiefel. Schwarzer Overall.

Er trägt keine Anzüge mehr. Die hat er verschenkt. Immer in Stiefeln, alter Pullover, Cordhose und die ewige Lederjacke. Er hat etwas Entwurzeltes, das mich berührt. Bei mir, sagt er, fühlt er sich zu Hause. Er macht sich nichts mehr daraus, was die Leute von ihm denken. Anfangs konnte man meinen, er und ich machten nur eine vorübergehende Mode mit. Aber wir ändern es nicht wieder.

Wir gehen in Discos. Einmal haben wir uns verloren. Er sucht mich. Entdeckt mich, wie ich mit einem anderen tanze. Beobachtet mich. Lange. Er stellt fest, daß zwischen den Tanzenden etwas entsteht, das er nicht erträgt. Er schreitet ein. Fast hätte er den anderen niedergeschlagen. Er führt mich ab. Ich lasse es mir gefallen.

Er hockt drei Tage in seinem Zimmer, in der Ecke unberührt der Auswandererkoffer. Er geht nicht ans Telefon. Er zieht sich nicht mehr an. Er rasiert sich nicht und bleibt in seinem alten Bademantel. Der ist voller Brandlöcher von Zigaretten.

Ich halte den Kopf gesenkt. Fühle mich mitentwurzelt. Gerötete Augen. Zuwenig Schlaf oder Tränen.

Nach ihm gefragt, sage ich, er sei krank.

Er trinkt zu viel. Beschimpft andere und verhöhnt mich. Bietet kein angenehmes Bild. Es hat den Anschein, als verfolge er mit dem rücksichtslosen Freilassen seiner Aggressionen ein bestimmtes Ziel. Er legt es direkt darauf an, der Öffentlichkeit zu demonstrieren, daß sie keine Rücksichtnahme mehr zu erwarten hat. Man kann nur sagen, daß es trostlos zu werden beginnt, ihn in ständiger Anarchie gegen alles und jeden zu beobachten.

Oft schlägt er sich die Fäuste am Spiegel wund. Ich spiele dann die Krankenschwesterrolle. Wann ich die ausgespielt habe, wird nur eine Frage der Zeit sein.

Dann sagen wir, wir hätten den individuellen Scheiß satt, so drücken wir uns aus. Ich sage, ich lasse mich nicht kaputtmachen und lasse mir keine reaktionären Lebensformen aufdrängen.

Ich gehe.

Wenigstens bringt er meine Koffer und mich bis zum Taxi. Als der Wagen Richtung Hauptbahnhof wegfährt, hebt er lässig den Arm, dreht sich um und geht durch den Schneematsch nach Hause zurück. Nach Hause kann man kaum sagen.

Wenn man so will, die moderne Trennung eines Paares im coolen Stil. Ich und er sind nicht die einzigen, denen es so geht. Wir kommen nicht mehr zurecht: mit sich, dem anderen, den anderen. Bei vielen hat *die Politik* Schuld daran. Und das, was man die Sexwelle nennt. Und das viele Gerede von Freiheit, das den modernen Ehekrieg beflügelt.

Wie man sieht, hat sich zwischen ihm und mir dieser Krieg regelrecht breitgemacht. Wir verlangen einfach zuviel vom Leben. Das aber läßt mit sich nicht so umgehen. Wer k. o. geht, fliegt aus dem Ring. Neuerdings heißt das »ausflippen«. Und dann trägt er meine Koffer, hebt lässig den Arm und geht seiner Wege. Traurig sieht das schon aus.

Beim Anblick der Feldherrnhalle denkt er an die Revolutionen, die stattgefunden haben, und findet es gut, daß nun, im Jahr 1968, diese verkrustete Gesellschaft aufgebrochen wird. Aber er geht belastet an all diese Gespräche über Kulturrevolutionen, Studentenunruhen, Kommunen heran, fürchtet nur, daß alles zerredet und wieder aufgehoben wird. Es laufe doch immer aufs Gleiche hinaus: daß ein Apparat geschaffen werden muß und dieser dann die Gesellschaft vereinnahmt – und eben auch die Revolution vereinnahmt. Als ich ihn kennenlerne, pflegt er eine enge Freundschaft mit sechs Kumpanen aus der DDR, mit zwei Kybernetikern, Klaus Baumgärtner und Manfred Bierwisch, mit dem Leipziger Musikwissenschaftler Eberhard (genannt Béla) Klemm, der sich mit Schönberg beschäftigt, mit Joachim Menzhausen, Hans Bunge und Uwe Johnson. Verbindender Mittelpunkt ist der gemeinsame Lehrer an der Leipziger Petri-Oberschule in Deutsch und Englisch, Walter Krug, der zweimal im Jahr nach München kommt und von mir detaillierte Berichte über die politischen und privaten Vorkommnisse des letzten Jahres verlangt. Er ist äußerst neugierig und bis ins hohe Alter sehr lebendig. Ich arbeite für eine Zeitung und führe das Jahr über ein Notizheft, um nichts zu vergessen und seinen Fragen begegnen zu können (Wohnsitz, Fernsehen, italienische Gerichte, Liebhaber, Verlage, Zeitungen, Familie, Filme, Reisen, Musik, Bücher, Kinder, Sex, Skandale). Mit Walter Krug muß ich jedesmal zur Feldherrnhalle und im Restaurant darunter ein Rittermahl essen, er bezeichnet die Halle als schrullig-dialektisch, was immer das sei.

Im Herbst 1945 war Menzhausen in Baumgärtners Schulklasse gekommen, und die Klassenkameraden entdeckten durch Walter

Krug ihre Vorliebe für Anderson, Fitzgerald, Steinbeck, Dos Passos, Hemingway, Valentin, Brecht. Sie nennen sich beide James, der ganze Freundeskreis trägt spezielle Namen. Zufällig begegnen die beiden Freunde Manfred Bierwisch, hinfort Jake genannt, am Leipziger Hauptbahnhof. Bierwisch wiederum lernt den eigenbrötlerischen Musikwissenschaftler Eberhard Klemm kennen und kommt dem Schönberg- und Béla-Bartók-Spezialisten mit dem Losungswort »Adorno« näher. Manfred Grunert stößt an der Universität hinzu und spielt den Proleten, einer muß es schließlich sein.

Bierwisch und Baumgärtner werden Dozenten an der Berliner Universität, Bunge leitet später das Berliner Brecht-Archiv. Johnson wird später im Westen zum anerkannten Autor mit Ostthematik.

Klaus Baumgärtner beschreibt in *Sofort einsetzendes geselliges Beisammensein* die sechs (Grunert gilt nicht als vollwertiges Mitglied) als *Eldorado von Freundschaft, Rückhalt,* Übereinstimmung und erklärt die *Rollenverteilung:*

Béla zuständig für die Musik und als Quickborn für Gedankengänge querweltein, Ossian (Johnson) für Poesie und das Prinzipielle in Humanität und Sittsamkeit, Jake für Abstraktion samt Steigerungen bis zur Theoriegestalt hinauf, James für alles Kunstvolle und das Aufreißen der Einblicke ins Unerkannte, schließlich Baumgärtner selber für die Liebe zu den Wörtern, allfällige Einfälle und mögliche Gegenwelten.

Der Großteil der Gruppe war verknüpft mit der Akademie der Wissenschaften in München, zählte zur Forschungsgemeinschaft der germanistischen Sprachwissenschaften, darunter waren nach dem Mauerbau 1961 auch Fluchthelfer, die einen Teil der Gruppe in den Westen gebracht hatten.

Es ist ein autoritärer Männerzirkel, Frauen gegenüber in Abwehrhaltung. Ich habe nur deshalb eine Chance, weil ich die Unwissende, Fragende, Lernende bin. Und ich dringe nicht ein in diesen *stillschweigenden Binnenkodex* und verletze nicht *das Muster an Paritäten untereinander, an welchem kaum zu rütteln war.*

Ich habe große Probleme, die marxistischen Eingeweihtensprüche, lakonisch leicht sächselnd dargebracht, die Zeilen von Brecht-Gedichten, die sie sich wie Wurfanker zuwerfen, zu verstehen – ihre Marschverpflegung oder ihr Reisegepäck, hätte es der Dichter Peter Rühmkorf genannt. Ich verbringe meine Tage mit einem heimatlosen Personenkreis, der nicht nur aus der DDR kommt, sondern bei dem diese nach wie vor eine große Rolle spielt. *So reden Kinder von ihren Eltern,* schrieb Uwe Johnson in seinem treffenden Nachwort zu meinem Buch *Ich bin Bürger der DDR und lebe in der Bundesrepublik,* ein Buch, mit dem ich verstehen will, was uns trennt. *So reden Erwachsene von jemand, der einst an ihnen Vaterstelle vertrat. Sie fordern den ehemaligen Vormund in die Rolle des Partners, noch im Zorn verlangen sie das Gespräch mit ihm.*

Ich habe nicht die gleichen Erfahrungen, die gleiche Sprache, die gleiche Denkungsart. Verlassen fühle ich mich manchmal, erstickt von ihren überströmenden spirituellen Legenden und ihrer Gehirnsinnlichkeit, ich bin ohne unbesiegbare Worte – dafür in den Händen von Technikern des Uneigentlichen, von manchmal albernen Spielern mit »Zitatmacken« und »Spitznamenmanien«. Die Realität scheint mir durch diese Verbrämtheiten determiniert, und die neurotischen Rationalisierungen decken die Angst vor Nähe. Ich begreife die Ansätze von Dialektik, die nie mein Ding werden sollte, und schule meine Erzählweise an Walter Krugs Fragen und Bélas Briefen, die wie Kostbarkeiten weitergereicht werden.

Was das Trinken betrifft, kann ich auch nicht mit ihnen konkurrieren, sie trinken literweise Wodka, den mit dem Büffelgras, und Uwe Johnson wirft in meiner Wohnung stets bei der Mitternachtsrunde seine Pfeife an die Wand und das Glas mit dem Wodka hinterher.

Brecht wird in ihren Briefen und Reden ummontiert und persifliert und ich lerne ihn von den verschiedensten Seiten kennen, lerne einiges aus der DDR, erfahre Berufliches, Privates, Politisches. Lerne auch von Grunert, der sich viel mit russischer Literatur beschäftigt, lese Bunin, Paustovsky, Gontscharov. *Lang genug war die Demokratie in diesem Land in der Defensive. Sie wird sich rühren.* So schreibt Hans Magnus Enzensberger in einem Brief an Uwe Johnson am 10. Dezember 1962. Und Johnson antwortet drei Jahre später: *Es kommst aber du und sagst öffentlich:* »*Die Demokratie ... wird sich wehren.*« *Woher weißt du das? Und wenn sie das nicht tut, wirst du sie verklagen?*

Tausendfünfhundert Blatt Korrespondenz sind im Uwe-Johnson-Archiv einzusehen, ein riesiger Fundus, der die Freundschaft von fünf Intellektuellen dokumentiert. Johnson hingegen fand den Briefwechsel von so »hermetischer Art«, daß er sich Außenstehenden kaum erschließen dürfte.

Was das Trinken betrifft, so macht auch Grunert enorme Fortschritte, und ich wehre mich immer erbitterter gegen die Anschauung, hier in Westdeutschland sei alles beschissen. Wir sehen unser persönliches Chaos als Spiegelbild der Gesellschaft an und tragen so das Chaos in die Gesellschaft.

Zwei seiner Freunde sterben, die Beziehung zu den anderen wird flüchtiger, sie haben mit sich selbst zu tun. Manfred Grunert ertränkt seine Einsamkeit im Alkohol.

Er stirbt 2011, ein Jahr vor meinem Gefährten. In einem unserer letzten Gespräche sagte er zur Wiedervereinigung, es sei nie zusammengewachsen, was nie zusammengehörte. Es sei ein Anschluß gewesen. Man habe die DDR mit Stumpf und Stiel ausgerottet. Er habe nicht einmal eine kurze Affäre mit der BRD gehabt, habe sich hier nur mit Außenseitern verstehen können, sich stets am Rand dieser Gesellschaft bewegt. »Der Westen« habe für ihn nie Profil gewonnen, immer habe er unter dessen Perspektivlosigkeit gelitten, jeder Schritt sei einer ins Leere gewesen, immer verlorener sein Blick. In seiner sozialen Isolation habe er mich in seine Ost-Ecke gezerrt, wo ich mich nicht wohl gefühlt habe, das belaste ihn.

Nun schaffe er sich selbst ab: Sein Leben hier sei nun zu Ende. Er könne den Lauf der BRD nicht begleiten, tief in ihr gesichtloses Leben hinein, da es nur falsche Bilder gebe. Alles, was er über diesen Staat gehört habe, sei erfunden. Da habe er sich mit seinen Erfindungen gerächt, und manchmal sei er nicht weit davon entfernt gewesen, auch die DDR als Erfindung zu betrachten, in der sich so gut wie alles geändert habe, während die BRD nicht die geringste Bereitschaft zur Veränderung, nur die zur Vergrößerung ihres Terrains gezeigt habe.

Mit 1989 ist er nie zurechtgekommen, das Leben heute mit seinen ungeheuren Veränderungen hätte er nicht geschafft.

Im Halbmond des Odeonsplatzes sehe ich ein langes schwarzes Auto mit dunklen Fensterscheiben. Ein Leichenwagen, und ich denke an die Verhandlungen meines mental erkrankten Gefährten mit dem Begräbnisinstitut Friede, die mich beeindruckten.

Als es ihm für eine Weile ein wenig besser ging, hatte ich einen Termin mit dem Begräbnisinstitut vereinbart, worauf er bestand, und bereits am selben Nachmittag traf der dunkel gekleidete, würdevolle Diener von Friede mit dem bleichen Gesicht ein.

Friede war eine alte Bestatterzunft, wurde von Aaron Grieneisen aufgekauft und dann mit der Firma Denk zusammengelegt.

Der zerknitterte Mann, dem man die aufreibende Beschäftigung mit dieser Materie ansieht, stellt sein schwarzes Köfferchen auf den Tisch, und als er es öffnet, um die Papiere herauszuholen, fühle ich, daß ich an einer Grenze stehe, und empfinde das Schwindelgefühl einer ablaufenden Frist. Ist es zuvor so gewesen, als gingen wir dem Horizont entgegen, dessen Linie stets zurückweicht, so stoßen wir mit einem Mal auf eine Wand. Seine Zukunft ist ausgeschöpft, meine würde es eines Tages sein.

Wie viele erste Ereignisse sind doch in einem Leben da! Zum ersten Mal Schritte gemacht, zum ersten Mal gelacht, das erste Wort gesprochen, den ersten Zahn bekommen, zum ersten Mal Liebe erlebt … Und jetzt zum ersten Mal den Sarg bestellen, das Ende.

Ich habe stets an ihm diese deutlichen Zum-letzten-Mal-Gefühle bewundert. Das hatte schon als Vierundzwanzigjähriger in der Gefangenschaft begonnen, als er nachts vor dem Zelt in der ägyptischen Wüste saß. Von da an verteilte er sein Abschiednehmen über sein Leben. Der einzige Mensch, den ich kenne, dem es am Lebensende leichtfallen könnte, zu gehen, hätte er bewußt eine Entscheidung fällen können. Sein Kopf und sein Geist hatten längst Umgang mit dem Tod.

Sein Organismus indes hat das Versprechen gebrochen.

Sein Geist macht sich davon, ehe er stirbt, und versetzt ihn in eine Vorhölle.

Ich finde das empörend. Da hätte er sich das gründliche Vorbereiten auch sparen können.

Der dunkelgekleidete Todesdiener blickte ihn mit nüchternen Augen an. Die beiden stimmten überein in der Wahrheit des Todes. Mein armer Gefährte, elend, abgemagert, war mitnichten abgeschlagen, in seinen klaren großen Augen lag keinesfalls die Erfahrung der Vergeblichkeit. Offenbar regte ihn das Thema an und die Entscheidung, die Formalitäten seines Todes zu bestimmen, gab ihm einen Zustrom von Kräften; er regelte alles mit großer Selbstverständlichkeit. Als ob ihn das mit sich in Einklang brächte.

Meine Beerdigung soll ohne Brimborium geschehen, sagte mein Gefährte bestimmt. Herr Schmidt fuhr sich durchs sehr schwarz gefärbte Haar und notierte.

Die Trauerrede? fragte er. Wünschen Sie einen Pfarrer?

Keine Pfaffen, sagte mein Gefährte. Machen wir selber.

Das Wir brachte mich beinahe zu Tränen.

Einäscherung? mutmaßte Herr Schmidt angesichts der lakonischen Antworten.

Er nickte. Und das Produkt Asche dann an meine Gefährtin.

Das geht leider nicht, sagte Herr Schmidt bestimmt. In Deutschland ist das nicht möglich.

Wir blickten einander verwundert an.

Wir könnten nur einen Umweg anbieten. Sie lassen die Urne an eine uns vorliegende Adresse in einem kleinen Ort in der Schweiz schicken, dort kann dann Ihre Frau die Urne abholen und nach Hause bringen.

Ich schüttelte den Kopf. Das wollte ich nicht, mit der Urne allein im Zug sitzen.

Es blieb also nur das Familiengrab meiner Großeltern und meiner Mutter.

Herr Schmidt notierte die Grabnummer und holte Abbildungen von Urnenmodellen hervor.

Holz oder Plastik? fragte er.

Er entschied sich für Kirschbaumholz.

Zweihundertsechsundachtzig Euro, sagte der Bestatter. Musik? Sie haben die Möglichkeit, zwei CDs vorzuschlagen.

Dead and Gone, sagte er. Kriegen Sie.

Es ist eine wunderbar unvollkommene italienische Blasmusik, die Ausrutscher bei hohen Tönen berührten mich.

Sarg? Schmidt schlägt neue Seiten auf. Vollholz, Papstsarg, Sozialsarg, Ökosarg, Urne …

Man könnte mich doch gleich auf den Rost legen, warf mein Gefährte bärbeißig ein.

Sie brauchen einen ordentlichen Sarg aus gutem Holz, der gut brennt. Schmidts Verweis war unüberhörbar. Komik bei dieser ernsthaften Materie schien ihm unangebracht.

Vollholz, sagte der Gefährte knapp und entschied sich für Modell fünftausenddrei.

Achthunderteinundzwanzig Euro, sagte Herr Schmidt und notierte:

Der Sarg wird mit weißem Tuch ausgeschlagen, fünfzig Euro.

Ein Polster für austretende Flüssigkeiten, fünfzig.

Eine Decke und ein Kopfkissen, achtzig Euro.

Schmidts Feder glitt flink über das Papier.

Was ziehen Sie an?

Meinen weißen Anzug und das zartblaue Hemd mit dem schönen Kragen, sagte mein Liebster.

Urnenkränzchen?

Was sein muß, muß sein.

Einhundertfünfzig, sagte Schmidt. Tragen Sie Orden? Wir könnten ein Ordenskissen einsetzen.

Kein Bedarf. Er lachte.

Wünschen Sie eine Anzeige in der Zeitung? fragte Schmidt.

Hier der Text.

Mein Liebster lächelte und zog eine Visitenkarte aus der Brusttasche.

Schmidt las:

B.C.

Retired

No phone No address No business No money

Sie sind mir einer, sagte Herr Schmidt und legte ihm den Vertrag vor: zehntausend Euro Vorauszahlung. Er reichte meinem Gefährten den Kugelschreiber.

Selbst das unbeschwerteste Dasein in lichten Sternengründen wird mir den lebenden Gefährten nicht aufwiegen. Wie er die Mütze hebt, um mich zu begrüßen. Den Hut lüftet. Die Kappe schon von weitem schwenkt. Die Tasse hält. Das Buch. Er weiß noch mit den Dingen etwas anzufangen und gibt jedem Ding seinen Wert zurück.

Nun holte Herr Schmidt noch zu umfangreichen Erklärungen aus. Demnach mußte ich mir erst das Grab der Großeltern zu eigen machen und bezahlen, daran hatte ich nie gedacht. Dann bedurfte es einer Verzichtserklärung meiner Schwester Franziska, damit das Grab mir eignete, später dann würde sich Franziska das Bezugsrecht wieder holen können. Nach meinem Tod.

Erst als stolze Grabbesitzerin durfte ich einen Antrag stellen, ihn ins Grab aufzunehmen. Wozu er eine eidesstattliche Erklärung zu verfassen hatte, daß es sein Herzenswunsch sei, neben seiner geliebten Gefährtin zu ruhen.

Er verstand diese Verwicklungen nicht.

Der Bestatter verschwand, die Begräbnisliste mit stattlichen Summen von der Überführung über Einsargung, Trägerdienste bis zur Wagenfahrt nebst zahlreichen Anträgen und einem Vertrag mit Friede hinterlassend, unter Beteuerung von Sprüchen, die seinen Grabesdünkel enthüllten. Mein Liebster und ich lächelten einander an, und ich ging auf ihn zu und umarmte ihn.

Meine Ängste vor diesem Termin waren unbegründet. Es hat gut getan, die Details mit dem Bestatter zu besprechen, so wird der Tod konkreter und normaler. Ich empfinde tiefe Dankbarkeit, daß er das für mich getan und das lange Zeit trüb gewordene Lämpchen seines Humors erneut entzündet hat.

~

Nec tecum, nec sine te: Johnson hat recht. Immer noch war der sterbende Grunert von der DDR besetzt, immer noch war »die Rechnung nicht abgeschlossen«, und sie bleibt es bis zu seinem Ende.

Anonymes Begräbnis in einem Wald am Bodensee.

Doch noch befinden wir uns im Jahr 1968, Grunert ist Mitte dreißig und steht vor der Feldherrnhalle. Es geht nicht darum, sagt er sich, Denkmäler zu konstruieren, das ist ein pseudopolitisches Sandkastenspiel, bei dem die gesellschaftliche Realität statt mit Bomben mit ein paar Schneebällchen beworfen wird. Solange keine revolutionäre Situation vorhanden ist, ist es romantizistisch, ein paar Generäle anzubeten, gar ein neues Nationalgefühl zu bilden. Davon habe er ein für allemal genug.

Kein Wort mehr

Deutschland 2015.

Die Frage Krieg oder Frieden hat sich erübrigt. Die Epoche der neuen Kriege ist angebrochen, und alles, was an Unheil geschieht, stellt alte »Kriegsordnungen« auf den Kopf – es gibt keine Ordnungen mehr, sondern wildes chaotisches Schlachten, Quälereien, Zerstörung, Vandalismus, Gemetzel, Messerstechereien, Barbarei. Geschundene Kreaturen, schreckliche Schreie. Es geht zu wie im Dreißigjährigen Krieg, beschrieben von Ricarda Huch.

Allenthalben Entwurzelte, Elende, Beschissene. Ein Zittern läuft durch die Welt. Der letzte Schrei der zu Enthauptenden. Mordende Kinder. Fahrlässige Politiker. Universale Sklaverei und globale Demenz. Aufgelöste Eingeweide: Ebola – Sinnbild für die Zerstörung der Welt. Die Hure Europa schafft an für Geld. IS-Terroristen zerhacken ihre Kultur: Schönheit muß zertrümmert werden, weil ihr Schimmer blendet: Die erhabene Welt der Kunst ist unmoralisch, weil sie erotisch ist, und muß vernichtet werden. Nur die Welt der abgeschlagenen Brüste und Penisse, der Torsi und Statuen mit narbigen Büsten hat Daseinsberechtigung. Wölfe und Füchse dringen in die Städte ein und töten die Kinder.

Nach den Terroranschlägen in Paris stimmen protestierende Massen den »Chant de guerre« an, die »Marseillaise«:

Marchons, marchons!
Qu'un sang impur
Abreuve nos sillons!

Marschieren wir, marschieren wir!
Unreines Blut
Tränke unsere Furchen!

Ich erschrecke, als ich den übersetzten Text der »Marseillaise« lese, gewalttätig und blutrünstig. Das ist kein gutes Lied, um Opfer von Gewalt zu betrauern. Und der Schreck fährt mir aufs neue in die Glieder, als der französische Präsident leichtfertig den Krieg ausruft. Mein erster Gedanke: Was würde mein Gefährte sagen. Er würde weinen. Doch die Generation, die sich nach dem Zweiten Weltkrieg gegen die Wiederbewaffnung vehement zur Wehr setzte und die ein Leben lang für Frieden kämpfte und forschte, hat uns verlassen. Der Gedanke an den Krieg hat meinen Gefährten stets begleitet, wie auch seinen Freund Heinrich Graf von Einsiedel, der dem Nationalkomitee Freies Deutschland angehörte, das sich vom soldatischen Eid löste und sich zum Ziel setzte, den Widerstand innerhalb Deutschlands gegen das Regime zu stärken. Auch der Freund Joseph Weizenbaum, Vorarbeiter des Internets, der »Dissident der Informatik«, wie er sich bezeichnete, war ein entschiedener Gegner des Krieges. Vor dem Vertrauen in Maschinen warnte er sein Leben lang und plädierte für mehr Verantwortung der Informatiker. Mein Vater und Großvater, meine Mutter und Großmutter, für sie alle war der Krieg allgegenwärtig, nicht zuletzt für meinen zweiten Mann Dieter Lemmel-Bronnen, der nach der Kapitulation in sowjetische Gefangenschaft geriet, überlebte und 1955 freikam. Im Körper des Einundneunzigjährigen stecken noch Hunderte von Granatensplittern. Und meinem Gefährten gelang es nie, den Krieg zu verdrängen. Seine moralische Existenz gab mir Schutz, und solange er lebte, war ich mir sicher, daß es nicht dazu kam. Er stand Wache, seine Generation bildete den Schutzschild gegen Antisemitismus wie gegen den Krieg.

Bei ihm gab es keine Lücken, nichts wurde beschwiegen. Er kannte die begrenzten Auswirkungen militärischer Mittel und beurteilte so genannte Solidaritätsäußerungen mit Skepsis.

Der Krieg zeigte sich bei ihm in plötzlichen Reflexen. Wie er aufschreckte, wenn ich nachts aufgestanden war und mir etwas zu Boden fiel. Sein Blick von äußerster Fremdheit, der in Entschlußkraft überging. Wie er sogleich um seine Fassung rang, als gelte es nun, sich zu orientieren, die Schuhe anzuziehen und sich aufzumachen, wer weiß wohin. Wie er erleichtert aufseufzte, als er feststellte, daß nichts seine Ruhe erschüttern mußte und er, sich meiner mit seiner tastenden Hand vergewissernd, wieder in Schlaf sank. Seine Vorliebe für gutes, hartes Brot – er hat es lange entbehren müssen.

Er wußte, der Krieg ist eine Summe von Erschütterungen, die das ganze Leben begleiten. Italien im Krieg war ihm immer gegenwärtig, das Land, in dem er den Bauchschuß erhalten hatte, ebenso Rußland, wo er einen Sterbenden zurücklassen mußte, weil der Marsch weiterging, das machte ihn immer tieftraurig, und manchmal brach er in Tränen aus.

Er starb ruhig, auf die Arbeit des Sterbens konzentriert. Ich schaute ihn an, schaute mich um, nahm seine letzte Umgebung wahr. Das verstummte Zimmer. Das Bett, das Glas Tee, Wasser und Saft auf dem Nachttisch, die Zeitung auf dem Boden, die Vase mit den Rosenstielen, deren Blüten ich auf seine Brust legte. Seine Brille, die Tabletten, das Schächtelchen fürs Hörgerät, die Socke unter dem Bett. Ein kleiner Kadett in rotem Wams auf einem Pferdchen, an einen zum Halbrund gebogenen Draht befestigt, der an der Tischkante schaukelte. Kleinigkeiten, die zu ihm gehört hatten.

Sein Notizbuch mit der kleinen Füllfeder auf der Kommode.

Sein letzter Satz im Brief, den er mir hinterlassen hatte: Es war so schön!

Das erste Morgenlicht kam durchs Fenster, ein Sonnenstrahl. Ich rief den Arzt an. Das Begräbnisinstitut. Gab die Daten an. Ich wollte, daß man mit seinem Sarg und seiner Kleidung kam, bloß nicht den Plastiksack.

Pulverisierte Götter

Die Flüchtlinge laufen vor dem Krieg davon. Menschen im Exil, die, von Peitschenhieben getrieben, über eingeäscherte Städte laufen. Wer hat sie hergesandt, um unser fades, aber gesichertes Glück zu zerstören?

Ein Großteil der menschlichen Sprache und Schrift ist gestorben. Man liest nicht, schreibt nicht, singt gewalttätige Lieder, spricht nicht, stößt dumpfe Laute aus: eine Welt voll Kampfgesang. Den überinformierten Menschen entgleiten die Zusammenhänge.

Die moralischen Zügel reißen. Die ungeheuren Umwälzungen des Lebens, der Gewohnheiten, der Umwelt liegen unverdaut in unseren Mägen und fordern riesige Veränderungen. Europa ist auf dem Vormarsch zurück in eine autoritäre Vergangenheit und versucht, seine »kulturelle Reinheit« zu bewahren. Zudem gehen Europa die Europäer verloren.

Die Mitte ist weggebrochen. Nach den Attentaten in Paris genügt ein Anruf, um ganze Städte lahmzulegen. Vorhersagbare Katastrophen. Völker werden ausgehungert: die billigste Methode, sie loszuwerden (die Stadt Madaya). Nationalitäten zerfallen, pulverisierte Götter und Buddhas, digitalisierte Reste des Weltkulturerbes. Die vielbeschworene Wertegemeinschaft EU entpuppt sich in der Flüchtlingsfrage als Flop, als Zweckbündnis nationaler Interessen. Das Integrationsprojekt scheint zu scheitern und leidet unter den Angriffen auf seine Rechtsstaatlichkeit (Polen, Ungarn) und zunehmender Abschottung der Länder und wachsende Fremdenfeindlichkeit. Die Sehnsucht nach dem in Folge des Zweiten Weltkriegs diskreditierten Nationalstaat wächst. Feudale Selbstverteidigung moralisch entkernter Gesellschaften, deren Mitglieder auf Anpassung ausgerichtet sind. *Homo faber* gegen *homo sacer*: Wir arbeiten daran, die Flucht in andere Teile der Welt unmöglich zu machen – alles verrammelt, ob durch Mauern, neue Gesetze oder neue Worte wie Kontingente, Renationalisierung, Mauern, Panzerglas, verschlossene Türen, Festungsstädte. Zerschnittene Drahtzäune, niedergetrampelte Wiesen.

Ein Weg, Flüchtlinge zu integrieren, wäre das wunderbare Beispiel der kleinen kalabresischen Gemeinde Riace, die eine beispiellose Flüchtlingspolitik vorlebte, indem sie den Migranten das verlassene Städtchen zur Selbstverwaltung, zum Bauen und Neubauen überließ: ein Hilfe zur Selbsthilfe. Auch in der Nachkriegszeit gab es Stadtrandsiedlungsprojekte, und in Zürich bestehen diese vorbildlichen Genossenschaftsprojekte.

Bei einer Million wird es nicht bleiben. Im nächsten Jahrzehnt werden Flüchtlingsströme aus Afrika uns überschwemmen. Armut, extreme klimatische Veränderungen, Arbeitslosigkeit, Krankheiten, Land Grabbing, Hunger und Not werden sie nach Europa treiben.

Für Daniela Dahn erteilen uns die Flüchtlinge eine Lektion, so in *Der Schnee von gestern ist die Flut von heute*:

Wird die westliche Ordnung bei ihrer Sturheit bleiben oder sich jetzt als lernfähig erweisen? Wenn sie nicht wahrhaben will, daß die heutigen Flüchtlingsströme erst der Anfang sind, weil zu den Kriegs- und Armutsflüchtlingen auch die Klimaflüchtlinge hinzukommen werden, dann könnte sie implodieren. Welche Kräfte werden das Vakuum füllen?

Ich habe mich daraufhin mit dem südlichen Afrika beschäftigt, schreibt Christa, eine Freundin in Bern. Ich habe Vorurteile abgebaut, oft gestaunt, wie bedrückend, erschreckend die Geschichte der Menschen ist, wenn man sie im Zeitraffer zusammengefasst betrachtet, ohne auf die Schönheiten der Kultur, der Gesten einzelner, individuelle Lebensentwürfe zu achten.

Menschenmassen pilgern nach Deutschland, das gelobte Land. Hoffnung auf Erlösung. Leben auf der Straße, Leben im Wartestand. Menschen im Ausnahmezustand. Eine Tragödie von biblischem Ausmaß. Humanitärer Notstand: Generationen nach uns werden uns an unserem Umgang mit den Flüchtlingen messen. Mißtrauen und Angst des Menschen vor dem Menschen, die ihre Erfüllung findet, wenn wir einst – wie jener deutsche Snob Otto Ehrenfried Ehlers, der sein veritables Rittergut bei Schwerin verließ, um im Dschungel seinem kolonialen Schieß-Drang nachzugeben – im Suppentopf der Papuas landen.

~

Ein illegaler Asylbewerber sucht sich im Dunkel der Feldherrnhalle einen Platz zum Schlafen. In Deutschland ist Flüchtlingsnotstand, man versucht, so viele wie möglich loszuwerden. Dabei haben wir schon ganz andere Herausforderungen gemeistert: die Umsiedlerströme aus dem Osten, die Vertriebenen, die elf Millionen Flüchtlinge nach dem Krieg, die »Zonenflüchtlinge« vor und nach dem Mauerbau aus der DDR, die »Gastarbeiter« ab den Fünfzigerjahren.

Es ist kein Flüchtlingsnotstand, sondern ein Menschlichkeitsnotstand, den die Stadt München nach anfänglichem Scheitern noch am geschicktesten zu umgehen scheint. Es geht nicht nur um eine Unterkunft und die Verpflegung – wie in den zwanziger Jahren, zur Zeit des Historikers Treitschke, beherrschen uns Ängste vor einer »Mischkultur« und vor dem Verlust unseres Wohlstands. Wir sind nicht imstande, die Flüchtlinge vor Übergriffen zu schützen. Auch haben die Deutschen Angst um ihren liberalen Konsens. Andere wissen nicht, was das ist. Das liegt auch an der Undeutlichkeit der Politik. Der IS schleust Terroristen mit den Flüchtlingen ein. Mit den marschierenden Rechten stehen die Gespenster der Vergangenheit wieder auf und hindern das Nach-vorne-Gehen. Fällt Deutschland in nationale Kleinstaaterei zurück? Giorgio Agamben schlägt in der Diskussion um Europas Zukunft »ein lateinisches Reich« gegen »die Übermacht Deutschlands« vor. Zwei Frauen der Rechtsradikalen propagieren den Einsatz von Schußwaffen gegen illegal Einreisende. Die moralisch entkernte, renationalisierte EU ist abwesend, wenn man sie braucht, und Viktor Orbán ist mit seiner Meinung, »niemand könne eine Nation zwingen, mit denen zusammenzuleben, mit denen man nicht zusammenleben wolle«, nicht allein.

Der Zug der Flüchtlinge in Gegenrichtung zu den Vögeln, hin zur Kälte. Der Neuankömmling hatte seine Flucht ein Jahr lang genau vorbereitet und versucht, Hindernisse zu beseitigen. Hatte Sport betrieben, um sich zu stählen, hatte gespart und versucht, betrügerische Schleuserbanden zu umgehen. Hatte zur Sicherheit gefälschte Papiere und Bestechungsgelder dabei, ein luxuriöses Handy, eingenäht ins Hosenfutter. Hatte alternative Fluchtrouten durchdacht und Unterschlupf-Adressen auswendig gelernt. Dennoch versuchte man ihn, kaum in Deutschland angekommen, wieder abzuschieben – er hatte im Chaos seine Papiere verloren. Zu Fuß von Salzburg nach München, voll Wut auf die undurchschaubare EU, dieses undenkbare Europa, von dem Giorgio Agamben schreibt, es gelte, *der Lüge entgegenzutreten, dieser Vertrag zwischen Staaten, den man als Verfassung ausgibt, diese ideen- und zukunftslose institutionalisierte Lobby, die sich der düstersten aller Religionen, der Religion des Geldes, blind verschrieben hat, sei die rechtmäßige Erbin des europäischen Geistes.*

Kurz vor der Abfahrt des Busses, der ihn zum Flughafen und zurück in sein Heimatland bringen sollte, ist Said getürmt und mit einem gestohlenen Rad in die Stadtmitte zurückgefahren.

Er hat eine lange Reise hinter sich, hat beim Marschieren gespürt, wie sich das seiner Nation Eigene von ihm löste. Er hat sein Land durchquert und ist an die bulgarische Grenze gelangt, wurde über Ungarn nach Slowenien geschickt, marschierte über Österreich und hat es endlich, gründlich entwurzelt, nach Deutschland geschafft. Er kennt den Krieg und weiß, daß er zu Hause nicht mehr leben kann. Seine Eltern und seine Schwester sind tot.

Er zieht die Schuhe von den schmerzenden Füßen, schüttelt sie aus, gefüllt mit Fetzen abgelaufener Haut. Er rollt sich zusammen, als gäbe er sich damit Halt.

Sein Gott ist fern. Nacktheit, klappernde Zähne, Hunger, zerstörte Ordnung. Er betet, betet um Aufnahme in diesem Land, betet um Hilfe.

Weiß er, wohin er sich geflüchtet hat? Er sieht das Denkmal nicht, nicht seine Skulpturen, fragt sich nicht, wie das heißt, was das soll, mit der Feldherrnhalle, will nichts wissen. Er hat keine Erfahrung mit symbolisch aufgeladenem Erinnern, da ist er unverdorben.

Ich berühre den Stein, reibe zart, und die Berührung verrät, was zu wissen notwendig ist, und gibt mir Aufschluß über mich selbst.

Aber er spürt, sagt die Stimme behutsam, als erlebe sie eine neue Art, die Dinge zu spüren, spürt: Dies ist kein geheiligtes Monument, sondern der Ort einer gewissen Familiarität. Die Wahrheit der Geschichte liegt für ihn nur darin, ob man ihn überleben läßt oder nicht.

Die Stimme hat recht. Von deutschen Konjunkturprognosen weiß er nichts. Daß es Berechnungen gibt, wieviel ein Flüchtling für Lebensmittel und Kleidung ausgeben wird, für Möbel und Wohnungsmiete. So daß der Staat sich freuen kann, wenn er Arbeit findet, weil das Geld, das er für ihn ausgibt, wieder reinkommt. Er ahnt nur vage, daß seine Aufnahme davon abhängig ist, ob er wirtschaftlich nützlich ist. Andererseits fühlt er, daß er für die Menschen nicht hierhergehört. Das Einverständnis zu seinem Land hat er verloren. Schmerzhaft fühlt er seine Unzugehörigkeit. Er weiß wenig von Deutschland, von Nation oder Nationalstaat, weiß nicht, daß es für ihn förderlich ist, zum Deutschen zu gerinnen.

Er weiß nur, daß es da, wo er liegt, nicht hinregnet, und ist froh, daß er unter den Arkaden ein schützendes Dach über dem Kopf hat: Er findet, das ist in Ordnung.

Ich finde es nicht in Ordnung, daß einer, der sein Heim und seine Heimat verloren hat, heimlich hier Unterschlupf finden und ohne Decke und Kissen im Freien schlafen muß. Finde es nicht in Ordnung, was man alles an Leid hören oder mitansehen muß. Diese grauenhaften Ungerechtigkeiten. Ich bin dabei nicht unschuldig. Außerdem war ich selbst mal ein Flüchtling. Meine Mutter hat das am tiefsten getroffen. Ihr gepflegtes Hochdeutsch stieß im österreichischen Salzkammergut buchstäblich auf Unverständnis: Man gab vor, sie nicht zu verstehen. So erhielt sie für uns von den Bauern weder Milch noch Eier und Brot, während meine Großmutter uns von Niederbayern aus per Boot über den Inn und per Rad ernährte. Oft wurde ich dabei als Schmugglerin eingesetzt und fuhr, Eier, Kuchen, ein Huhn unter dem Rock, mit dem Boot über den Inn, Grenzfluß zwischen Deutschland und Österreich, wo meine Mutter mich erwartete. Um uns rasch zu integrieren, sprachen meine Schwester und ich bald einen »g'scherten« Dialekt, während unser Vater heftig österreichtümelte.

Es ist Nacht. Immer noch stehe ich vor dem Schlafenden und blicke ihn an. Mir ist, als ginge ein Ruf von ihm aus. Ich fühle innerlich eine Verbindung, eine Nähe, obwohl wir eigentlich wenig Gemeinsames haben. Das hat mit meinen Gedanken zu tun. Ich rieche den Schweiß, die Angst, die Verlorenheit.

Ich renne zu meinem Rad. Aufgebracht, wütend und tieftraurig trete ich in die Pedale. Zu Hause angekommen, denke ich: Ich kann den Flüchtlingen nicht entfliehen. Außer Atem nehme ich die vier Treppen und werfe die Kleider ab.

Meine Flucht vor dem Flüchtling war ein Fehler. Ich denke an den Ziehharmonikaspieler in der Nachkriegszeit, an die spielenden Kinder im Schutt. An meinen zu Tode zitternden Großvater mütterlicherseits. An meinen in Auschwitz geborenen jüdischen Großvater, den Vater meines Vaters, der versucht hatte, sein Judentum ein Leben lang zu verbergen. An meine Großmutter, wie schwer sie sich tat, als sie in den Nachkriegszeiten eine Flüchtlingsfamilie in ihrer Wohnung beherbergen mußte. An meine hilflose Mutter, die man in Goisern nicht verstehen wollte, weil sie keine »Hiesige« und irgendwo in der »reichsdeutschen« Fremde, in Bamberg, geboren worden war, die stets fand, daß ihr eine gemäßere Umgebung zustand. An meinen Vater, der sein Österreichertum stoisch durchzog, von müden Kalauern durchsetzt. An Thomas Manns Worte von *uns Europa-Flüchtlingen*. An das heroische Symbol der Feldherrnhalle und ihre dunkle Geschichte. Ich trete an mein Bett und stelle den Wecker auf halb fünf.

∾

Als der Herr Jesus Christus nach München kam
Und gleich am Hauptbahnhof ein möbliertes Zimmer nahm
Warf ihn ein Schupo nachts aus dem Bette
Und fragte, ob er auch eine Einreiseerlaubnis hätte.

Der Herr Jesus Christus zeigte auf das Evangelium.
Der Schupo blätterte darin herum
Und sagte: »Dies ist kein Ausweispapier –
Kommen Sie mit auf das Polizeirevier!«

Der Herr Jesus Christus kam auf die Polizei.
Man fragte ihn, wo er geboren, und wer und was er sei.
Der Herr Jesus Christus sprach: »Ich bin geboren in Bethlehem,
Gestorben auf Golgatha bei Jerusalem;

Der Schreiner Josef war mein Vater, und war es doch nie,
Meine Mutter war Jungfrau und hieß Marie.«

Der Schupo fragte ihn: »Sind Sie Christ oder Jude?«
Dem Herrn Jesus Christus war es seltsam zu Mute,

Er lächelte und sagte: »Ich bin Jude und Christ!«
Da schrie ihn der Schupo an: »Mensch, reden Sie keinen Mist!
Und wo wollen Sie denn in Bayern hin?«
Der Herr Jesus sprach: »Ich wollte sehn, wie ich gestorben bin;

Das kann man sich ja jetzt Alles genau
Bei Euch ansehn in Oberammergau!«
Da hat ihn der Schupo schrecklich angeblickt
Und ihn angebrüllt: »Mensch, Sie sind wohl verrückt?

Nach Oberammergau wollen Sie – Sie?
Das ist doch nur für Christen und unsre Fremdenindustrie!
Aber Sie und die ganze Slawiner- und Judenbande
Schmeißen wir raus aus unserm christlichen Bayernlande!«

Und der Herr Jesus ward zum Bahnhof geführt
Und noch selbigen Tages in einem Viehwagen abtransportiert.
Leider hat man nicht mehr vernommen,
Wohin der Herr Jesus Christus aus Bayern gekommen,

Ob er nach Wien oder der Tschechoslowakei,
Nach Jerusalem oder Berlin abgeschoben sei.
Vielleicht daß man ihn auch gefangen hält
In der Ordnungszelle Niederschönenfeld.

So Siegfried von Vegesack in der Weltbühne 1923. In Niederschönen-
feld waren die Männer der Räterepublik gefangen, auch Siegfried von
Vegesacks Freund Erich Mühsam. Der im Baltikum aufgewachsene
Vegesack (1888–1974) zog zu seiner Frau nach Bayern und fand im

Wirtschaftstrakt der Burg Weißenstein ein neues Zuhause. 1933 in Schutzhaft genommen, weil er die Hakenkreuzfahne von der Burgruine entfernt hatte, emigrierte er nach Schweden, Südamerika, Jugoslawien und ins Baltikum, heiratete noch einmal, bekam einen Sohn und stand in den Kriegsjahren 1941 bis 1944 als Wehrmachtsdolmetscher im Einsatz.

Über die Deutschen kein Wort mehr.
Kurt Tucholsky in einem Brief an Maximilian Harden vom 7. Oktober 1934.

~

Ich wache um vier Uhr auf, draußen ist es taghell, der Mond. Ich ziehe mich an und schwinge mich aufs Rad. Mir ist schon von weitem, als höre ich die Stimme der Feldherrnhalle, die mich auffordert, endlich einmal etwas Außergewöhnliches zu riskieren. Die Stimme einer wagemutigen Berufung, über allem stehend. Sie kommt aus der Ferne und ist doch nah, voll Leben und Lebendigkeit. Die Feldherrnhalle fordert mich auf:

Löse dich, ich bitte darum, vom Symbolhaften meiner Existenz, ruft es, vergiß meine Geschichte. Sie ist veränderbar und dem Goetheschen *Stirb und werde* ebenso unterworfen wie alles andere. Sei offen für die Zeit und ihre Möglichkeiten. Überschreite die Grenzen deiner Gewohnheiten und tu etwas! Handle, führe die achtundzwanzig nationalen Gedanken zusammen und gib ihnen eine Heimat in deinem Kopf.

Ich steige vom Rad, nehme die Stufen, wecke den Fremdling und bedeute ihm mit Gesten, daß ich ihn mit zu mir nehmen will. Aus der Thermosflasche, die ich zu Hause mit frischem Tee gefüllt habe, gieße ich ihm Tee in einen Becher ein. Er lächelt nur, nickt und trinkt. Ich bedeute ihm mit Gesten, daß wir ein Taxi nehmen und zu mir nach

Hause fahren werden. Ein wenig Englisch scheint er zu verstehen. Er taucht ein in die Worte, hört mich wiederholt *home* sagen, nickt. Rasch füge ich hinzu, mich an meine Panik in den achtundsechziger Jahren erinnernd, als ein an Schizophrenie Erkrankter, den ich in Haar besucht hatte, plötzlich vor meiner Türe stand, *one week*, ich wiederhole es: *one week*.

Meine Einladung bewirkt eine subtile Veränderung. Er richtet sich auf, er ist größer, als ich dachte. Er atmet auf. Kleine Nuancen verraten den Gentleman. Seine gerade Haltung, das einst weiße Hemd. Der Fremde holt einen Kamm aus der Jackentasche und zieht ihn durch sein nach hinten gekämmtes glattes dunkles Haar. Er nimmt ein Tuch und fährt über den staubigen Schuh – es ist kein Sportschuh. Er lächelt und legt die Hände in einer Geste der Dankbarkeit aneinander. Ich tue desgleichen, um ihm zu bedeuten, daß auch ich für seine Bereitschaft, mitzukommen, dankbar bin. Er ist jemand, den ich an die Hand nehmen und spüren kann.

Und damit beginnt eine andere Geschichte.

Danksagung

Ich danke meiner Lektorin Regina Carstensen für ihre subtile Arbeit, außerdem bedanke ich mich herzlich bei Franziska Bronnen, Gisela Fichtl, Dr. Elke Fröhlich, Gisela Haasen, Hildegard Kronawitter und Dr. Herbert Neumaier für ihre wertvollen Anregungen.

Der fesselnde Roman zum ZDF-Zweiteiler

RODICA DOEHNERT

DAS SACHER
Die Geschichte einer Verführung
ROMAN

EUROPAVERLAG

Hardcover mit Schutzumschlag, ISBN 978-3-95890-043-1

Wien 1892: Anna Sacher will das aufstrebende Hotel nach dem plötzlichen Tod ihres Mannes weiterführen. Resolut und gegen alle Widerstände erklimmt die junge Witwe den Platz der Prinzipalin. Während Anna Sacher, Zigarre rauchend, umgeben von einer Schar Bullterrier und ihrem treuen Personal, das Hotel zu einer Legende macht, ringen zwei Paare, die unterschiedlicher nicht sein könnten, in einer Ménage à quatre um seelische Reifung.

Ab Dezember 2016 in Ihrer Buchhandlung

www.europa-verlag.com   **EUROPA**VERLAG

Die unglaubliche Lebensgeschichte der 100-jährigen Gerta Stern

Hardcover mit Schutzumschlag, 224 Seiten, ISBN 978-3-95890-051-6

Gertas Leben verspricht Ruhm und Reichtum. Als Tochter einer bekannten jüdischen Familie avanciert sie zum It-Girl im Wien der Zwanzigerjahre. Mit der Heirat des Profifußballers Moses Stern scheint ihr Glück vollkommen. Doch angesichts der antijüdischen Stimmung beschließt das Paar, Österreich zu verlassen. In Hamburg warten sie verzweifelt auf das Eintreffen ihrer Visa nach Südafrika, da wird Moses verhaftet und in ein Konzentrationslager verschleppt. Todesmutig marschiert Gerta ins Gestapo-Hauptquartier, um ihren geliebten Mann zu retten. Durch Zufall findet sie in »Herrn Otto« einen unverhofften Komplizen, der ihr im letzten Moment zur Flucht nach Panama verhilft.

www.europa-verlag.com   **EUROPA**VERLAG